講談社文庫

見習《けんしゅう》医《い》ワトソンの追究

鏑木 蓮

講談社

目次

見習医《けんしゅうい》ワトソンの追究

プロローグ

早朝から新生姜《しんしょうが》を収穫し、京阪神への出荷作業を終えたのは午後五時。後始末と明日の準備、そして伝票など書類整理が終わったらすぐ夕食の準備にかかる。七月までのひと月は、ほぼ同じような毎日が続く。メインは新生姜で、他にほうれん草を栽培している「五十嵐農園《いがらしのうえん》」だったが、ここ数年、梅雨時の大雨、大型台風で新生姜の出荷に被害が出ていた。今年はなんとか思い通りの収穫ができるよう、五十嵐菜摘《なつみ》は毎日仏壇に手を合わせている。

夫の敏夫《としお》と二人の息子が夕飯を平らげ、いつものように自家製の梅酒を飲み始めると、菜摘は食器を洗って居間の端に置いてあるマッサージチェアに座った。来年の夏がくると還暦を迎える。菜摘は、めっきり体力が衰えたと感じていた。そんなことを大阪にいる娘の夏帆《かほ》に電話で漏らすと、その週の「母の日」に高価なマッサージチェアが送られてきたのだった。

使い始めて二週間が経ち、確かに首から肩甲骨にかけての痛みが和らぎ、肩全体が軽くなった気がする。

玄関と裏庭に出る戸を開けっぱなしにしておけば、家の裏に流れる紀《き》ノ川《かわ》の川風が通り抜けて気持ちがいい。

男たちが野球の話題で盛り上がっているのを眺めながら、菜摘はケータイを手に取った。マッサージチェアにはふくらはぎをすっぽりと包んで、圧力で血の流れをとめたり、流したりする機能もついている。フットマッサージのスイッチを入れ、画面に出た娘の番号をプッシュした。

夏帆がすぐに出ないのは毎度のことで、留守番電話に切り替わらない限り、しつこくコールし続ける。無意識に古い柱時計に目をやった。午後九時前だ。毎晩、これくらいにならないと夏帆は自宅にいないのだ。

「ごめん、お母さん。化粧水の研究してたんよ」夏帆はいつもの言い訳をした。

「晩ご飯、ちゃんと食べたの？」菜摘の台詞《せりふ》も毎度同じだ。

それを知っていて、二人は同時に照れ笑いを浮かべる。夏帆は今年で三二歳になる娘だ。一九、二〇《ハタチ》でもなければ、距離があるとはいえ、和歌山と大阪、同じ関西に住んでいる。過保護だと夫から言われても仕方ないが、声を聞かないと不安なのだ。

夏帆は三年前に離婚した。原因は夫の暴力だった。以来、拒食症を患い、一時期はガリガリに痩《や》せた。いまは自分が研究開発に関わった美顔化粧品の宣伝モデルをするほど回復し、いっそう綺麗《きれい》になっているが、憔悴《しょうすい》したときの姿が目に焼き付いて離れなかった。

「心配せんといて、お母さんがびっくりするほど大食いになってるんやから」

「ほなええんやけど。まだ仕事いうのはあかんね。働き過ぎや。お父さんなんか、もうできあがってるわ、聞こえへんか？」菜摘はケータイを酒盛りする男たちに向けてかざす。「毎度のことやけど、ほんまうちの男どもは脳天気でええわ」と吹き出す。

母の言葉を聞いた次男の夏夫《なつお》が、菜摘のケータイに向かって声を張り上げた。「姉貴も大阪みたいなごみごみしたとこ捨てて、こっちに戻ってきたらええのに」

「なあ、気楽なもんやろ？」菜摘が笑いながら、ケータイを耳に戻す。

「うちかて、いまは個人的な研究やから、結構気楽にやってるんよ。お母さんが送ってくれた新生姜を肴《さかな》に梅酒飲みながら」と笑い声になったが、何度か咳払《せきばら》いをしているのが気になる。

「ちょっと声が変やな。風邪《かぜ》でもひいたんとちがう？」少しの変化も気になってしまう。神経質だと煙たがられるのは分かっているが、つい口に出す。

「ちがう、ちがう。営業トークで喉《のど》使い過ぎただけ。梅酒で治るわ」そう笑いながら、スマホを遠ざけたようだが、また乾いた咳が聞こえた。

「ほんまに大丈夫？　お医者さんに診てもろたほうがいいんやないの？」

「大丈夫やって。生姜が、変なところに入ったんよ。そや今年の梅酒、ずいぶんマイルドになってるね。梅干しもそうやけど、時代の流れ？」

「何も変えてないんやけど」

「そうなんや」

「疲れてるさかい、濃い味のもんが欲しいんやわ。何やったかな、そうそう亜鉛が足らんと味覚がおかしくなるってテレビでいうてた。インスタントもんばかりなんとちがう？」

「もうお母さんの心配性も相当なもんやな。うち、幾《いく》つやと思てるん。ほんまに調子が良うないんやったら、ちゃんとお医者さんに行くって」医者のかかり方くらい、分かってるさかい、と憎まれ口を叩《たた》いた。

「もう夏帆、あんたもお母さんの性格、よう分かってるやろ。まあ、あんまり根詰めんようにね。いまな、あんたがくれたマッサージチェアに座ってるんやけど、ほんまにええわ、これ。極楽や」と菜摘が肩、背中へのもみほぐしモードに切り替えようとコントローラーを手にしたとき、ケータイを耳から離してしまうほど大きな音がした。電話を床にでも叩きつけたような音だった。

「どうしたん？」慌てて声をかけたが返事はない。

夏帆の大きな叫び声と、お皿が割れたようなけたたましい音がしたと思うと、次は衣擦《きぬず》れの音が聞こえた。

「夏帆！」菜摘が背もたれから体を起こして大声で呼ぶ。

「何……何で、何でこんな……お母さん、助けて」夏帆の悲鳴は吐息混じりで苦しそうだった。

「何？　夏帆、夏帆どうしたん、言いなさい」

それを見た敏夫が、「何かあったんか」と立ち上がり、菜摘の側にやってきた。

「急に、急に大きな音がして……あ、あの子が」説明しようにも言葉が出てこない。

「貸してみぃ」敏夫がケータイを奪い取った。

「夏帆、夏帆、何があった？　どうしたんや」

そうケータイに向かって叫んでいた敏夫が、急に黙った。

「お父さん、夏帆に何かあったんか」長男の明夫《あきお》が父親に詰め寄る。夏夫も駆け寄り、マッサージチェアに座る菜摘を三人が囲む格好となった。

「……電話が切れた。あいつや、あいつがまたきやがったんじゃ」敏夫が苦々しく吐き出す。

「八杉《やすぎ》が……」明夫が声を震わせた。

「警察に連絡する」

　ケータイを持つ敏夫の手が震えているのを見て、菜摘は急に息が入ってこなくなるのを感じた。「お、お父さん、息が、できひん」途切れ途切れの声を振り絞る。

「母さん、お母さん、大丈夫か」という息子たちの声が、耳元で大きく聞こえ、次第に遠のいていく。背骨の両側でマッサージチェアのもみ玉が動いている感覚はあるものの、蛍光灯の光だけを残し、天井の四隅からどんどん暗くなる。

　僅《わず》かな光の中で、痩せて頬が痩《こ》けた娘の顔が一瞬大写しになり、さっと暗闇に消えた。

　夏帆――。

1

家入陽太郎《いえいりようたろう》は、大阪市生野区《いくのく》鶴橋《つるはし》と天王寺区《てんのうじく》上本町《うえほんまち》の中間地点にある三品《みしな》病院で、他の医師たちが書いた外来患者の診療所見をまとめて、電子カルテに入力していた。長時間入力画面を見ているせいで文字の輪郭がぼけ始めたとき、院内ケータイに院長の三品元彦《もとひこ》から連絡が入った。

午後九時四九分、いつもの癖で腕時計を見ながら陽太郎は電話に出る。

「入力にいつまでかかってる。個人的見解を差し挟むから遅いんだ」

三品はいつものように高圧的だ。「いいえ、先生方の診断をそのまま入力していますす」

「そのまま？」

「はい、僕ごときが見解を差し挟むなんてできませんし」

「なら、何も考えず打ち込んでいるのか」

「……そんなこともないですけど」答えようがない。

「すべての症例について、自分ならどうするか、常に頭を働かせなきゃいかん」

「いったい、どうすれば」

「簡単だ。手も頭もフル稼働させろ。脳は常に一〇パーセントしか稼働していないってのは真っ赤な嘘だが、いまのお前ならそれに毛が生えた程度かもしれん」受話器越しでも鼻で笑ったのが分かった。「その作業から解放してやろう。いますぐ初療室《ER》へ向かえ」

「ＥＲですね」陽太郎はパソコンの画面を閉じて席を立つと、ケータイを首に挟んで小さな洗面所で手を洗う。ペーパータオルで水滴を丹念に拭《ぬぐ》って消毒液を手にすり込んだ。

「ああ、重傷の外傷患者だ。すぐに救急集中治療室《ECU》に移動する」

腹部を鋭利な刃物で刺された三〇代の女性だという。

「僕は内科医ですが」ことさら深刻そうな重い口調で言った。

今夜は外科部長の志《し》原《はら》がいるはずだ。彼の下には何人も優秀な外科医が揃《そろ》っている。いや、ほとんどの処置は、田代英太《たしろえいた》がいればなんとかなるだろう。彼は救急センターで三次救急に対応してきた経験を持つＥＲ専門医だ。新米内科医の出る幕はないはずだ。下手にＥＲを手伝って三品の小言をもらいたくない。

「命令だ」と三品は電話を切った。

　三品の指示には時として首をかしげることがある。明らかにパワハラだと思うことさえあった。

　陽太郎はため息をつくと、サージカルマスクをつけ直して部屋を出た。

　救急搬入口への長い廊下を急ぎ足で歩く。

　陽太郎は研修医ではない。すでに医師として東京信濃《しなの》町《まち》にある父が経営するクリニックで内科医として働いていた。しかし三〇歳を前に、来院した高齢患者の命を危うく奪いかけるミスをしでかした。その精神的な打撃で自信を喪失し、しばらく患者を診ることができなくなっていた。そんな息子に、父は旧知の三品の元で医師としてのリハビリを勧めた。しかし三品の指導はリハビリというにはあまりに過酷で、まるで修行、いや苦行をしているようだ。

　三品病院は病床数約二〇〇規模としては異例の、充実した診療科を設けている。内科系が総合、脳神経、消化器、呼吸器、腫瘍、感染症、アレルギー、精神と新設の老年の九つ、外科系は脳神経、心臓血管、消化器、整形、乳腺、形成の六つ、さらに眼科と歯科、耳鼻咽喉《じびいんこう》科を合わせて一八科。そのすべての科の担当医師を陽太郎と一四人の研修医でフォローしていた。

　その上、今年のはじめ、三品病院に勤務して二年しか経っていない陽太郎に研修医の束《たば》ねとして、指導者役も担えと三品から告げられた。三一歳の陽太郎に、さほど年の変わらない研修医の指導など無理だと断った。この病院で独裁者の三品に逆らうことは、クビを意味する。そうなれば医学界では生きづらくなるだろうが、親父の元に戻ればいい。

「どんな気持ちで彼に頭を下げたと思うんだ。医者を続けたいのなら彼がいいというまで、踏ん張ってくれ。でないとここにお前の居場所はない」

そのときの親父の懇願するような電話の声に負けた陽太郎は、いまだ誤診の過去を引きずる頼りない指導医として研修医の冷たい視線を感じながら、徐々に外来診療を始め、その他の雑務も率先して行っている。

三品の医者としての力量は、親父の話を聞くまでもなく、学生時代の研修先の病院でも噂《うわさ》されていた通りだと思う。個性が強く人間的には大いに問題があると感じるけれど、彼の元で勉強したいという医師が多く、競争率が高いことを考えると、親友の息子だったことは幸運なのかもしれない。そう思うように努めた。

救急搬入口はすでに全開されて、救急車が開口部を向けてバックしてきていた。その後ろの救急専用駐車場にパトカーが停車し、救急車の赤色灯とシンクロするように賑やかに明滅している。

ちらつく赤い光を見ると、陽太郎の鼓動は速くなり、深呼吸しないと空気が肺に入ってこない気がする。家入クリニックから、自分のせいで重篤となった高齢者を転院させたときの光景と重なるのだ。横隔膜の上下を意識し体に空気を取り込み、何度もかむりを振る。嫌なイメージを振り払いたかった。

そこに田代医師と看護師長の室田《むろた》君枝《きみえ》がＥＲから出てきた。陽太郎は、ストレッチャーを搬送する救急隊員の元へ田代医師と君枝とともに駆け寄り、患者を目視した。

「田代です」

「オンラインメディカルコントロール、感謝します」救急隊員が敬礼すると続ける。「先生の指示通り応急止血と気道確保、リザーバーバッグを装着し、ショック体位をとらせています。患者の名前は五十嵐夏帆、年齢は三二歳、女性。左腹部に鋭的外傷、血圧測定不能、心拍数一二〇で呼吸数毎分八回。大量出血で呼び掛けに発語なし、痛み刺激にも反応しません。家族からの事前情報あり、血液型はＡ＋です」

「分かりました。ここからはこっちで」

田代の背後に目をやると、二人の研修医が院内のストレッチャーを用意していた。陽太郎も加わり患者を移し替え、素早くＥＲに運ぶ。

通常の救急病院は、ＥＲで救急隊員の説明を受けるが、この病院は外部の人間をそこまで入れない。雑菌の持ち込みを遮断するためだ。さらに通路には除菌型エアシャワーが設置されていて、院内の人間の衣服に付着している細菌類もシャットアウトする念の入れようだ。

ＥＲの前までくると、自動で扉が開いた。ＥＲ内ももちろん外科手術室なみに衛生管理されていた。

ＥＲというところは、患者やその関係者、院内スタッフの出入りが激しいこともあって通常それほど神経を使わない。これらの配慮はすべて、院長である三品が、感染症専門医だからだ。

「家入先生、あとは私たちでやります。先生は警察官の対応をよろしく。待つなら、救急集中治療室《ECU》の前で待機してもらってください」田代がエコー検査をはじめながら、陽太郎に告げた。

「院長がＥＲに行けと」

「いいの、いまは田代先生の指示に従って」田代の代わりに君枝が言い放ち、患者の着衣をハサミで切り裂くと素早く滅菌タオルケットで覆った。

「分かりました」陽太郎は頭を下げるとＥＲから出て、今来た廊下を歩いて戻る。首を左右にストレッチしながら、大きく息を吐いた。

内心ホッとしていた。搬送されてきた患者は美しい女性で、顔面の蒼白状態や意識レベルからみてかなりのショック状態にあることが分かった。止血に開腹手術が行われるだろうし、臓器の損傷の程度によっては助からない。

医師としてこれまで幾度も患者の死に直面してきた。持てる知識と技術を駆使しても、助からないことがあるのは百も承知だ。しかし、そのたび医学の無力さを突きつけられるのが苦痛だった。自分の学んできたこと、これから学ぶことが無意味に思えてしまうからだ。そうはなりたくなかった。

生死を分ける確率の高いERには近寄らないほうがいい。ただ、そんな陽太郎の気持ちを三品が知っているとも思えない。いや知っていたとして、容認するような命令を出すことはない。何か裏があるのかもしれない。

扉越しに、嫌な赤色灯が見えている。

搬入口の扉を開き外に出ると、大粒の雨が落ちてきていた。梅雨入りしてから高温が続いている。とくに今日は昼間からやけに蒸し暑く、いつ降り出してもおかしくなかった。雨で湿度が上がるのは嫌だけれど、気温が下がってくれれば、暑さが苦手な陽太郎は過ごしやすくなるはずだ。

「先生、五十嵐さんの容態は？」数人の制服警官たちの後ろから、スーツ姿でショートヘアの女性が陽太郎の前にやってきた。「私は大阪府警天王寺署の成山《なるやま》と言います」とバッジを提示する。スーツの袖に水滴が光っていた。

陽太郎は彼女が庇《ひさし》に入れるように後じさりして言った。「患者さんに関して、まだお話しできるようなことはない、と思います」

「思います？」成山は、値踏みするような視線を向けてきた。

「いま処置を開始したばかりだということです。待たれるのなら、院内で」

点滅する赤い光の中に、数名の報道陣らしき人間の姿が見える。さらに向こうにワゴン車が止まった。おそらくテレビ局のものだろう。

「被害者は助かりますか。それだけでも教えてください」

「助けるべく、懸命に手を施しています」それ以上の情報は何もなく、陽太郎にはそう言うしかなかった。

「それはそうですね。すみません」成山は名刺を差し出した。「現場に戻りますので、容態について分かったら、連絡してください」

「分かりました」名刺には成山有佳子《ゆかこ》とあった。

有佳子はお辞儀をすると、制服警察官たちと何やら話し、一緒にパトカーに乗り込んでいった。

次の瞬間、記者たちが押し寄せてきた。その背後にテレビカメラを担いだ男性もいる。

「被害者は美容研究家の五十嵐夏帆さんですね」

「重傷なんですか」

「凶器はなんです？」

一斉に質問を浴びせ、ＩＣレコーダーやスマホを顔面にむけて突き出してくる。

「いまは何も言えません」陽太郎は顔をそむけながら言い放つと、逃げるようにきびすを返した。中に入って扉を閉め、入り口に設置してある電話で、警備員に報道陣をブロックするよう頼んだ。

陽太郎が息をつき歩き出したとたん、院内ケータイの呼び出し音が鳴った。君枝からだ。やはり暇など与えてくれるはずはない。

「家入です。いま警察官が現場に戻りました。報道陣も増えてきて大変です」言い訳がましい台詞を口にした。

「そうなの？」

「状況が分かれば知らせてほしいと。連絡先は聞いてます」陽太郎は、胸ポケットから有佳子の名刺を取り出した。「助かるかどうかだけでも教えてほしいって刑事が言ってました」

「いまは何とも言えないけれど、創傷が脾臓《ひぞう》にまで達してたんです」出血が酷く、大量の輸液と輸血をしながら、いまからオペに入ると君枝が言った。

「そんなに深くまで」

「ええ、Ⅲａ型、単純深在性損傷みたいです」外傷性脾損傷の重症度は五段階に分けられ、君枝は四番目の重症度を口にした。

「じゃあ摘出ですね」創傷が脾臓の深部にまで達している状態だ。出血性ショック状態だったことから動脈を傷つけているのだろう。そんな場合、緊急手術で脾臓を摘出したほうが遅発性破裂の心配をしなくて済む。損傷した脾臓は時間の経過と共に肥大化していくため、切除した上で止血する。むろん敗血症などのリスクは伴うが、志原の腕なら何ら問題はないはずだ。

「いえ、何とか温存しようとされてます。開腹せず、カテーテルを使うとおっしゃってます。意識レベルは変わらないけど、バイタルは安定傾向やからって」

「そうなんですか」おそらく血管塞栓法《TAE》で止血するのだろう。場合によってはコラーゲンシートによる組織修復をするつもりなのかもしれない。「しかし温存とは……」

身体の負担を軽くするために低侵襲性の優先は分からないでもないが、疑問が残る選択だった。

「何か？」

「いえ……で、僕はどうすれば？」

「時間が空いたんなら、オペを手伝う気はないかと志原先生がおっしゃってます」

「院長に電話してから伺います、と伝えてください」陽太郎は三品に電話して、警察官たちが現場に戻ったことを報告すると、志原の手術に立ち会うためにＥＲへ急いだ。

　ERに入ると、X線防護衣を着て、志原の背後に立つ。ERには、田代の要請によりIVR－CT（画像下治療－コンピュータ断層診断装置）が設置してあった。この装置のお陰でリアルタイムに透視、撮影しながらカテーテル診断、治療ができる。記録スイッチを入れれば映像データが保存され、術後の検証にも役立つ。患者はすでに中尊寺《ちゅうそんじ》の麻酔によって眠っていた。中尊寺は、三品に請われて新しくやってきた麻酔医だ。

　脾外側の切創によって周囲に液体が貯留、脾臓からの出血だと判断した。血管造影により、脾動脈の分枝に損傷部分を特定。

　志原は流れるような所作で、右大腿動脈《みぎだいたいどうみゃく》からマイクロカテーテルを挿入したかと思うと、躊躇《ちゅうちょ》なくヒストアクリルを注入していった。破れた血管にアクリルがどんどん注入されていく様子がモニターにズームアップされる。完全に止血されたことを映像で確認し、刺創部にごく小さな切り込みを入れて、傷口から直接脾臓の裂傷部分にコラーゲンシートを貼り付けた。その後刺創を縫合《ほうごう》し、志原はオペの終了をスタッフに告げた。

　陽太郎は大きく息を吐き志原を見た。彼の手際の良さとカテーテル操作の正確さは、陽太郎がこれまで見てきた外科医の中でも群を抜いていると思った。脾臓損傷による出血性ショック状態で臓器摘出ではなく、TAEを選択したのもうなずける。

患者の体は大量の全血輸血に反応し、バイタルサインも安定を見せた。それを確認してから、志原の指示でERと内部でつながっているECUに移動させた。

患者をECUに移し終えると、ECUのベッドサイドモニターを確認し、人工呼吸器が付けられた顔を脱脂綿で丁寧に拭《ふ》いてやりながら、君枝が聞いてきた。「どうでしたか、志原先生の処置は？」

「正確さはもちろんですが、圧倒的な速さに驚きです。準備を含めても小一時間でしたよね」膵臓までのカテーテル処置は、熟練者でも二時間はかかるはずだ。

「それをERでやってしまうんやからね。見学しても損はなかったでしょう？　先生に感謝しないとあきませんよ」君枝は、他に人がいなくなると関西訛《かんさいなま》りが顔を出すようだ。

「そうですね、志原先生にきちんと礼を言ってなかったな」陽太郎は首筋を押さえ宙を仰ぐ。

「院長にもね」

「院長に？」

「院長がこれは言うなとおっしゃったんやけど。さっきERにみえて、さっと患者さんを診ながら田代先生から状況をお聞きになると、院長直々志原先生に『家入先生に見せてやってくれ』と頼まはったんです」と君枝は、患者の長い髪をサッと手櫛《てぐし》でとき、肌掛け布団を整えて作業を終えた。

「院長が……」

「言わはらへんだけで、期待されてるんやと思いますよ」

「僕に期待なんか」そんなはずない、と自分に言い聞かせた。何か意図があるはずだ。

「私が言うたって、バラさんといてね」君枝は、五十嵐夏帆と記された小さなホワイトボードをベッドに取り付け、陽太郎の横をすり抜けてＥＣＵを出ていった。

陽太郎も後に続き、ＥＲの片付けをする前に廊下に出た。スマホを手にし、胸ポケットから成山刑事の名刺を取り出した。

2

有佳子は家入からの電話を切ると、四《よ》つん這《ば》いになって現場の床を調べている警部補、豊丘怜次《とよおかれいじ》に報告した。「被害者、五十嵐夏帆の処置が済んだそうです。命は取り留めたようですね」

「話はできるのか」豊丘はスポーツ刈りの猪首《いくび》を反らせてこちらを見た。

盛り上がった背中の肉が邪魔で、窮屈そうに見える。刑事ドラマではしつこい人間にスッポンの何々とあだ名を付けるが、豊丘は「カメ」のほうがぴったりとくる。若いときは柔道の猛者《もさ》で警察官の大会でその名を轟《とどろ》かせていたと、先輩から聞いた。いまはメタボの五三歳、後進の指導だけでも一苦労だ、と愚痴《ぐち》をこぼしている。ことあるごとに二〇歳違いの有佳子の若さを羨《うらや》んでいた。

そのお陰だろうか、豊丘と組んでから三十路《みそじ》の自分を気にしなくなった。たまに子供扱いされることもあるけれど、それは豊丘の娘が昨年嫁ぎ寂しいせいだ、と理解している。ともかく彼は温かく信頼できる上司だ。

「助かったとは言え、まだ意識が戻ってはいないそうです」有佳子は、そう答えながら、ついさっき終わった鑑識作業の痕跡《こんせき》が残っているデスクに腰掛けた。

机上にはデスクライト、回転式の名刺ホルダー、そして幾つもの化粧品とおぼしき円筒形の容器が並んでいる。有佳子が知っているメーカーの化粧水もあったが、多くは聞いたこともない会社のものか、ラベルに数字しか記されていないものだった。

手袋の裾《すそ》を引っ張り整え、数字のみの容器を手にして、蓋《ふた》を開ける。恐る恐る顔を近づけると、ほのかに植物、有佳子が育てているアロエに似た匂いがした。

「気ぃつけや。鑑識さんの分析を待ってからにしたほうがええ」豊丘が、太った体を左右に揺らし、床に散乱したガラスを踏まないようにして近づいてきた。「ここ、ちょっと変や。妙なもんばっかりあるさかい」と周りを見回す。彼の横幅は有佳子の倍ほどあったが、上背は三、四センチしか変わらない。

「危険な匂いはしませんけど、土の匂いが強くて」顔をそむけ、蓋を閉め容器を元に戻す。「そもそもここは被害者の自宅じゃなくて、仕事場だったようですね」

夏帆から元夫によるストーカー行為で相談を受けていた大阪府警生活安全部人身安全対策課の担当者に、和歌山に住む父親、五十嵐敏夫から、いま娘が襲われたから助けてくれという通報が入ったのが午後八時五四分だった。

担当者からの連絡で、すぐ第二方面機動警ら隊が天王寺にある自宅マンションへ向かった。管理人を伴い、解錠《かいじょう》して自宅へ入ったが無人で、争った形跡がなかった。その旨を報告すると、もう一つ仕事場として借りている部屋が近鉄上本町駅付近のオフィスビル『丸松《まるまつ》ビル』二階にあることが判明し、ここで血まみれで倒れている夏帆を発見したのだった。回り道をしたが、三品病院まで車で数分の距離だったため救急搬送の遅れが致命的にはならなかったようだ。

「父親の話やと商品開発をしてたんやそうや。成山は知らんのか、被害者。美容関係では有名みたいなこと合原《あいはら》さんが言うてた」

合原京子《きょうこ》は、現場や証拠写真の撮影を任されている四〇代の女性鑑識係官だ。有佳子とも親しく、よき相談相手でもあった。

「京子さんはおしゃれだから」有佳子は、デスクの右側にあるサイドテーブルに積んであるパンフレットに目を移す。「あっ」と声を漏らした。

「やっぱり見覚えあるんやろ？」

「雰囲気がぜんぜん違ってました」

パンフレットに写っている写真は、確かにテレビCMで見たことのある女性だ。アップにした髪形で、透き通るような肌の色、半開きの健康的な唇は、失血して土気色の被害者とは似ても似つかない。彼女の顔のアップに付せられた「美肌のプロKAHOが開発した化粧クリーム『BCホワイト』で、艶色透明肌を手に入れませんか」というコピーも聞き覚えがある。開発者自らがモデルとなって顔を露出し宣伝していたのだ。肌トラブルが気になる同年代の有佳子には、パンフレットの夏帆の肌は眩《まぶ》しかった。

「俺は見てないけど、成山は瀕死《ひんし》の顔見てるから、えらい違いやったんやろ。ピンとこんのも無理ない。名前も小洒落《こじゃれ》たローマ字表記やしな」

「こんなことじゃ、見当たり捜査班には、絶対入れてもらえないですね」

「見当たり班なんかに入る気ないやろ。それにしてもこの水槽には何を飼ってたんや。ほんまにメダカ一匹おらへん」豊丘がまた床にしゃがみ込む。「これ何や言うてたな、鑑識さん」黒く変色した植物片を手で掬って、こっちに見せる。

砂利とガラス片、濁った水と被害者の血液が混じった床は、靴カバーを付けていてもつま先立ちしたくなる。

「何かを飼ってたのではなく、その変色した植物を育てていたようです」

「こっちが目的か」豊丘が白い手袋の上の黒い草を凝視する。

「警部補、気をつけてください。シャツに付いたらシミになるかもしれません」

「そやな。意外に匂いはエグくないけど」

「それを濃縮したら江戸時代の既婚女性が付けていたお歯黒になる成分だそうですよ。黒穂菌《くろぼきん》というのが寄生してできる色のようです」

「寄生してる菌やて」豊丘は、反射的に手から植物片を払い落とした。

「菌といっても害はありません。真菰《まこも》はイネ科の植物で、その菌のお陰で茎が大きく成長するんだそうです。そこをマコモダケと呼んで食用にしている地域もあるくらいです。そう鑑識係官が言ってました。奥のバケツにも巨大なイネみたいなのがあったでしょう？　それが真菰本体なんですって」と有佳子は奥のほうに目をやる。

二階にあるこの部屋の玄関ドアには「株式会社『ＫＡＨＯ』美顔研究所」というプレートが掲げてあり、室内の右側に応接セットと大きなデスク、左側のパーティションカーテンの奥、壁際に長テーブルがあってその上に顕微鏡やフラスコ、シャーレ、さらにその奥には植物の植木鉢と小振りの水槽が四つ並べてあった。水槽には水が張られ、やはり真菰と思われる植物が認められた。

「どうせぶちまけるんやったら、奥の多少でもきれいなほうにしてくれよ」有佳子の視線の行方を察し、豊丘が言った。確かにそこの水槽の水は黒くは変色していないようだ。

夏帆が俯《うつぶ》せで倒れていたのは、応接セットと開け放たれたパーティションカーテンの境目だった。おそらく部屋の中央に水槽があり、それに夏帆か犯人が触れて倒したものと思われる。

「あれが、これになるんか。菌いうんは不思議なもんや」感心しながら立ち上がり、鑑識が記した被害者をかたどったテープを見下ろす。頭は水槽のあったほうに向いていた。

「真菰から新しい化粧品を作ろうとしていたんですね」

「水槽の横幅が九〇センチ、奥行き四五センチ、高さが三六センチ、結構大きいな」フレームだけになった水槽を豊丘は見た。「それが七〇センチほどの高さの台に乗ってて、ここに倒れた。そやからそこらじゅう水浸しや。被害者かて相当水を被ってたで」

「それだけじゃなくて、フレームだけになってるのがあと二つありますよ」

「ドカン、ガラガラって感じやな」豊丘は、奥にあるものと同じような大きさの水槽の残骸《ざんがい》を、靴カバーの先で小突いた。

「ガラスの厚みが八ミリもあるのに、この有様になるくらいですし、他の小振りな水槽も一緒に粉々ですから、もの凄《すご》い音がしたみたいです」

「そらそうやろ」

「五階、最上階の事務所の人間がその音を聞いてます。車の事故かと思ったそうで、窓から覗《のぞ》いたんですが、何もなかったと言ってます」

「他は誰も？」

「ええ。オフィスビルですから住んでいる人はいないようです。証言者は残業でたまたまいて、蒸し暑さに窓を開けていたので聞こえたんでしょう」

「お母ちゃんと電話中やなかったら、朝に誰か来るまで分からずじまいか。こんだけの出血や、手遅れになってたな」

「出血は凄いですね。でも、発見は朝までかからなかったと思います。仕事のことで、午後一〇時に弁護士と約束があったようです」有佳子は手帳を開いた。「午後一〇時少し前に弁護士がここに来ました。名前は鍛冶透《かじとおる》、民事専門なんだそうです」鍛冶への簡単な事情聴取は、初動捜査班が終えていた。普段は特許侵害など仕事に関する案件だったが、今夜は元夫からの付きまといの相談だったのだそうだ。

「ほう、どっちみち訪ねてきた弁護士さんが、救急車を呼ぶってことか」豊丘はソフアーに腰を下ろし、テーブルの上をじっと見る。

「どうしたんです。お疲れですか」顔が近くなった彼に、有佳子が声をかけた。

「雨が降ると腰がな。古傷が痛むんや。これ梅酒やな」飲みかけのグラスを嗅《か》ぐ。

「今夜遅くにはやむって天気予報では言ってましたよ」

「そうか、助かるわ。ここにある容器は化粧品か。けど鏡がない」豊丘はテーブル上を探す。

「サンプルを試してたんじゃないですか。顔ではなく手の甲とかに塗って試すことがありますから」

「さよか。で、これは生姜漬けやな。これを肴に梅酒を飲みながら仕事してたいうことか。えらいリラックスしてたんやな。そこにお母ちゃんから電話をもろた。で、話している最中に賊が入ってきたということか。戸締まりがしてなかったのは、もうちょっとしたら弁護士さんがくるさかいか。もう一時間、約束が早かったら犯人と鉢合わせしとった」弁護士と依頼人が相談する時間としては遅い、と豊丘がじとっとした目で有佳子を見た。

「警部補が考えていることは分かります。他に荒らされた形跡もありませんし、怨恨《えんこん》の線が濃厚。元夫の八杉が、弁護士と夏帆さんとの仲を疑い、犯行に及んだ。約束の時間直前に犯行に及んだのは、変わり果てた夏帆さんの姿を見せたいか、罪を被せる目的があった。そうじゃないですか」

「ドンピシャや。いいデカに成長してきたなぁ」と豊丘が、背広の袖で涙を拭く真似をした。

「褒め過ぎですよ。すでに、神路《かみじ》さんと井上《いのうえ》さんが八杉に事情を聞きに行ってます」

有佳子はベテラン刑事の名を出した。八杉は名古屋市内に本社がある理美容用品販売会社の営業マンだ。夏帆とも名古屋市内のマンションで暮らしていた。離婚後、夏帆は大阪に転居、その後後を追うように八杉も大阪府高槻市《たかつきし》のアパートに引っ越してきたという。

「神さんなら間違いない。八杉を叩いてきっちり供述を引き出したら、このヤマ、ジ・エンドや」あの二人なら、被害者のスマホと凶器を押収《おうしゅう》して署に戻ってくる、と豊丘が笑った。

「だといいですね。夏帆さんからも話を聞ければ、言い逃れもできませんし」有佳子は、電話をくれた家入の番号にリダイヤルした。

「刑事さん、いま連絡しようと思っていたんです」家入はすぐに出て、緊張した声で言った。「患者の意識は戻ったんですが、容態が安定しません。ですから今夜、話を聞くのは無理だと思います」

「意思の疎通ができないということですか」

「いえ、混濁していて……」断言しなかったところに彼の正直さを感じ、育ちがよさそうな顔が浮かんだ。

「意思の疎通を図る方法はありませんか」有佳子は食い下がった。「こちらの話は分かるんですよね」

「反応はありますので」

「先生、一点だけ確かめたいことがあるんです。三分、いえ一分で済みます」有佳子は短時間を強調した。

「一分、ですか。担当医に相談してみます。許可が下りれば連絡しますので、それまで待ってください」

「お願いします」

豊丘が、スマホをスーツのポケットにしまう有佳子に話しかけてきた。「だいぶん悪いようやな。署にある八杉の顔写真と適当な男性の顔写真を二つ、写メしてもろたさかい。意識があるんやったらそれ見せて、顎《あご》ででも瞼《まぶた》ででも、うなずいてもらえば立派な証言になる。元夫婦や言うても、念を押しとかなあかん。写真で面通しをしといてくれ。それだけやったら数秒で済むぞ」彼はスマホを出し有佳子に写真を転送した。「朝まで張りついてたら、それくらいの時間、お許しが出るやろ。俺はもうちょっとここを調べてから、鍛治弁護士と話してみる」

「そうですね、じゃあ病院に行きます。重要な証言がとれ次第、連絡します」写真を確認した有佳子は、小振りのショルダーバッグを持って現場を後にした。

歩いても三〇分とかからない距離だ。玄関には何人かのブンヤが、警察関係者の出待ちをしているのを見て、非常口を利用した。寂しい路地に出て、折りたたみ傘を開く。晴雨兼用を常に持ち歩いていた。いまは面体を隠すためにも都合がいい。大通りに出てからは、傘で顔を隠すようにして三品病院へと急いだ。

豊丘のように神経痛はないが、有佳子も雨は好きではない。子供の頃から遠足とか運動会になるとよく雨に降られた。友達同士で出かけるときも雨だった確率が高い。そのうち有佳子は雨女だと言われるようになった。もちろん友達は冗談で言っただけだ。しかし何度か続くと気になりだし、長かった髪をバッサリ切った。気分転換のつもりだった。それから不思議に雨の日に当たらなくなったのだ。

有佳子は恨めしそうに雨が打つ傘を見上げる。豊丘の言うようにサクッと解決するのだろうか。

課長の加納《かのう》は、常にスピード解決を口にする実績主義だった。重大事件はもちろん、傷害事件などでも一分、一秒でも早く終結させせよ、と捜査員に発破をかけるのだ。今夜の内に、八杉の犯行であることが確定できれば、府警との合同捜査本部を設置せずに済む。府警一課の捜査官と組まされれば、実績のない女性の意見など、ほとんど受け入れてはもらえない。ともかくいまは、実績を積むことが有佳子には重要なのだ。二八歳の終わりに、やっとのことで念願の刑事課に配属されて五年目、ここが正念場だ、と毎日自分に言い聞かせている。

祖父は大阪府警の刑事だった。それを嫌って有佳子の父は、大学進学を機に上京して八王子市の役人になった。母は役所の同僚だ。小学生の頃、ふらっとやってくる祖父の体験談を二つ違いの姉の育美《いくみ》と聞くのが楽しみだった。姉との遊びはいつも婦人警官ごっこで、父にバレると叱《しか》られるから常に潜入捜査のように緊迫感があった。それがむしろ楽しくて、二人はのめり込んだ。

育美が剣道を習い始めると、有佳子も付いていく。高校時代は二人とも三段を取得するまでになり、剣道の成山姉妹は専門誌に取り上げられたこともある。

そして姉は京都の四年制大学、有佳子は大阪の短大に進学して、それぞれ両親の猛反対を押し切り警察官となった。京都府警の育美は、刑事課勤務で実績を積み、すでに警部に昇進している。結婚して男の子にも恵まれ、公私ともに充実した人生だ。

負けたままでは嫌だ。

そう思うと自然に歩く速度が上がる。本降りの雨も苦には感じなかった。

やがて三品病院の白い建物が見えてきた。L字型の病院の、今度は正面玄関から入る。

省エネのためかロビーは薄暗く、受付には警備員しかいない。有佳子は警備員に身分を明かしバッジを見せ、今夜搬送された五十嵐夏帆の主治医に会いにきたと告げた。

彼が院内電話をかけてから二、三分して、家入が白衣をなびかせ駆けてきた。「刑事さん、連絡を待ってほしいと申し上げたはずです」と赤らめた顔で文句を言った。

「一刻でも早く、確認したいんです。話せる状態になるまで待合室で待たせてもらいますから」逸《はや》る気持ちを抑えて頼む。

「そんなこと言われても、いつになるか分かりませんよ」家入は迷惑そうな声を出した。

「いえ、とにかく待ちます」

「それなら、好きにしてください」疲れた目を伏せながら、家入がさらに暗い廊下へ向かって歩き出す。有佳子もそれに続いた。外来患者の待合椅子《まちあいいす》が並んだ場所を抜け、五つの診察室を通過する。渡り廊下に達すると中庭が見える。外灯の光に見える雨粒は一段と激しさを増していた。

「先生は被害者の主治医ではないとおっしゃいましたね」警備員には主治医に会いたいと言ったはずだ。

「僕は、連絡係みたいなものです」

けです」

「……一分もかかりません。被害者を襲った可能性がある人物の写真を見てもらうだけです」

「とんでもない。精神的な負担は、患者さんの容態を悪化させるかもしれない」家入は立ち止まった。

「その者が刺したのかどうかさえ分かればいいんです。主治医に掛け合ってもらえないですか。確認が取れ次第逮捕状が請求できるんです」

家入は返事をせず、大きく息を吸って再び歩き出した。

有佳子も黙って彼についていく。廊下のさらに奥へ行くとER、その隣がECUだ。

「この先を左に折れたところに椅子がありますので、そこでお待ちください」ECUの前で家入はそう言って、自分は入室していった。

「では後ほど」と有佳子は角を曲がった。

誰もいない待合の長椅子に有佳子は座る。しばらくすると廊下に響き渡る男性の声が近づいてきた。電話のようだ。

「すべては勉強だ、礼はいらん。そっちの件は分かった。どうしたお前。珍しく熱心じゃないか」オールバックの髪形、細身で五〇がらみ、鼻の下のちょび髭《ひげ》は、チャップリンに似ていなくもない。身なりはきちんとしたスーツ姿で、椅子に音を立てて腰掛け、足を組むと手にしたタブレットに目を落とす。夏帆の親戚縁者にしては、言葉が高圧的で悲しんでいるようには見えない。

「五十嵐さんの関係者ですか」小さく咳払いをしてから、有佳子は声をかけた。

「ああ」男性はチラッと有佳子を見た。

「私は警察の者です。どういった関係なのか伺いたいのですが」有佳子は対面に腰を下ろし、手帳を取り出す。

「相当な血の量だったろうな、犯行現場は」と男性は質問に答えず、ひょうひょうとした表情で言った。

「五十嵐さんとのご関係は？」有佳子は語気を強め、もう一度尋ねる。

「直接的でなく間接的には、大いに関係している者だ。彼女、ずぶ濡れだった。しかも田んぼにでもはまったのかと思うほど土臭かった。だから破傷風予防はしておいた。あの水の正体は何なのか、ご存じなら教えてほしい」

「失礼ですが、あなたはドクター、ですか」風体を見直す。

「白衣を着てないと医者に見えんか」

「という訳ではないんですが」

「この病院の院長、三品元彦だ」三品は右手を出した。

人定前に握手はできない。有佳子は彼の手を見ないふりをして「院長直々、被害者の主治医を？」と質問した。

「いや、私は救急救命医でも外科医でもないから、外傷患者は優秀なドクターに任せている。ついさっきその主治医から呼び出されてね」

「被害者、悪化したんですか」院長を呼び出したとなると覚悟がいる。

「処置はすべて巧くいった。しかし」意識の混濁が激しく、まだ容態が安定していないのだ、と三品は補足した。

「家入先生にも言ったんですが、写真を見せて確認したいことがあるんです。彼女を刺した犯人か否かを問うだけですから、ほんの一瞬で済むんですが、それでも難しいでしょうか」有佳子は食らいついた。

「家入先生が警察に協力しろとうるさかったんだが、そうか、そういうことか」三品は有佳子の顔をじっと見る。「まあ、いいだろう。今のうちに訊《き》いたほうがいいかもしれんな」そう三品はつぶやくと、すっくと立ち上がって「どうぞ」と促した。

三品が、先ほど家入が入って行った部屋のドアを開けると、また透明の扉があり、その中はエアシャワーになっていた。

上から、そして左右から勢いよく空気が有佳子に降り注ぐ。微《かす》かだけれど塩素系洗剤の匂いがした。そこを出ると、事件現場で装着するような靴カバーと頭に透明のキャップ、それにマスクを着け、白衣を着る。白衣は紙製なのか、ごわついて着づらかった。

「普通、無菌室でない限り、ここまで厳重にはしない。それだけじゃない、私は細菌に対して臆病なんでね、患者を処置するところはすべて陰圧して細菌やウイルスを外に放出させないようにしてある」三品は有佳子の服装がきちんとできているか確認するような視線を投げてきた。「要するに細菌だらけの部屋に案内するってことだ」

「そうなんですか」有佳子はマスクの隙間がないか確かめた。

次のガラスドアを開くと、ようやくＥＣＵの廊下に出た。左右に三床ずつ、ベッド間の仕切りはあるものの、患者が見えるようになっている。一番手前の右のベッドを残して、満床だ。

「左のベッドにいるのが五十嵐さんだ」三品が振り返った。

こちらに足を向けた被害者は、様々な管でつながれていた。傍らに白ずくめの家入ともう一人、中年の医師がこちらを見た。

「先生」年かさのほうの医師が三品に近寄ってきた。「何度もすみません」

「こちら、五十嵐さんの主治医、田代先生」三品がマスク越しに田代を紹介した。そしてそのまま「こちらは警察の方です。家入君は知ってるな」と、田代の後ろに立つ家入に訊く。

「はい、成山さんです。患者さんに確かめたいことがあるとおっしゃって、その件で田代先生に相談してたんですが、容態に変化がありまして」と家入がうつむいた。

家入の口調は上司への報告といった感じだ。マスクを通しても緊張感が伝わってくる。ほとんど同時に廊下から看護師がやってきた。彼女は有佳子よりも背が高い。

「いいところにきた。搬送からすべての処置に立ち会った看護師長の室田さんだ」三品が紹介すると、室田が丁寧にお辞儀をした。

それに有佳子も返礼して自己紹介する。

書類を手にしていた室田が三品に、「先ほど先生に診ていただいてから、また熱が上がりまして、三八度七分です」

「術後不明熱か」

「酸素飽和度が九七まで上昇したんで、自発呼吸に問題はないんですが、おかしなことを叫び出してます」と告げた。

「おかしい？」

「明瞭ではありません。よく分からないんですが、たぶん黒い、黒いと言っているように聞こえます。それで何が黒いんですか、と訊いたんです。ですが、それについては答えません」

「暗いではなく、黒い……？」

「それにこれも推測の域を出ないんですけれど、おうな、と」追っかけるなという意味なのか、それとも背負うな、なのか分からないと室田は言った。

「おうな、か。翁《おきな》と媼《おうな》の『おうな』かもしれんしな。それより黒いというほうが具体性がある……ずぶ濡れだった服はどうした？」

「滅菌ゴミと一緒に」室田が言った。皆マスクのせいで声がくぐもって、聞き取りにくかった。そのためか一言一言をはっきりと発音しているようだ。

「そうか……刑事さん、さっきも訊いたが、その水のことだ。ありゃ何だ？」三品が有佳子のほうを向く。

「被害者は真菰を水槽で栽培していました。その水槽の水です」蚊帳《かや》の外に置かれていた有佳子がようやく言葉を発した。

「そうか、マコモダケか」三品が大きくうなずいた。「あれなら黒穂菌で黒くなる」

「ご存じですか」

「菌と名のつくものは、私の長い友人だからな。黒穂菌なら無害だ。ただ濡れ鼠《ねずみ》とは面妖、患者が発見されたときの様子を知りたいんだが？」三品が言った。

「彼女は美容研究家です。新しい美容法を考えていたようで、その一環だと思われるんですが、仕事場には水栽培の植物がたくさんありました。中でも大きな水槽の中にその水が入っていたようです。で、床に水槽のガラス片とマコモダケを切ったものなどが散乱していたところから、犯人に襲われたとき水槽と接触し、一緒に倒れたと考えられます」有佳子も言葉に力を込めて話す。

「水が古くなっていたのかも」田代がかなり土臭かったと言った。

「抗破傷風ヒト免疫グロブリン《TIG》療法を始めているし、むしろ発熱しているから破傷風ではない。血算、生化学検査は？　とくにフェリチン、血沈、尿沈はどうだった」

「フェリチン、白血球数は正常です。ＣＲＰの値は〇・七と僅かに高いくらいです」

「刺された時間が問題だな。刑事さん、一一九番通報は誰が？」三品が有佳子に訊いてきた。

「少しややこしいんですが」と前置きして、「和歌山にいる母親が電話で通話中に娘の異変に気づき、家族から直接天王寺署の生活安全課に連絡が入ったんです。で、救急車と共に機動捜査隊が現場に急行しました」

「通話中に？　母親はびっくりしただろうな。ただし刺された時間がはっきりしているということだ」

「ご家族からの通報は、午後八時五四分です」

「なら創傷を負わされてから五時間ほどか」三品は腕時計を見た。

つられて有佳子も時間を確かめる。午前一時五〇分だった。

「血液に反応が出るとしても、もう少し時間がかかるな」三品の視線は田代に向けられた。

「ええ、時間をおいて検査したほうがいいと思います。頭部、胸部、腹部の単純X線検査では異常はありませんでした」

「頭部をさらに詳しく調べる必要があるな。首の硬直は？」

「この状態ですから判然としませんが」

三品が夏帆を一瞥《いちべつ》し、首の下に手を差し入れた。

夏帆の顔が苦痛に歪《ゆが》み、歯の音が聞こえそうに震え、しきりに何かをつぶやく声が聞こえてきた。「黒い」と言っているといわれれば、そう聞こえてくる。

「髄膜炎《ずいまくえん》かもしれん」

「造影ＣＴをオーダーしています」田代も夏帆を見詰める。

「うん、温存したとはいえ、脾臓の損傷は重篤だったはずだ」三品が横目で有佳子を見た。

医師同士の話にはついていけず、「で、話をしても？」と有佳子は強めに訊いた。

「そうだな、いまのうちに話したほうがいい」

「いまのうち？」田代が三品に目をやる。

三品は田代の問いには答えず、「志原先生のオペに問題はなかったんだな？」と家入に鋭い視線を投げた。

「それはもう、凄いとしか言いようがないくらい完璧だったと思います」家入のキャップとマスクの間から覗いている目だけからでも、彼の緊張が分かる。三品と話すときだけ特別なように思えた。

「オペに完璧などない。凄いなどという言葉も軽々しく使わないほうがいい」

「すみません」間髪を容れずに家入が頭を下げる。

「まあ、一旦バイタルも安定したし、意識レベルもまずまずの状態まで回復している。自発呼吸も問題ない。だが、患者の身体が小刻みに震えているし、全身に痛みもあるようだ。免疫システムが正常に働いているとは思えん」

「この一五分ほどで症状が悪化していることは確かです」田代がため息交じりに言った。

「さっき見たときも気になっていたんだが、左の肘《ひじ》を見てみろ、陽太郎」三品が、今度は家入を下の名で呼んだようだ。

三品院長と家入は師弟関係なのか、弟子をテストするような口調だ。

家入は、慌てて夏帆に近づき掛け布団から左腕を出して観察しようとした。すると夏帆はそれを嫌がるように手首を内側に曲げ、首を反らせて、また「黒い」と唸《うな》り声を上げた。

「打撲痕でしょうか。肘を中心に円形に赤みを帯びています」

「さらに顕著になっているな」

「私にも見せてください」打ち身なら見慣れていると、有佳子も夏帆の白い腕を凝視した。だが、いま彼女がいる位置からではよく見えず二、三歩前に出た。「打ち身には見えない」とつぶやく。

「刑事さん、いい目をしてるな」三品が家入を押しのけ、夏帆の腕をとって有佳子によく見えるように捻《ひね》る。夏帆が悲鳴を上げたのを無視して有佳子に訊く。「何に見える？」

「笑わずに聞いてください。ブユに刺されて、掻《か》いてしまったみたいな腫《は》れ方だと思います」

「刑事にしておくには惜しい観察眼だ。いや、失敬、刑事にも必要な能力だな。これはおそらく軽度の蜂窩織炎《ほうかしきえん》だろう」

家入、田代、そして看護師長の室田も小さく驚きの声を発した。

「それはなんですか。素人にも分かるようにお願いします」有佳子は大き過ぎるマスクをずれないように押さえながら言った。

「意外かもしれんが、人間の皮膚は薄いが強い。人体は、皮膚という鎧《よろい》のお陰で、細菌という外敵から守られているものだ。脆弱《ぜいじゃく》な組織への侵入を食い止めている。だがバリア自体は、微生物でひしめき合っている状態と言ってもいい。刑事さんも経験しているだろう、顔へのちょっとした刺激でできものができるのを。それは表皮にいる細菌のせいだ。しかし敵の侵入は表面までだから、肌トラブルだと暢気《のんき》なことを言ってられる」三品は言葉を切り、夏帆の腕をさらに持ち上げて続ける。「しかしこの赤みは、表皮じゃなく、その下の真皮、すなわち血管、神経、筋肉がまじった組織にまで細菌が到達したときに見られるんだ。細菌に感染してるってことだ」

「凶器で刺されたことで、何かの細菌に？」

「どの時点で感染したかは分からない。刺された後だと蜂窩織炎の症状が現れるのが早い気もする」

「先生、では黄色ブドウ球菌？」家入が口を挟んだ。

「よく見ると陽太郎が言ったように打撲痕はある。皮膚が裂けそこから黄色ブドウ球菌に感染した。ただ奇妙なのは刺された刺創付近に蜂窩織炎は見られないのに、上肢《じょうし》に現れたことだ。免疫システムが機能していない可能性がある。熱はトキシック《T》ショック《S》症候群《S》によるものかもしれん」

「ではすぐ、抗菌薬を」

「リンコサミド系抗菌薬を投与しつつ、造影ＣＴで脳を診るんだ。その後すぐに腰椎《ようつい》穿刺《せんし》で髄液検査も。さっきはなかった白血球数やＣＲＰの値の変化も出てくるだろう」

専門用語のやり取りは、また有佳子を置いてけぼりにした。

「ちょっと待て」三品の指示で動こうとした医師と看護師を制止した。「その前に刑事さんと患者のご対面だ」と言うと三品は、夏帆の目にペンライトを当てながら光源を左右に動かす。「反応は鈍いが、大丈夫そうだ。口を開けてみてくれ」

夏帆の唇は微かに動いたが、口は開かない。

「動かそうとはしている。言葉も理解できているな。一分以内で頼む。ストレスをかけたくないんでね」

「ありがとうございます」有佳子は夏帆の顔に近づき、「私は警察の者です。あなたをこんな目に遭わせた犯人を捕まえたいんです。辛いでしょうが」

夏帆の顔面が激しく揺れ、息づかいが荒くなる。

「話さなくてもいい。瞼で答えて。イエスなら一度、ノーなら二度瞬きをしてください。いいですか」

唸り声と共に夏帆が目を見開き、一度瞼を閉じた。

「ありがとうございます。あなたは犯人を見ましたか」

夏帆は瞼を閉じた。恐怖が蘇ったのだろう、眉間に深い皺《しわ》が出た。

「では見てほしいものがあります」有佳子は防護衣の下からスマホを取り出した。

「ちょっと、待った」三品の声で手が止まる。

「何でしょう？」有佳子が三品のほうを振り返る。

「室田君、彼女のスマホを滅菌袋に」三品が看護師長に指示し、有佳子を見た。「言っただろう、私は臆病なんだと」

室田が持ってきた透明の袋を受け取り、有佳子はそれにスマホを入れた。そして彼女の元夫、八杉弘文《ひろふみ》を含めた三名の写真を画面に表示する。顔は袋を透してもはっきりと見えた。

「この中に犯人はいますか」とスマホを夏帆に見せる。

瞬きでノーと言った。

「よく見てください。ここにあなたの元夫、八杉弘文さんもいますね」

瞬きを一度した。

これで夏帆の人定能力は確かであることが判明した。加納課長は、とくに傷を負わされた被害者の動揺に乗じて、捜査官の筋読みの押しつけや誘導などがないようにとうるさい。過去に、被害者が気の動転を理由に、証言をひっくり返したことで捜査が振り出しに戻った経験があるのだそうだ。

「再度伺います。昨夜、あなたを刺した人はいますか」有佳子は夏帆の目の動きに神経を注ぐ。

確かに二回、目を閉じた。

「本当に、ここにはいないんですね」有佳子は一言一句しっかり伝えるように尋ねた。

夏帆は瞬きを一回して首を振った。それが否定なのか痙攣《けいれん》なのか分からない。

「患者は、明らかにその写真の中に犯人はいない、と言っている」三品の声が背後からした。「残念だな」表情が見えないにもかかわらず、彼は有佳子の背中で心情を察知したようだ。

「五十嵐さん、もう一度、もう一度だけ。ここにあなたを刺した男がいるはずなんです」

「もう、無理だ。勘弁してやれ」

「でも……」八杉だと夏帆が認めてくれさえすれば、すぐにでも逮捕状を請求できる。こんな目に遭わせた人間を逮捕できるのだ。

「容態が芳《かんば》しくない。ここから出て行ってほしい」三品は穏やかな口調で言った。

3

陽太郎は院長室のデスクの前に立ち、三品を待っていた。

証言の当てが外れ慌ててＥＣＵを出て行く有佳子を見送り、夏帆を造影ＣＴ検査に回した後、三品に院長室で待つように言われたのだ。その三品の表情から、褒めるために呼び出したのではないことは分かる。

一〇分くらいの時間だったが気持ちがざわつき、応接セットのソファーに座ったり立ったりを何度も繰り返していた。デスクトップパソコンの三二インチのモニターは消えていて、黒い画面に映る自分の姿が滑稽《こっけい》だった。結局、いつ三品が現れてもいいように、デスクの正面で立って待つことにしたのだ。

緊張が限界に達し、こちらから連絡しようと院内ケータイを手にしたとき、入り口でドクターダリウスサンダルが近づく音がした。

ほどなくドアが開き、三品が部屋に入ってきた。「待たせた、そこに」ソファーを顎で指す。

「はい」声がうわずり、腰痛患者のようにゆっくりと陽太郎は腰を下ろす。

「これからマスコミ対策が大変になるが、よろしく」三品もソファーに着く。

「警備の方に強く言っておきます」テーブルは幅六〇センチほどあるけれど、三品の威圧感で息が詰まりそうだ。

「院内は問題ない。陽太郎の顔は彼らの知るところとなっているから、院外のプライベートでも注意してくれ。彼らはしつこいからな」

「まさか僕なんかを追い回さないでしょうけど、気をつけます」

「実は、抗生剤が効いていない」

「黄色ブドウ球菌ではなかったということですね」

「そのようだ」

「トキシックショックでもなかったってことか」陽太郎はつぶやいた。

「これを見てみろ」三品はテーブルの上に設置されたスリープ中のパソコンを立ち上げ、モニターを陽太郎に向けた。画面に脳のCT画像が複数現れた。その中の一つを拡大して、「どう思う？」と訊いてきた。

「とくに問題があるようには……」そう言いながらも、必死でスキャン画像の隅々まで見る。どこかに病巣があるから三品は問うのだ。

「よく見るんだ」

「浮腫《ふしゅ》、少し腫れています」

「その影響で、脳室が変形していると思わないか」

「確かに狭小化しています」

「そうだ、全体的に狭小化している。急性細菌性髄膜炎だ。いま髄液をラボに回した。髄液そのものは濁りがなく晴明だったようだが、すぐにでも髄膜炎の原因細菌を特定せんといかん。それにしても悪化の速度があまりに速すぎる」三品が首をかしげ、人差し指でヒゲを摩《さす》る。苛《いら》ついているときによくやるしぐさだ。

「血液培養の結果を待てないほど、ですか」陽太郎が確かめた。

「おそらく間に合わないだろうな。最大のリンパ器官である脾臓へのダメージが細菌たちをのさばらしているんだろう」

「そんなに速いんですか」

「うん。そこでだ、陽太郎。今一度確認する。ほんとうに脾臓への処置に問題はなかったのか」三品は陽太郎の顔から視線を外すことなく、ソファーの背にもたれた。

「どういう意味ですか」背筋に冷たいものが走る。

「温存が正しい判断だったか、ということだ」

「通常なら摘出を選択したでしょうけれど、志原先生のスピードと正確さを目の当たりにして……」口ごもらざるを得なかった。三品が口にしたのは、志原が脾臓の温存を選んだときに陽太郎が抱いた疑念と同じだからだ。「オペに関しては、映像を見てもらえれば分かります」

「確かめようとしたが、記録がない」

「えっ、カメラ映像が残ってないんですか」

ＥＲにはオペに関わるスタッフの動きを監視する天井カメラが設置されている。それらは必ず作動させ、万一過誤が指摘されたときの検証と、後進の研修に使用するため録画していくことになっていた。

「天井カメラ映像は、あった。しかし今回は開腹手術じゃないから、それはどうでもいい。問題は、ＩＶＲの記録が保存されていないことだ。何のためのＩＶＲだと思ってる。志原先生のカテーテルさばきが、ＣＴで追える。なのにせっかくの脾動脈の塞栓《そく》《せん》過程が分からないんだからな」三品は腕を組み、また鼻の下のヒゲをいじる。

「血管造影画像は確認できないんですね。どうしてそんなことが起こったんでしょう。研修のためにＩＶＲの記録は保存してもらうことになっているのに」確かに志原はモニターを見ながらヒストアクリルを注入していた。その一部始終を陽太郎も目撃している。「しかしまあ緊急オペでしたし……」

「単なるヒューマンエラーだというのか？」

「誰にでもあることじゃないですか」腰から後じさる。三品の威圧から逃げたかった。

「甘い。外科医にヒューマンエラーはない。人間を切り刻むことを許されている人間なんだ、そんなことがあってたまるか」三品の荒らげた声が、部屋中に響いた。

「すみません」

「お前が謝る必要はない。実は頼みがあるんだ」

「はい」陽太郎は身構えた。

「志原先生は日本でも有数の腕利き外科医だ。しかし今回のオペに関して言えば、自分を過信しているきらいがある。温存か全摘かの判断をするとき田代先生に相談していないことでも、それは明らかだ。彼の落ち度を探ってほしい」

「僕が、志原先生を……」そんなことできる訳がない、と言おうとしたが飲み込んだ。

「勘違いするな」

「えっ？」

「彼をクビにしたくないんだ。そのための手綱だ」

「意味が分かりません」

「なら意味など考えるな。お前は彼がどうしてＩＶＲの記録を保存しなかったか、それを調べればいい。お前なら、彼の回りをうろちょろしても怪しまれん」

「スパイのようなことをしろ、とおっしゃるんですか」

「ようなことじゃなく、スパイだ。優秀な外科医、志原先生を失いたくないだろう？」三品の口元が笑っているように見えた。

「僕にはできそうにありません。こちらで働いているのはそんなことをするためではありません」

「この病院のためだ。君の親父には話してある」

親父も承服したということか。陽太郎は抗う気力を失った。

「話はそれだけだ」三品がソファーから立ち上がった。

宿直室に戻った陽太郎は、何度も肩を回し、首のストレッチで筋肉の硬直を治そうとした。それでも頭がぼうっとして重く、楽にはならなかった。

デスクと簡易ベッド、小さなキッチンだけの六畳ほどの部屋だ。そんな部屋が五つ、最上階にある。陽太郎はそこに住んでいるようなものだった。歩いて三分ほどのところにワンルームマンションを借りていたが、その距離の移動がめんどくさくなるほど仕事に追われていた。

無給医が話題になっているけれど、自分の時間を持てない「無時間医」も取り上げてほしい。三品は人件費をケチることはない。金銭面で不満はないが、人は金銭だけで働いているのではないことを痛感させられた。それこそ三品の思惑ではないか、と思うことさえある。常に三品の手のひらで踊らされている感じがして癪《しゃく》に障《さわ》る。

とにかく溜まっている仕事をこなさないとならない。デスクに座って、カルテの入力作業の続きをする。どうせ今日は宿直医として待機していなければならないから熟睡はできない。もし強い睡魔に襲われたらベッドには行かず、デスクの椅子で仮眠をとればいい。椅子の背にもたれ、積んだ雑誌に足を投げ出す。そんな格好でも眠れるようになったのは、三品病院で働くことになってからだ。

手書きの文字を機械的に入力していると、眠気と共にマイクロカテーテルが脾動脈に到達するIVR映像が浮かんでくる。志原のオペに問題はなかった。出血箇所は完全に止まっていたし、コラーゲンシートの定着も映像で確認した。遅発性の破裂もなかったし、脾外傷そのものによるダメージが大きいとは思えなかった。つまり温存によるデメリットはなかったということになる。

ＩＶＲの映像を保存しなかったのは、やはりうっかりミスだ。なぜ三品はそれを否定するのだろうか。

陽太郎に医師としての厳しさを教えるため――。

それだけのことでスパイ行為などやりたくない。もし志原先生にバレれば、外科の師を一人失うことになる。

医学界屈指である外科医のオペを目の当たりにできなくなるのは、陽太郎にとって大きな損失だ。なのに親父は、三品の計画を受け入れた。

父は何を考えている。

陽太郎は中指でＥＮＴＥＲキーを強く叩いた。

二時間ほど入力に没頭し船をこぎ始めた頃、デスクの上の内線電話が鳴った。瞼を力一杯つむってパッと開き、頭を揺すってから受話器を取る。

「家入です」

喉が渇いていて声が掠《かす》れた。

「すぐＥＣＵにきてください」

君枝はそれしか言わなかった。しかし声のトーンで夏帆の容態が悪化したことが分かる。

陽太郎はすぐに駆け出した。

陽太郎が滅菌対策を終えて、夏帆のベッドサイドに到着すると、

「唸り声も出せなくなった」

と三品が振り返った。

三品の背後にいる田代が壁に掛かっている五〇インチのモニターを睨《にら》み付け、隣の君枝はそこに検査データを次々と表示させていく。

「造影CTを見ろ」田代が指さした。

「脳軟化《のうなんか》……」陽太郎がモニターに近づく。

夏帆を見ると、体を反らせたままの体勢で、人工心肺装置と口とをつなぎとめるテープから白い泡が漏れてきていた。

「脳幹へのヘルニアを起こしている」大脳中心部が腫れ上がり頭蓋内圧亢進《とうがいないあつこうしん》によって大脳の中心部が垂直移動し、テント切痕部《せっこんぶ》にある脳幹を損傷しているのだ、と田代は早口で言った。

「では意識も完全に失われていると」

「脳波はすでに平坦で、脳死状態だ」

その田代の言葉に被せるように三品が、「無菌性髄膜炎じゃなかった」と低い声で言った。「その後も髄液から短時間で見つけられる細菌類、ウイルス、真菌は見つかっていない。にもかかわらず急速にＣＲＰに異常値を示し呼吸ができなくなった。とにかく進行が速く……髄膜炎を引き起こした原因菌を特定する時間がない。もはや、手の施しようがない」と三品は、田代にアイコンタクトをとったようだ。

それを受けて田代が、ぽつりと言った。「もうすぐ彼女の家族が到着する。それまでは何とかもたせる」

「この姿をご家族に」陽太郎はつい言葉にしてしまった。苦しみに反り返る姿は、家族が知る夏帆とはかけ離れている。そのような姿を家族に見せる必要があるのだろうか。

「最期の姿なんだ」三品は陽太郎の迷いを断ち切るような言い方をした。「家族が着いたらここへ誘導し別れをさせろ。で、息を引き取ったらすぐに、脳の生検をしろ」と告げた。

「遺体の脳から」死因の究明ということは病理解剖《びょうりかいぼう》だ。それは病理医の領分になる。

「いまやりたいのか？　やれば、この子はもたないぞ」三品は本気とも冗談ともつかない顔つきで言うと、夏帆に視線を落とした。

「いえ、そういう意味ではなく。僕は病理医の資格を持ってません」

「なら、志原先生にさせろ、というのか」三品が横目で睨む。

「外科部長でなくても、他に資格を持った外科医がおられます」

「外科チームの人間には触れさせたくない。それに断っておくが、病理解剖ではないんだ。それとも何か、医療過誤があったとでも言うのか」薄ら笑みを浮かべたのが分かった。

「とんでもないです」陽太郎は慌てて田代と君枝を見た。二人とも知らんぷりだ。

志原の脾臓温存に問題がなかったかを調べるよう指示されているのは、やはり陽太郎だけのようだ。

「なら、病理解剖だと思われないように、亡くなったらすぐにやるんだ。あくまで治療のための検査の一環として行った生検、ということにする」

「どういうことですか」

「この子は、厳密に言えば刺されて二四時間以内に亡くなった異状死として扱われる。そこから遺族に戻されるまで、遺体の所有者は警察だ。法医学教室の管轄《かんかつ》ということになる。分かるな」

「司法解剖されるということですね」

「おそらく古柳《こやなぎ》のところに持ち込まれる。彼は法医学改革を推進してるからな。解剖はもちろん、死亡時画像診断にも力を注いでいる。今回も彼は司法解剖を申し出てくるはずだ」三品は出身大学の後輩の名を出した。大阪国際医科大学《おおさかこくさいいかだいがく》法医学教室の古柳瞭《あきら》教授は法医学の権威で、ほとんどの医師は彼の著した『解剖学ノート』で学んでいるはずだ。

「古柳先生の教室だと何か問題があるんですか」

「これが単純な犯罪死なら、彼ほど信頼できる人間はいないだろうな」

「やっぱり先生は」志原のミス、という言葉は口に出せず、田代や君枝を一瞥した。

「ちがう。それとは別の話だ。脳がこんなになったんだぞ、何か別の原因がある。止血されたが、脾臓には大きなダメージを負っている。免疫力が落ちた体は、インフルエンザウイルスに感染しても重篤な髄膜炎を起こすことがある。ただし死因は創傷によるショック死だ。古柳は、それが分かればいいんだよ。彼の仕事はそこまでということだ」

「しかし解剖の過程で、古柳先生は頭蓋に開けられた生検の小さな穴を見つけられますよね」

「さっき言っただろう、脾臓を損傷した患者は髄膜炎になることがある、と。感染症専門医の私の病院から運び込まれた遺体だ。細菌を特定しようとして生検をしたと、古柳なら理解する。その瞬間、彼は口を噤《つぐ》む。つまり死因を探るために頭蓋は開かん。小さな穴に気づくことと、それを問題視することとは別物ってことだ。ただ、古柳が解剖を終えた遺体を、こっちに戻すことはできない。この子が息を引き取り、古柳に引き渡されるまでが、脳軟化の原因菌を調べる最後のチャンスということになる」

「古柳先生に、間違った死因を報告させることになりませんか」

「刺されなければ、この子は死ななかった。主たる死因は創傷で間違いない。とはいえ、感染源を特定しないと、他にも患者が出る可能性もある。そのために専門外の人間を介在させたくない。邪魔なだけだからな。この遺体のけりは、うちの病院でつける」

「感染力の高い病原菌だったらどうします。直ちに保健所に届け出をして感染を食い止めないと」

「慌てるな。そんな細菌がすでに潜伏していて、臨界点に達していたとすれば、当初からCRP値に異常が出ているだろうし、もっと早く発熱しているはずじゃないか。血液培養の結果が出れば特定できる。残念ながら、この患者には間に合わんが……」

「だからといって、僕が遺体の頭蓋に穴を開けるなんて」

「心配はいらない、生きている人間には危険な検査だが、失敗してももう患者を殺すことはない」軽口なのだろうが、三品の目はなぜか笑っていない。「分かったら、ロビーに行って、この子の家族を待つんだ。家族に会ったら、家族や親戚縁者、本人の渡航歴を訊け。さらに患者の生活圏を調べる許可を得ろ。いいな」

陽太郎は声が出せず、小さくうなずくだけだった。

ベッドサイドから離れて、陽太郎は滅菌衣をゴミ箱に捨てるとエアシャワー室を通って廊下に出る。すでに東の空が明るかった。それもそのはずで時計を見ると六時を過ぎていた。近頃の日の出は五時前なのだ。

多くの指示を出された以上に、脳死状態の娘に面会する家族の気持ちを考えると気が重かった。これまで大切に育ててきた子供が、自分より先に死んでいく寂しさは経験がなくても充分想像できる。その娘の頭に、死亡宣告の後とはいえ穴を開ける。

どんな顔をして、向き合えばいいんだ。

三品は感染症の原因を究明するためだと言った。陽太郎とて今の夏帆の容態を見て一体何が彼女の体の中で起こっているのか不思議でならない。志原のオペにミスがあったとはどうしても思えない。それは自分にTAEの知識が足りないからなのだろうか。IVRの記録がなされていないことが意図的なら、自分に気づかない何かがあったと考えるほうが妥当なのかもしれない。急激な悪化の原因が、オペのミスだったとしても、また感染症によるものだったにしても、医師としての好奇心を強く刺激していることに変わりはない。ただそれとスパイや脳生検を行うことは別の話だ。

薄暗いロビーに着いたけれど、長椅子には腰を下ろす気にならなかった。

「ご苦労様です。雨、あがったようですね」節電でそこだけが蛍火のように明るい受付の、窓口に立つ顔なじみの警備員に声をかけた。

「まだ曇ってるようですけどね。先生も宿直、もうあがりですか。昨夜は大変でしたね」

「睡眠負債で倒産寸前の体です」柄にもなく、冗談を言った。

「有名な女性なんでしょう？」その後も、マスコミが院内に侵入しようとしていたと苦笑し、「いまは、いないようですけどね」警備員は防犯カメラのモニターを見た。

「美容の世界では有名らしいですね。僕は知らなかったんですけど」

「先生の彼女ならご存じじゃないですか」

「いませんよ、そんな人」そう手を振って否定した瞬間、成山刑事の顔が浮かんだ。

「先生のような勤務だと、なかなか出会いがないんでしょうね。で、患者さんの容態はいかがです？」

「よくありません。いまお家の方がこちらに向かっておられてて」

「先生がお迎えを」警備員は納得顔でうなずいた。「辛い役回りですね」

彼が同情的なまなざしを向けてきたのは、院内で駆けずり回る陽太郎をいつも目にしているからにちがいない。

「ご家族の心中を察するとたまりません。これまで何人もの死を見てきたんですが……」相手が医師でも看護師でもない人間だからか、弱音が吐《は》けた。

「そんなに悪いんですか。私にも成人した娘がいましてね。今年働き出したんですけど、常に怪我や病気にならないか、事故とか事件に巻き込まれないかって心配してます。大げさじゃなく、突然いなくなる不安と日々格闘してますよ。患者さんのご両親も同じじゃないですかね」警備員の声が少し震えた。

その彼の顔が険しくなった。受付台の内側に設置してある防犯カメラのモニターに視線を落としている。「駐車場にワゴン車が」

「迎えに行ってきます」陽太郎は急いで玄関を出た。

駐車場までは一分とかからない。それでも湿った空気が白衣やズボンの裾にまとわりつく感じで重かった。駐車場を見渡すが、マスコミ関係者の姿はないようだ。

小走りで今着いたばかりのワゴン車のテールランプを目指す。

ワゴン車のドアが開き、中年の男性が出てきた。

「五十嵐夏帆さんのご家族ですね」陽太郎は男性に声をかけた。「医師の家入と申します。遠いところ、お疲れでしょう？」

「私は大丈夫です。先生、娘は」疲れて充血した目を向けてきた。

「詳しいことは中で」

「ちょっと待ってください」父親は助手席側に回った。男性が差し伸べた手を摑《つか》み、それにすがるようにして女性が車を降りてきた。夏帆に似た顔は、憔悴し弱々しく見える。

「お母さん、大丈夫ですか」

「病院の先生だ」父親が妻に告げる。

「先生、夏帆は、あの子は」母は父の腕を振りほどき、代わりに陽太郎の手を摑んだ。

「とにかく中へ」

廊下で、両親が到着したことを三品にケータイで伝え、滅菌衣などを着てもらうとECU内に入った。その間、父親はずっと母親を気遣い、手を取っていた。

ベッドサイドのカーテンが開き、中から出てきた君枝が夏帆の両親に会釈し、陽太郎を見て声をかけた。「家入先生、先生はここで待て、と三品先生が」

「ここで？」

「そういう指示です。ご家族の方は私が」

「じゃあ、お願いします」ここからではカーテンが閉められた夏帆のベッドは見えない。しかし声は聞こえる中途半端な場所だ。いっそのこと部屋から出たかった。

君枝が促すと、両親は彼女に付いて夏帆のベッドサイドへと歩いて行く。三人の姿がカーテンの向こうに消えた直後、「夏帆、いやー、いやや」母親の絶叫が聞こえてきた。

耳を塞ごうとした手を、もう一方の手が摑んで止めた。陽太郎は自分に、医師なのだと、心中で言い聞かせ唇を嚙《か》んだ。無意識に時計に目をやり、「午前六時四一分」とつぶやいた。

4

有佳子は豊丘と、夏帆の自宅マンションへ移動していた。病院に向かう父親に、夏帆のキーホルダーについていた鍵を使って自宅に入る許可を得たのだ。

二DKの部屋は、お世辞にも整頓されているとは言えず、衣類や化粧品、美顔ローラーなどが散乱している状態だった。ほとんどを仕事場で過ごしていたのか、冷蔵庫には牛乳、ミネラルウォーターの他は玉子とハムくらいしかなかった。冷凍室にも冷凍食品などはなく、製氷皿と二枚の食パンだけが寂しく残っていた。

「顔に気ぃ使ってるのに、あんじょう食事を摂《と》ってたとは思えんな」豊丘が居間のソファーまで腰を労るように辿り着き、テーブルの上にあるノートパソコンの電源を入れる。「やっぱりパスワードがないとあかん」証拠品提供の許可は、両親の顔を見てからにしようと、元の場所へ戻す。

「最近は大体がそうですね」本棚の前にいた有佳子は、棚の横にあった状差しから手紙類を取り出した。

「現場のパソコンも見られへんし、警察泣かせや。それはどうや」

「ほとんどが母親からの手紙ですね。あとの封筒はレシートを入れて保存するのに使っていたみたいです。中身はガソリンと文具、外食したお店のものですね」

「元亭主、最近もストーキングしてたようや。ゴミ箱にこんなもんが捨ててあった」

豊丘は破り裂いた封筒を手にしていた。

「名前が書いてあるんですか」

「いや、宛名もない。ポスティングしよったたんやろ。『愛する君へ』とだけ書いてある。気色悪いな。中身はこれや」

「写真？　もしかして被害者を写したものですか」

「うん。破ってあるけど、被害者がどこかの店で飯食うてるところやいうのは分かる。ほんで、たぶん向かいに座ってるのは男やな。スーツの袖が見えてる。これ漁ったら、顔も分かるやろ」と、豊丘はゴミ箱に顔を突っ込む。くまのプーさんが蜂蜜壺を覗いているような格好だ。

「ストーカー行為は気持ち悪いですが、被害者は八杉の犯行を否定しました」

「目で、やろ？」

「重篤な状態だったんですが、言葉だけではなく、警部補の指示通り写真も見せてます。その上でノーだというサインを出したんです」

「早期解決やと思とったのにな。いや、ひょっとしたら犯人の顔、見てなかったんかもしれん」

「いえ、それは確認しました」

「さよか。抜かりないな」

「怨恨でしょうから、交友関係か仕事の関係者を洗えば、そんなに難しい事件ではないと思いますが」

「八杉は明らかに男を嫌ってるな。顔の写ったもんはない。そやから被害者も気兼ねのうゴミ箱に捨てたんや」

「隠し撮りでも好きな人の顔が写ってたら、捨てにくいですものね」

有佳子のスマホの呼び出し音が鳴った。「病院からです」そう断り電話に出た。

夏帆が亡くなったと、家入からの連絡を受け、有佳子は豊丘と共に病院へと急行した。夏帆の自宅からもさほど距離はないがタクシーを使うと豊丘が言い出した。腰の古傷がまだ痛むのだそうだ。

ものの五分ほどで病院に着き、車を降りると、「両親は来てるんやな」と豊丘が言った。

「ぎりぎり間に合ったみたいです」

「ほうか」しみじみと言った。

先ほど会った警備員が有佳子に会釈をしてきた。

「ECUですね」有佳子が尋ねると、彼は大きくうなずいた。礼を述べて、「警部補、こちらです」豊丘を先導して廊下を急いで歩く。

有佳子はECUに着くと、ドアにあるインターフォンのボタンを押して名乗った。すぐに女性が出てきた。胸のネームプレートには見覚えがある室田君枝という文字があった。

「被害者のご家族は？」お辞儀する君枝に有佳子が訊いた。

「向かいの控え室に。後ほど先生もそちらに伺います」

「分かりました」有佳子が言うと、君枝は処置があるからとECUの奥へと消えた。

「よっしゃ、わしが」背後にいた豊丘が、控え室のドアをノックする。中から父親の返事があり、二人は中へと入った。

壁際に大きめのソファー、その前に木製のテーブルがあった。茶色い布張りの壁には、風景画がかかっていてホテルの一室のような部屋だった。

母親はソファーに倒れ込んでいる。その横にいた父親が立ち上がった。

「大阪府警天王寺署の豊丘と言います。こちらは成山刑事」と言いながらバッジを提示した。隣の有佳子もバッジを見せる。

「五十嵐です。家内は具合が悪くて」安定剤を飲んだところなのだと付け加える。

生活安全課からの資料では夏帆の父親は五十嵐敏夫、母親菜摘、五十嵐農園で生姜などの栽培をしているということだった。農業従事者の敏夫は日焼けしていたけれど、菜摘のほうは色が白く、いまは蒼白に近い顔色だ。憔悴しきっている姿は痛々しかった。

有佳子が病院で、事件の被害者家族に会うのは、これで二度目だ。北新地《きたしんち》の酒場で大学生同士が口論となり、乱闘となった。そのうちの一人がナイフで刺され、近くの病院に搬送されたが、胸への創傷がもとで絶命したのだ。

刺された大学生は母子家庭で育ち、母は昼間はコンビニ、夜は新地のスナックで働き、息子を大学に通わせていたのだった。皮肉なことに、刺された飲み屋と母親の勤め先は目と鼻の先だったため、最愛の息子の最期を看取ることができた。

息子が息を引き取ったときの母の姿が目に焼き付いている。ほんとうに大切なものを失うと、人は木偶《でく》の坊《ぼう》のようになってしまうことを目の当たりにした。

目の前の菜摘の場合も、糸の切れたマリオネットのように力なくしなだれている。

ソファーに座ると、豊丘の目配せを受けて有佳子が菜摘に話しかけた。「大変なときに申し訳ありませんが、お話をお聞かせください。娘さんをこんな目に遭わせた犯人を一秒でも早く確保したいと思っていますので、ご協力をお願いします」

有佳子の言葉に、菜摘は身をソファーの背にもたれかけさせたまま、頭だけ起こした。泣き腫らした目に、怒りの火がついたように見えた。

「早《は》よ、あの男を捕まえてくださいい、刑事さん。あいつが夏帆をこんな目に遭わせたんです」腹の底から絞り出すような声だった。

「いつかこうなると思とったんです」と敏夫が菜摘の手を握り、険しい目付きで有佳子を見た。警察に非があると言わんばかりだ。

「そのことですが、娘さんに話を伺いました」

「じゃあ夏帆はまだ意識があったんですね」敏夫が大きな声を出した。

「ここに搬送され、救命処置を施された後、一旦意識を取り戻されました」

「もう少し早ければ……」菜摘がさらにうなだれる。

「意識はあったのですが、話すことはできませんでした」有佳子は、目の合図によって意思の疎通を図ったことを説明した。「その結果、刺した犯人は八杉さんではないようなんです」

「そんな……何かの間違いだ。あの男以外に考えられない」敏夫が菜摘の手を離し、身を乗り出して言った。「混乱していたにちがいありません。それか、刑事さんの見間違いとちがいますか」

「お父さん、お嬢さんに八杉さんの写真を見せて確認しましたので、間違いないです」

「あいつが誰かに頼んだのかもしれへん」

「その辺りのことも含め、あらゆる可能性を考えて捜査します」

「お願いします、刑事さん。あいつは卑劣な男です。娘を散々いたぶっておいて、いけしゃあしゃあと復縁を迫る虫のいい奴なんですよ」

「離婚されたのは三年前だと記録にあります。その後、夏帆さんは大阪に転居され、三ヵ月ほどして八杉さんも高槻に。その頃からストーカー行為が始まったんですね」

「それ以前も出張してきたはずです」

「電話やメール、手紙をポスティングする他に、直接被害を受けたというようなことがあったんでしょうか」有佳子は手許の資料に目を落とした。

「あの男は、営業の外回りやから自由がききます。時間お構いなしで、娘を追い回してたんやと思います。そこら中で待ち伏せしていて、仕事関係の人がいる前で言い寄ったことが何度もあったと言うてました。なあ母さん、お前、何か聞いてるか」敏夫が再び、菜摘の手を握った。

菜摘が小さな声を出す。「酔っ払って娘のマンションの前で大声を出したり、ドアの前で寝てたこともあったと聞いてます」マンションの自治会でも問題になったのだという。「住んではる方の子供さんやらが怖がったみたいで」

「その件では、二度警察官が対応していますね。ただ危害は加えていないので、迷惑行為だとして厳重注意で帰しています」有佳子は手許《てもと》の資料、「交番日誌」のコピーを確認した。

「腕を摑まれたりしたんやけど、あの子それをいちいち言うてないんです。騒ぎは、あの子の仕事に差し支えますから、何でも我慢してた。とにかくあの子は人さんから恨まれるようなことはしません。あんなことするんは、八杉、あの男しか考えられへんのです。ちゃんと調べてください、刑事さん」菜摘は涙声になった。

「分かりました」と有佳子は、豊丘に目をやった。

視線を受け止め、豊丘が言った。「それはそれとして、お嬢さんとの電話のやり取りについて確かめたいんです」と手帳に目を落とす。

「電話……」頭痛でも起こしたかのように菜摘は顔をしかめた。娘との最後の会話なのだ、思い出すのも苦痛なのにちがいない。

「府警への連絡はお父さんですね。『家内との電話の最中に娘が襲われた。何とかしてくれ』と」

「そうです。私、気が遠くなってしもて、後で子供らの話を聞いたら主人が警察に連絡してくれたということでした」

「その電話の最中に、異変を感じたときの様子をもう少し詳しく伺いたいんですが」

「電話を叩きつけるような音がしたんです。その後叫び声と耳が痛くなるほどのガシャンという何かが割れる音がして、どうしたのと怒鳴ったら……『お母さん、助けて』と悲鳴が」

「言葉はそれだけでしたか。他に、そうですね相手に関する何か。辛いでしょうが、よく思い出してみてくれませんか」と豊丘の言い方は優しい。

「ええっと、悲鳴の前に……確か、『何……何で、何でこんな……』。そう言うたと思います。そうや、間違いありません」菜摘は自分で確かめるように何度もうなずく。

「気を失ってしもたけど、あの子の声はよう覚えてます。忘れません」

豊丘は、菜摘を見ながら「目の前に現れた人物に対して『何』と尋ね、『何でこんな』ことをするのかと訊いた。第一声の『何』と言ったときの声ですが、例えば物盗りに遭遇したときに出すような驚きとも恐怖ともつかないような感じでしたか」と尋ねた。

「びっくりしてたような気がします。けど、むしろ問いかけに近かったんやないかと」菜摘は自分の言葉を反芻《はんすう》しているような顔つきだ。

「問いかけ？　なぜそんな風に思ったんです？」

「はっきりしてないんですが、『何で、何でこんな』って言うまでにほんの一瞬ですけど間があったんです。相手の言葉を待ったような」

「そうですか、まったく知らん人間ならそんなことはせんと、まず、あんた誰やって訊きますもんね」

「そやから八杉やと思ったんです」

「なるほど。他に、気づいたことはないですか」

「言葉は、それだけです」

「とても参考になりました。八杉さんの他の、お嬢さんの交友関係について伺いたいんですが。離婚後、どなたか親しい男性はおられましたか」豊丘は夏帆と一緒に写っていた破られた写真の相手を探っている。彼のさりげない表情、物腰、口調は、勉強になる。

首を捻った敏夫をちらと見て、菜摘が口を開いた。「斉田《さいだ》さんいう広告代理店の方が何かと親切にしてくださるようで、夏帆も頼りにしている風に言うてました。三年経って、やっと信頼できる男の人が現れたって」

夏帆は母親には何でも話しているようだ。

「斉田さん、その方のフルネームは分かります？」豊丘がこちらを見た。

有佳子は、手帳を開き、書き留める準備をする。

「斉田優駿《ゆうしゅん》さんです。宮本輝《みやもとてる》の小説の題名と同じ字なんやと嬉しそうにして……」菜摘は目を伏せた。

「ほう、それは覚えやすい名前ですね。お勤め先は聞いとられますか」

「白新堂《はくしんどう》の関西支店です。夏帆、誇らしげに言うてました」

「そうですか。大きな会社ですからね。お嬢さんは人に恨まれるような人やないというのは分かりますけど、美容の世界も競争が激しいんやないですか。商売敵もいるでしょうしね。敵いうほどじゃなくてもライバルのような存在はいたはずです。何かお聞きやないですか」

「そんな話しませんから、あの子。それこそ斉田さんがご存じやと思います」

「斉田さんとは、あくまで仕事上のお付き合いですか」

「もちろんです」と即答したのは敏夫で、「そうやな」と菜摘に念押しした。

「いえ、私は、うまくいってくれたらええのにと、思てました」菜摘が敏夫の手を解いた。

「うまくというのは、交際いう意味ですな」豊丘は、戸惑う敏夫を気にしながら訊く。

「あの子の声が弾んでたんです、斉田さんのこと話すとき。それが電話越しでも伝わってきて、こっちまで嬉しかった。夏帆にも幸せになる権利はあるはずです。ちがいますか」と、言うなり大粒の涙が菜摘の目からあふれ出た。

「むろん幸せになるために生まれてきはったんです。分かりました、斉田さんに話を伺います」

「あの、刑事さん、うちの子はいつ帰ってくるんですか」

「死因を調べるために司法解剖せんとあかんのですわ」

「解剖って、また痛い目、遭わせるんですか」菜摘は、自分の体のどこかに痛みが走ったように顔を歪めた。

「申し訳ありません」豊丘が頭を下げる。「四日ほどご遺体を預かることになると思います。日にちが決まり次第ご連絡差し上げますので」

「どうしても？」

「ええ。心からお悔やみ申します」と豊丘が目を伏せ、それに有佳子も倣った。

「……しょうがないんですね」と菜摘がハンカチで顔を覆うと、膝《ひざ》に顔が付きそうになるほどうつむいた。

　ややあってドアがノックされると、家入が病人のような顔で現れ、「すみません、監察医の許へ移動させる準備がありましたもので」震える声で言った。

「準備？」豊丘が家入を見上げる。

「検査や緊急オペなど救命処置をしましたので、それらの痕跡を解剖医に伝えないといけませんから」

「どんな処置を行ったのかを申し送るということですね」

「そう、です。それで亡くなった経緯を説明します」家入は立ったままだった。

「先生、かけて話しませんか」有佳子が、自分の隣に隙間を作った。

「ありがとうございます」家入は遠慮がちに有佳子の隣に腰を下ろす。「当院へ搬送されたとき、娘さんは大量出血によってショック状態でした。傷口の縫合と同時に輸液し、最も大きな損傷を受けていた脾臓の止血のためのオペを行いました。手術と言ってもメスを入れるのではなくカテーテル、細い管を動脈に入れるというものです。そのカテーテルで脾臓の破れた血管にアクリルを注入して血を止め、さらにコラーゲンシートというものを使って脾臓そのものの傷を修復しました。この処置は成功し、出血は完全に止まりました……が、午前三時頃より容態が急変し、我々も懸命に治療に当たったんですが、残念ながら午前六時四一分に息を引き取られました」

そこでまた菜摘は息をのみ嗚咽《おえつ》を漏らす。

「これは院長の三品から訊くようにと言われたことですが、娘さんの皮膚に感染症を示す炎症が見られました。基礎疾患はありましたか」

「子供の頃はアレルギーがありましたけれど、それほどひどくありませんでした」泣くのをこらえながら菜摘が答えた。

「ご本人だけでなくご家族、親戚の方も含めて、ここ半年間に海外への渡航歴は？」

「ない、と思います」

「最後の電話で娘さんの体調に変わった様子はなかったですか」

「……そういえば、咳をしていました」心配して尋ねると、夏帆は食べていた新生姜が喉につかえただけだと、答えたのだそうだ。「それに、梅酒の味がマイルドやと」

「どういうことですか」

「いつもと同じ味のはずやから、疲れているせいで味を感じにくいんやないかと思いました。何か病気でもしてたんですか」

「いいえ、解剖でも明らかになるでしょうが、死因は上腹部切創および脾臓損傷による失血死と思われます」家入の声はなぜか最後まで震えっぱなしだった。場数を踏んでいないのか、彼の性質によるものなのかは分からないけれど、もし彼が執刀医ならまな板の鯉《こい》にはなりたくない。ただ人間的には好感が持てる。

「どうしても解剖せんとならんのですか」菜摘が涙声で訊いた。「死因が分かったのに……」

家入は困惑の表情を豊丘に向ける。

「事件の捜査のためにする司法解剖ですんで、堪《こら》えてください、お母さん」豊丘が背を丸めた。

豊丘は署に戻り、有佳子はタクシーを使って、夏帆の両親と彼女のマンションに向かった。

一通り泣いてぐったりした菜摘が、娘の部屋に入ったとたん、何かに突き動かされるように台所に行き食器類を洗い出した。

水道の音を聞きながら、有佳子はリビングテーブルに敏夫を着かせる。

「刑事さん、おおきに。刑事さんが説得してくれなかったら、あいつ病院から離れへんかったと思います」台所を見て、敏夫はしわがれた声を絞り出すように言った。

敏夫は泣かなかったけれど、ずっと歯を食いしばっていたのを有佳子は知っている。親として当然の悲しみを、奥歯で嚙み殺していたにちがいない。

「夏帆さんから離れられない気持ち、分かります。お父さんもお辛いでしょう」

「名古屋へなんど、出さなければよかった」敏夫が涙目を天井へ向ける。

「学校で、ですか」

「ええ、将来お菓子のメーカーに入りたいと言って」

夏帆は、食品メーカーへの就職に有利な「栄養学科」に進学したという。

「てっきりうちの農園で働いてくれると思てたさかい。離れた場所で一人暮らしなんかさせとうなかった」猛反対したが、夏帆の意志は固かった。「あんまり目立つことはするなって言うたんですけど……」

「目立つことというのは？」有佳子は、敏夫の対面に座る。衝撃のあまり気持ちが高ぶっているから、それが落ち着いたタイミングを見計らって、夏帆の人となり、交友関係などをさりげなく聞き出せ、と豊丘から言われている。

「大学の学園祭とかでよくあるでしょう、ミスコンテストいうのが。あれで一等賞をとってしまいよったんです」

「お嬢さん、お綺麗ですからね」有佳子は夏帆の仕事場で見た宣伝用のチラシを思い浮かべるよう意識した。病床での彼女の姿はあまりに惨《むご》い。

「けど、それが不幸の始まりやと私は思っておるんですよ。チヤホヤされて……いい気になったんやろ。娘の周りにしょうもない男らがぎょうさん現れよったみたいや」

自慢げに話しているのを息子たちから聞いて、夏帆を叱ったことがあったのだ、と敏夫が言った。「うちのも気にしてたけど、二人でガミガミ言うたらかえって逆効果になるいうて私が怒り役になりました」

「お嬢さんの周りにいた男性たちの中に、八杉さんがいたんですか」

「あいつは、娘が通ってた美容院に、美容用品の営業で出入りしてたんです」あまり化粧っ気がなかったのに、ミスキャンパスに選ばれてから名古屋で有名な美容室に通うようになって、八杉に出会った。「帰省するたび、派手になっていくんで心配してましたんや」

「では、八杉さんとの交際は学生時代から？」

「それを知ったのは、あの男が結婚したいと、うちにきたときです。そやから、私らにはどうしようもなかった」

大学を卒業して化粧品会社に就職した夏帆は、勤務先が東京だったため一旦八杉とは疎遠になったらしい。「こんなことになるんやったら、そのまま東京にいてくれた方がよかった。少なくともあいつとは結婚せなんだはず……」敏夫は、歯ぎしりが聞こえてきそうなくらい奥歯を嚙んだ。

水道の音が止んだ。

菜摘がキッチンからリビングへフラフラと移動し、今度はその辺りに散乱している夏帆の服やメイク道具を片付け出した。「いくら忙しいからって、こんなに散らかして」と小言を口にしている。

「お母さん、少しお休みになったほうが」有佳子は腕時計を見ながら声をかけた。午前八時を回っていた。昨夜和歌山を出てから一睡もしていないはずだ。

「刑事さんこそ、お疲れでしょう？　私らは大丈夫ですので」菜摘に手を止める様子はない。

「お気遣いありがとうございます。私も大丈夫です。お母さんにも伺いたいことがあります。夏帆さんの親しい友人をご存じでしたらお教えください」有佳子は菜摘にテーブルに着くよう促した。

「亜弥《あや》ちゃん、片方《かたがた》亜弥という小学校からのお友達です。たぶん一番の仲良しやと思います」

「どんな字ですか」有佳子はメモとボールペンを差し出す。

菜摘はやっと手を止め座った。「いま奈良の西大寺《さいだいじ》のほうに住んではります。夏帆が、大阪に引っ越してからはよう会って話をしてる言うてました」

「片方さん、ご結婚は？」返されたメモを見て尋ねる。

「まだ独身です」

「そうですか。他には？」

菜摘はしばらく考え、何度か家に遊びに来た高校時代の友人、村垣明奈《むらがきあきな》と前芝紀子《まえしばのりこ》の名前を挙げた。

「ありがとうございます。住所など、こちらでも調べますが、分かれば教えてください」有佳子がメモを閉じる。

「あの子のスマホに入っていると思います」

「それが現場に見当たらなかったんです」

「犯人が持ち去ったんですか」

「おそらく」

「やっぱりあの男だわ。何度も電話してるから、それを知られたくなくって……お友達の連絡先は、家に戻れば分かります。あっそれじゃ家にいる息子に連絡させます」

夏帆と兄の明夫とは二つ違いで、地元の同じ高校に通っていたせいもあって、互いの友人のことをよく知っているのだそうだ。

「助かります」

「あの、刑事さんはお一人なの？」

「ええ、まだ」突然聞かれ、とっさに反応してしまった。捜査中に自身のプライベートに触れることは豊丘から強く戒《いまし》められている。菜摘の親しみやすい問いかけに気を許してしまったらしい。

「言葉が関西の人やないようやし、ご両親は心配でしょうね。危ないお仕事やから」

菜摘の視線が有佳子の頭から足まで移動した。「ちゃんと食べてはります？」急に有佳子のことを夏帆の友人であるかのような穏やかな表情で見た。同じ年頃の娘の世話を焼くことで、夏帆の死をどこか遠くへ追いやろうとしているのかもしれない。

「大丈夫、元気です。お気遣いありがとうございます」

「あの子も私には、大丈夫、大丈夫って言って……けど、ちゃんとは食べてなかったんですよ、とにかく子供の頃から負けず嫌いでしたさかい。女一人が大手の化粧品会社を相手にするのは相当大変やったみたいです。愚痴をこぼすのも嫌いな子やから、詳しいことは言いませんけど、こんなことを漏らしたんです」

「どんなことですか」

「自分は、大海の木の葉みたいやって」学生時代から男性にチヤホヤされて、世の中をうまく泳いできたように思われがちだが、実際は男性の何倍も努力してきたのを知っている、と菜摘は言った。「昨夜も、ろくな食事も摂らないで必死で頑張ってたんやと思います」

「いまはお母さんのほうが心配です。体を休めてください」有佳子は立ち上がった。話し相手がいなくなるのは辛いだろうが、刑事の慰めで癒やせる喪失感ではない。

「お二人はしばらくここにおられるんですね」

「夏帆と一緒に和歌山に帰るつもりです。それまでは」

「そうですか。お嬢さんのパソコンにはパスワードが設定されています。それがないと中身を見ることができないので、ご存じでしたら教えてほしいんですが」

「聞いてないです。なあ？」敏夫を見た。

「お前が聞いてないいんやったら……」

「そうやね」菜摘はうつむく。

「もしやと思って伺っただけですので。あと娘さんの暮らしぶりを知るためにここをもう少し調べさせてほしいので、警察関係者がお邪魔しますが、ご了承ください」

「片付けるのは、構いませんよね」

「構いませんが、ゴミは外に持ち出さないでください。証拠品扱いのものもあるかもしれません」

ここは現場ではないから、という言葉を呑み込んだ。被害者の母親には生々しいと思ったからだ。

「ゴミ……捨てません。いえ捨てられしません」菜摘が、また声を詰まらせた。

有佳子は、署に戻ると二人に告げ、夏帆のマンションを出た。雨の湿気と草の香りを嗅ぐと、夏帆の言葉を思い出した。

大海の木の葉——。

5

六月三日月曜日

昨夜からの雨はすっかりやんでいた。気温もさほど上がらず蒸し暑さもない。二時間ほどの仮眠で午前中の外来診療をする。寝不足は馴れっこになっていたし、晴れた空、朝の陽光が少しは憂鬱《ゆううつ》さを晴らしてくれているはずだった。

ところが運悪く、過去の失敗の恐怖から脱却できていないと思う瞬間が三日に一度くらいあって、今朝がまさにその日だった。治療薬の選択時、頭がぼうっとしてゾクッと背筋に冷たいものが走るのだ。

そんなとき頼るのがコンピュータだ。徐々に発達してきたＡＩは、症状などをインプットすれば投薬候補をはじき出し、さらに候補薬の中から副作用や、現在飲んでいる薬との飲み合わせの詳細データも表示してくれた。任せきりにはできないけれど、投薬ミスへの不安はかなり軽減できた。そのお陰で、総合内科を受診する外来患者の前にいられる。

この文明の利器を使うことを、意外にも三品は反対しなかった。未熟な医師の知識不足で、投薬ミスされるよりはマシだ、と嘯《うそぶ》きながらも技術革新を評価しているようだ。ただ「薬をやめるという判断は機械には下せない」とだけ嫌みを言った。確かにあまたある薬剤の中から、何かしらを取捨選択してくる。該当薬なしということは稀にあるが、現在使用している薬をやめる、という判断まではできない。

「かかりつけ医からもらってる薬を、一旦やめてみましょうか」陽太郎は、パソコンの画面から坂巻美津《さかまきみつ》という女性患者に視線を移した。美津は七一歳でひと月近く咳に悩まされ、この一週間は三八度近い熱が続いていると主張していた。かかりつけ医からの胸部レントゲン画像でも肺の異常は見られないし、当院での上部下部消化管内視鏡検査、耳鼻咽喉科の診察でも異常なしだった。

「お薬、やめて大丈夫ですか」咳を我慢しながら美津は驚いた顔を向けてきた。「咳止め飲むとマシになりますし、熱も昼間は解熱剤が効いて下がってますんやけど？」

「ちょっと薬の数が多いですね」彼女は抗菌薬など九種類の薬を処方されていた。

「ペットは飼ってないんですよね」

「飼《こ》うてません。孫がアレルギーやから」

「海外渡航をされたことは？」かかりつけ医も確認している事柄だろうが、ここでは初診だから尋ねておく。

「あらしません」

「では坂巻さんだけじゃなくて、あなたの周りに海外に行った人はいらっしゃいますか。お子さんとか、親戚の方、またお友達とか」

「海外のお土産、もろたことないんで。私に隠してたら分かりませんけど」

「周りにも海外渡航経験者はいない、ということですね」ここにくる関西人の中には、質問と直接関係ないことを話す人がいるが、それにもずいぶん免疫ができてきた。さらりと受け流し、「念のため胸部CTを撮っておきましょう。胸の音、聞かせてください」と陽太郎は聴診器を耳につける。

衣服をたくし上げた美津は、痩せて少し衰弱傾向にあった。本人がここ二週間ほど食欲がなく、二、三キロ痩せたと言っている。心音は正常、呼吸音も清、複雑音なし。「目を見せてください」眼球結膜に黄染なし。副鼻腔《ふくびくう》を指で軽く押す。「痛みは？」

美津は首を振った。

頸動《けいどう》リンパ節《せつ》を触診したが腫脹《しゅちょう》はなく、動脈に雑音もない。その他血圧、脈拍、呼吸数ともに異常なく、熱のみ三七度七分と高かった。これといって疾患が見当たらない、やはり不明熱だ。

「結核ちゃいます？」美津は、こちらの反応を見るような言い方をした。

七〇歳代の患者は、咳が続くとおおかた口にする病名だ。そして、若い医師は、昔の病気だから知らないと思っているふしがある。もちろん結核も含め、非典型の感染症か膠原病《こうげんびょう》の肺病変も視野にいれないといけない。

「持参された血液検査の結果からはまだ何とも。原因が分からないので、薬をやめてみて様子をみます。入院して経過を診させてください」

「そんなに悪いんですか。主人にきてもらいますわ。あかん、あの人いざ言うとき頼りないさかい、息子を呼びます」美津は甲高《かんだか》い声を出すと、ズボンのポケットからケータイを取り出す。

「ちょっと待って、坂巻さん。落ち着いてください、入院と言っても検査入院です。早合点しないで、僕の話を聞いてくれませんか」陽太郎は美津の両手を摑んだ。「まだ病気の正体が分かった訳じゃありません。それを突き止めるために検査をします。そのための入院です。薬をやめるのはどの薬が有効なのかを見極めるためでして、有効性が確かめられれば、また飲んでもらいます」

「検査入院？」

「そうです。お家の方にお知らせするのなら、正確に伝えてあげたほうがいいです。混乱させますので」

「怖い検査とかやるんですか」

「いえ、大丈夫。でも入院、検査には同意書が必要ですから、お家の方には説明します。そういう風におっしゃったほうがいいと思います」

美津は、夫と息子にその旨を知らせた。息子の嫁が飛んで来るというので、待合室で待機してもらうことにした。感染症内科へ回せば、また陽太郎が担当することになる。待合室へ移動する前に熱を測ると、三七度まで下がっていて、咳の症状も軽くなっていたようだ。要注意の不明熱だ。

美津の所見を電子カルテに入力し、次の患者の番号を看護師に呼んでもらう。三品病院ではプライバシー保護のため姓名をコールすることはない。

大きめのマスクをした若い女性が力なく会釈すると静かに椅子に座る。受付で記入してもらった問診票には円山美結《まるやまみゆ》とあり、主訴は顔と全身の発疹《ほっしん》と記されていた。「他院での診察と投薬あり」にチェックが入っていた。

「発疹の具合を診せてもらえますか」陽太郎はマスクを外すように言った。

「ひどいんです」美結はそう断ってゆっくりマスクを取った。

顔全体に小さな発疹が点描のように広がり、顔全体が赤く見える。頬に触れると少し熱を持っている腫脹だ。「いつからこんなふうに？」

「二月ほど前、です」弱々しい声だ。

「ずいぶん経ちますね。何か心当たりはありますか。たとえば食べ付けないものを口にしたとか、シャンプーや化粧品を替えたとか」

「とくには……」思い詰めた表情で答えた。

「そうですか。前の病院で処方されたお薬が何か分かりますか」

「これ、です」美結はポーチから出した薬袋を差し出した。天王寺皮膚クリニックのものだ。

薬剤は入っておらず、その代わりに薬の説明を書いた紙片が入っていた。蕁麻疹《じんましん》等に一般的に使われる抗ヒスタミン薬とステロイド薬だ。

「うーん、薬が効いていないんですね」

「ひどくなってるようです。お腹の調子も悪くて」美結の痩けた頰が大きな目を際立たせている。

「分かりました。お腹もアレルギー症状なのかもしれませんね。有効な薬を探すために当院のアレルギー科で再度詳しい検査をしましょう。今日これからお時間大丈夫ですか」職業欄には図書館司書とある。

「今日は、ちょっと」

「では、次来院される前にお電話でお名前をおっしゃってください」陽太郎はアレルギー科の野路優子《のじゆうこ》への申し送り書に彼女の名前と症状、処方薬の名前を記入した。「すぐ診察と検査を受けられるようにしておきます」と告げ診察を終えた。電子カルテに入力して伸びをすると、また次の患者を迎え入れる。

その後は風邪症状を訴える患者が三名、糖尿病二名、そしてむくみ、怠《だる》さ、扁桃腺《へんとうせん》炎《えん》、胸痛の患者が各一名ずつと、比較的穏やかに昼休みを迎えることができた。

宿直室で昼を済まそうと、院内にあるコンビニへおにぎりと炭酸水を買いに行く。途中でアレルギー科に回した患者とすれ違った。やはり体は痛々しいほど痩せていて歩き方も弱々しい。栄養ドリンクでも買い求めたのだろうか。彼女とは似ていないのに、なぜか夏帆の頭蓋骨にドリルを当てた感触が蘇ってきた。高速回転するモーター音まで聞こえてきそうだ。まともには見ることができなかった夏帆の父母の顔さえ浮かんでくる。死者を再び傷つける解剖を嫌がったのに、その前に自分は彼女の頭に穴を開けていたのだ。

同時に「スパイ任務」のことも思い出し、自分で左手首から脈をとる。速いが、異常というほどでもなかった。

宿直室のデスクについて、炭酸水に口を付ける。食事の間くらい仕事を忘れようとノートパソコンを閉じた。

そこに製薬会社のロゴが入ったメモが貼ってあった。

『麻酔は重要だ。午後二時から手術がある』嫌と言うほど見てきた踊るような三品の文字だ。

おそらく手術が始まる前に麻酔科の中尊寺に話を訊け、ということだろう。もう一度脈をとる。心拍数はうなぎ登りだ。

おにぎりを口に運んだが、味がしなかった。炭酸水で流し込み、息を整えると内線電話の受話器を取った。

「はい、中尊寺です」

「家入です」

「ああ、五十嵐さんのオペでお目にかかりましたね」

「その節は勉強させていただきました」

「何をおっしゃる、私は何も。それより、さすがに志原先生でしたね」同意を求めるような口調だった。

ちょうどいい、「あの、そのことでちょっとお時間いただけませんか」と陽太郎は思い切って言った。

「ほう、あのオペのことで？」

「ええ。お時間はとらせません。先生は二時からオペが入ってますよね。その前に数分で結構なのでお願いできないでしょうか」

「数分……それくらいなら構いませんよ。それでは一時一〇分くらいに、私の部屋にきてもらえますか」

「伺います。先生、ありがとうございます」

中尊寺は普段から温厚で、紳士的な医師だからオペ前のアポでも快諾してくれると踏んでいた。ただ時間の指定でも分かるように真面目で神経質な性質だ。そんな人だけに、執刀医のアラを探る行為をどう思うだろう。

陽太郎は残ったおにぎりを食べるとデスクの引き出しから、抗不安薬を取り出した。睡眠障害と診断され、精神科医から処方してもらったものだ。錠剤を口に放り込み、炭酸水で飲み込んだ。そしてペン型のＩＣレコーダーを白衣の胸ポケットに忍ばせ宿直室を出た。

塵《ちり》一つない。実際にそんな場所は院内の無菌室しかない。しかし中尊寺の麻酔科部長室は、そう思わせるほど清掃が行き届き、整理整頓されていた。

「どうぞ、かけてください」中尊寺は、部屋を見回す陽太郎にパイプ椅子を用意してくれた。

「ありがとうございます。僕のいる宿直室とあまりに違うんで、きちんと整理整頓しないといけませんね」

「宿直室は、どこの病院も似たり寄ったりですよ」

「先生のおられたT大病院でも？」

「ええ。椅子で寝起きしていました」中尊寺の顔に笑い皺ができてはじめて、四八歳という年齢を思わせた。髪は短髪で色白、鼻筋が通った歌舞伎役者のような顔立ちが年齢よりも相当若く見せている。

「でも、散らかり方のレベルが違いますよ」椅子に腰掛け、「時間もないことですし本題に入ります。電話でも言いましたが五十嵐夏帆さんのオペに関して、お近くで見ておられた先生にご意見を伺いたいと思いまして」ここまでは廊下で何度も練習しておいた言葉だけに、すんなり言えた。

「正式にはまだ聞いてないんですが、亡くなったんですね、彼女。残念です」ほんの少し顎を引いただけなのに、表情が陰って見えた。

「そうなんです。それで、研修医たちに死因究明の勉強をしてもらおうと思いまして」これも用意した嘘だ。中尊寺に怪しまれることだけは避けないと、せっかく本院に来てくれたのに三品の卑劣さを教えることになる。

それ以上は考えたくない。

「勉強って？　創傷の他に、何か疑わしい死因でもあるんですか」

「いえ、脾臓を含めた創傷が原因であることに、何ら疑問を挟む余地はありません。ですが、並の外科医なら脾臓摘出か、温存かで悩むと思うんです」

「かなりの創傷でしたからね。それは迷うでしょう」

「研修医時代にあれほどの傷なら、開腹手術をするようにと習いましたから」

「あーなるほど、研修医時代に習ったことの検証みたいなことを、彼らにさせるんですね」と、中尊寺が壁の時計を見た。「オペの準備をしながらで、いいですよね」デスクの上の本立てから、電子カルテをプリントアウトしたものを引き出す。

「すみません、本当にお忙しいときに。実は五十嵐さんの遺体が、本日中に大阪国際医科大学の法医学教室に移送されますので、検体を実際に見ることのできる最後のチャンスなんです」だからオペに立ち会った医師に意見を聞いている、と説明した。

「古柳先生のところですね。解剖学の勉強では大変世話になりましたよ。教科書を通してですがね」横目で書類をどんどんめくっていく。話しながらでも、患者の受けるオペがどんなものなのか把握できるのだろう。

「そうです、古柳先生なら綿密な死因の究明がなされるはずです。研修医には、犯罪に於《お》ける死因ではなく、あの場合膵臓の温存が正しかったのかという問題について考えてもらおうかなと」抗不安薬のお陰で、動悸《どうき》はない。

「で、私に何を？」

「あのうＩＶＲの記録なんですが、どうも保存されていなかったようなんです」

「えっそうなの？　妙だな。病院にきて、もう何回もオペチームに加わってますが、そんなことありませんでしたよ」

「そうですよね。それで、先生が見たままの感想を伺いたくて」そう言って、中尊寺に分からないようにポケットのペンに触れ、録音ボタンを押す。

「私のことはともかく、うっかりミスではすまされませんね。志原先生は何と？」中尊寺が、手にしていた書類をデスクに置き、陽太郎に右耳を傾けた。

「志原先生には、まだ……」

「それはいけません」と首を振り、中尊寺はこちらに向き直った。「家入先生、研修医指導に熱心なのは分かります。しかし執刀医の了解なしの検証は少々問題ですよ。ましてや、患者が亡くなってる。下手をすると、オペそのものの正否を見定めるような話になりかねない。まずは志原先生の了解を得るべきです。その後ですよ、現場の意見を収集するのは」再びデスクに向かい、書類の束を整えた。

「確かにそうです。ありがとうございます、先生」椅子から立ち上がってお辞儀をしながらレコーダーのスイッチを切った。

入り口で「失礼します」ともう一度頭を下げる。ドアの取っ手に手をかけると、中尊寺に呼び止められ振り返った。「はい？」

「死角だったんですよ、私のいた場所からは。そうとだけお伝えください」中尊寺はそう言うと、すぐに視線を陽太郎からそらした。

三品の要請で動いていることを彼は見抜いていた。

「承知いたしました」とだけ言うとドアを閉めて、小走りで部屋から離れた。まともに中尊寺の顔は見られない。

顔から火が出る、というのは血圧の変化だと知っているけれど、その急激さをどうすることもできないことを思い知った。研修云々と下手な言い訳など持ち出し、それに話を合わせてくれていたのだ。やんわりと志原本人と話すべきだと諭した大人の対応がかえって恥ずかしかった。

忠告を無視すると、個人的な恥の上塗りだけではなく中尊寺との信頼関係も崩れそうだ。関係がギクシャクすれば、その責を問われるのは陽太郎のほうにちがいない。

いつもの三品なら、記録しなかった理由を志原に直接問うはずだ。もちろんおぞましい嫌みを添えるのを忘れないだろう。なぜそうせず、陽太郎に探らせるのか。

ここは覚悟するしかない。

陽太郎は外科病棟に移動し、ナースセンターのカウンターから中を覗く。

「先生、何か？」

同い年のナース、中邑《なかむら》さおりが気づいてくれた。

「志原先生の予定が知りたいんだけど」

「これからオペ開始で、予定では午後五時までかかりそうですね。急用ならメモ回しましょうか」さおりはカウンターのペンを手に取った。

「いや、急ぎじゃないからいいよ。五時だね。その頃電話してみる」内心ホッとした。どう切り出すか考える時間をもらった気がした。

「オペが終わったら連絡してもいいですよ」さおりが微笑《ほほえ》む。

「なら、頼もうかな。僕も今日は五時から外来だから」売店のアイスクリームくらいの礼はする、と陽太郎も微笑みを返した。

時間稼ぎができると思ったけれど、カルテ整理の他、入院患者への対応、三品の雑用が終わった頃、すでに四時を回っていた。小一時間でも対策は練れると宿直室で横になった途端、さおりから連絡が入った。予定よりオペが早く終わったようだ。

どうやってアポイントメントを取ろうかと考えていると、内線電話が鳴った。

「家入君？　志原です」

「あっ、先生。すみません、お疲れのところ」

「私に用があるとか」

「いや、大した用ではないんですが……先生、今夜お時間とってもらえますでしょうか」重要な用件だが、深刻そうに告げると避けられかねない。とにかく約束だけでも取り付けたかった。

「君は外来の日ですね。なら午後九時に私の部屋に来てもらえれば、三〇分ほど時間がとれます。一〇時から約束があるんですよ」

「分かりました、では九時に。先生のほうから連絡いただきまして、感謝してます。ありがとうございました」受話器を元に戻すのと同時に、汗を拭う。

どんな精神状態であっても、ひとたび患者の前に立てば診断に全神経を集中させないといけない。それがたとえ一見して鑑別できそうなものでも、気は抜けない。

受付の問診票に脱力感と動悸を訴えた三六歳の女性、諏訪《すわ》粧子《しょうこ》は、見るからに痩せすぎで、脈をとる手首も折れそうだった。幸い不整脈は認められないが、第二指のMP関節に胼胝腫《べんちしゅ》があった。要するに手の甲側、人差し指の付け根にできた吐き胼胝《だこ》だ。新しいものではないようだから、摂食に問題を抱えて久しいのではないか。

「食事はきちんと摂れてますか」脈拍、血圧、呼吸、体温に問題はない、と告げながら訊く。

「はい、ちゃんと」と粧子は力強く言った。「こう見えても大食いかもしれません」

やはり不自然な笑顔を見せた。

「お通じは？」

「問題、ないです」目が泳いだ後、すぐに微笑んだ。

粧子は嘘をついている。

「あなた、下剤を常飲しているのでは？」お見通しだ、という態度を陽太郎は示した。

「……常飲はしてないです」

「ダイエットのためですね」陽太郎は女性がうなずくのを確かめてから、「力が入らないのは腕だけですか」彼女が事前に記入した問診票に目を落とす。

「いえ、実は足腰も」女性は短いスカートからのぞく太ももの外側と臀部《でんぶ》、腰あたりまでを自分で摩った。

「痺《しび》れや筋肉痛の症状はいかがです？」

「痺れてますし、痛いような感じもあります。今日は椅子から立ち上がるのも辛かったんで、どうしようかと思って……」と彼女は急に渋い表情を見せ、それが痩けた頬のせいで泣き顔にさえ見える。

「ダイエットの必要はないですよ。むしろ体重が足りない」

「そんなことはありません。もう少し絞らないとダメです」これまでにない大きな声で言った。

痩身が美しいという考えに取り憑《つ》かれている多くの女性が示す反応だった。言葉で諭しても容易に聞き入れることはない。

「えーと、飲酒、喫煙の習慣ありにチェックされてますね。お酒は毎日とありますが、量は？」

「チューハイだったら三杯くらいかな」と、短い髪から覗く耳のピアスに触れた。

「ウイスキーならロックで二杯程度です。蒸留酒しか飲まないんですよ、私」糖質を気にしているから、と言った。

「なるほど。タバコは一日に何本くらい吸いますか」

「一〇本くらいかな。禁煙すると食べちゃうんで」

「タバコで痩せると思っているんなら、健康のためにやめることをお勧めします」ダイエットの本来の目的は美容と健康だということを忘れているようだ。

「はあ」

「尿と血液の検査をしましょう」そう言ったが陽太郎にはほぼ診断はついていた。

過剰なダイエットが原因の低カリウム血症だ。おそらく日常的に食べたものを吐き、下剤も使用しているために、カリウムを体外へ放出しているのだ。

生化学検査でカリウムが基準値を下回っているはずだ。その検査値によって、経口薬か点滴かでカリウム補充すれば回復するだろう。

「検査の結果次第ですが、嘔吐《おうと》と下剤による下痢でカリウム不足になっていると思われます。それを甘く見てはいけません。重症になれば不整脈を起こすこともあるし、それが原因で失神することもあるんです」きつめに言った。「偏った食事や下剤はすぐにやめましょう。嘔吐に関してはうちの精神科を受診してください。都合のよい日時を言ってもらえれば、僕のほうから予約を入れますが」

少し考え、女性はスマホでスケジュールを確認したいと言った。

「ところで先生」

「何です？」

「ここに五十嵐夏帆さんが運ばれたんですよね」粧子がジトッとした目を向けてきた。「ＫＡＨＯの化粧品、私も使ってるんです」

「何のことですか」と、とぼけた。夏帆が刺された事件は報道されているが、搬送先の病院名は伏せてあったはずだ。しかしここを取り巻いた報道陣を誰かがスマホで撮影してネットで流した可能性はある。安易に認めればまた拡散されてしまい、一層騒ぎが大きくなる。そうなっては外来、入院患者に迷惑がかかってしまう。

「即死だったんですか。それとも……苦しまれたのなら胸が痛むわ」

そういう粧子の血色がにわかによくなった気がする。

「そんなことより検査の日程を」

「息があったのなら、犯人の顔を見てるでしょう。先生はその場に立ち会ったんですよね」語尾が強く、詰問口調に聞こえた。

彼女、どうも変だ。

「あなた……本当に脱力感があるんですか」

詐病を疑った。

「府警の女性刑事と話してましたよね。搬送されたときの様子、少しでいいんで教えてもらえないですか。被害者は全国の女性の憧れだった人です。そんな女性が何者かに殺害された。いったい何があったのか、また最後はどうだったのか多くの女性が知りたいんです」

「あなた、記者?」

「ええ、大阪日報社《おおさかにっぽうしゃ》の者です。大阪の事件です、全国紙に負ける訳にはいかない。お願いします、家入先生。あなたはあの三品先生の直弟子なんですよね。五十嵐夏帆の治療に当たったはずです」粧子は身を乗り出し、まくし立てる。

「帰ってください」

「仮病は謝ります。治療の様子を伺いたいんじゃありません。彼女の臨終はどうだったのかだけでいいんです。きっと犯人に対しての怒りが、事件に関する情報をもたらしてくれるはず。事件の早期解決に地元紙として協力したいんです」

「私の口からは何も言えません。三品先生をご存じなら先生にお聞きください」

「あの方が応じてくれるはずがない」粧子はうつむいた。

「なのに僕が話せる訳ないでしょう？　あなたが言う直弟子なら、なおのこと」伏し目の粧子に重い口調で言った。「さあ、お引き取りを」

「被害者の無念を晴らしたくないんですか」

「本当に病気で苦しむ方に時間を使いたいんです」事件以来、外来に患者とは思えない人間がにわかに増えていた。それでなくとも看護師マニアのような連中が病院の敷地内をうろついている、と警備員から聞いている。見舞い客のふりをして入院病棟に侵入する者もあったそうだ。今後セキュリティにまで神経を使わなければならないと思うと気が滅入る。「ここは治療する場所なんですからね、諏訪さん」

「私だって、まるっきり仮病だということも」

「それは分かります。でも総合内科の患者じゃない。それはあなたも重々分かっているはずだ。拒食症の疑いもある。なんならいますぐ精神科に回してもいいですよ」

粧子は小声で「結構です」と言うと、椅子から立ち上がった。

「諏訪さん、僕も殺人犯は憎い。懸命に手を尽くして亡くなったんですから残念でもある。医師としての悔しい気持ち、察してください」ドアに向かう粧子に言葉を投げた。

「その言葉、書いても?」振り返りながら粧子が訊いてきた。陽太郎が黙ってうなずくと破顔し、お辞儀して室外へ出て行った。

粧子の微笑みを見て、彼女なりに正義を貫こうとしている気持ちが伝わってきた。ある意味彼女もスパイ行為を働こうとしている。

詐病は許せないが、彼女を頭ごなしに責める資格はいまの陽太郎にない。いくら理由を正当化しても、スパイは褒められた行為ではないのだ。志原には、隠し立てなどせずに率直に話を訊くべきではないか。陽太郎自身も彼の手技を目の当たりにしていて、そこにミスはなかったと確信しているのだ。

記録のスイッチを切ったのではなく、むしろオンにしたつもりだったのかもしれない。オンのランプを確認しなければならなかったのは、執刀医ではない。

その後は、偏頭痛、心因性の腰痛、回転性めまいを主訴とする患者と、診察は続いたけれど、いずれも危険な病気が隠れているものではなかった。

最後の患者のカルテを入力し終わり、壁の時計に目をやる。午後八時四〇分だった。

策を弄さないと決めても、約束の時間が迫ると暗澹《あんたん》たる気持ちになってくる。自分の心が沈むほどに、何もなかったように軽やかな表情で笑う三品が頭に浮かぶ。この病院には、自らのリハビリを兼ねて来ていることを、三品に忘れ去られているのか。

いや、わざと苦しめて楽しんでいるのだ。三品の病院経営や臨床のストレスの解消に使われているとしか思えない。

陽太郎は入力を終えデータを保存すると、コンピュータをスリープ状態にして重い腰を上げた。


外科病棟の五階にある部長室のドアをノックする。

「どうぞ」いつもと変わらず、落ち着いた低音が聞こえた。

陽太郎はドアを開き「お疲れのところ本当にすみません」と頭を下げながら中に入る。六畳部屋の奥に大きなデスクがあり、今にも崩れそうな書籍と書類の山の向こうに志原の頭髪がのぞいている。

「乱雑なのに驚いたようですね」志原が立ち上がった。

「いえ、そんな」

「いつもはもっとましなんですが」緊急手術が続き整頓する時間がなかったのだ、と言って、デスクの手前の応接セットに腰掛けた。「まあ、かけてください」

「早速ですが」陽太郎は臀部をソファーに沈める間もなく言葉を発した。「その緊急手術の一つ、五十嵐夏帆さんのオペについて伺いたいことがあります」

「膵臓温存が正しかったのか。でしょ？」平然と言った。

「いや、それを問題視している訳では……」

「いいんですよ、誤魔化さなくても。オペに立ち会うこともそうでしたが、家入先生が何かにつけ院長の命で動いていることは知ってます」

「そうでしたか」この病院も狭い世界だ、とため息が出た。

「噂話なんかじゃありませんよ。院長から五十嵐さんのオペに疑問を抱く人間が、大変不躾《ぶしつけ》な質問をするかもしれないが、気を悪くしないでやってほしいと言われたんです」と志原は腕時計を一瞥した。

「何ですって、三品先生がそんなことを」つい声を張り上げてしまった。ハシゴ外しは三品の常套手段だと分かっているが、あまりに露骨すぎる。

何度裏切れば気がすむんだ。

「どうやら聞いてないようですね」

「まあ」曖昧な返事しかできなかった。

「院長は正直な方だ。陰でコソコソしたくないんでしょう」

正直だなんてとんでもない、と喉元まで出ていた。

「脾臓温存にこだわり開腹せずTAEを選んだことに疑問を持っているんだろうな、と思ったんです。私の手技を間近で見ていた家入先生は、摘出のほうがよかったと思いますか」

「僕は……温存でよかったと思います。ですが、患者が亡くなったので検討が必要かと」

「亡くなったことに、実は驚いているんです。止血も上手くいったし、ショック状態から脱していたのに。基礎疾患はない、と聞いていたからね。それに関して三品先生は何と？」また時計を気にして、志原が訊いてきた。おもむろに立ち上がると、背後のデスクから書類を手に取り黒鞄に詰めだした。帰り支度にかかったようだ。

「三品先生は感染症の可能性があるだろうが、何かは分からないと」脳生検のことは言えない。

「感染症、あんなに急速に悪化するような微生物が？」

「はい、だとすれば恐ろしいことです。亡くなったときすぐ院長に、保健所に申告しなくてもいいんですかと聞きました」

「院長の見解は？」

「心配するな、と」

「まあ、それは院長の専門分野だから。それに検査では感染症を示す数値がなかったんですよね」

検査結果も、髄液にも重篤な感染症を示すものはなかったことを陽太郎は説明した。「死因のこともちろん気になりますが、今日僕が伺いたいのは、ＩＶＲの記録の件です」

「記録……？」志原の手が止まった。

「保存されていませんでした」

「そんなことがあるんですかね。気がつきませんでした」再び手が動き、「確認しなかったのは私のミスです。けれど緊急でもありましたしね。それに交通事故などとはちがって、事件だったたから。私としたことが、気持ちに余裕がなかったようだ」志原が自嘲《じちょう》するような笑みを浮かべた。

「田代先生も気づかれなかったんですものね。室田さんだってそうだ」

「院長は、私が意図的に記録のスイッチを入れなかったと思っておられるんですか」

鞄を応接テーブルの傍らに置き、志原は壁に吊《つる》した鏡を見ながらネクタイを整え、上着を着た。「そうなら、それはありません、と院長に伝えてください」

「分かりました」

「彼女は助かると思ってましたし、とても無念です。もういいですか」これで話は終わりだという代わりに、志原は車のキーホルダーを胸元で揺らした。志原らしくない、少し派手なネクタイの柄が目に入った。よく見ると小紋のモチーフが猫のキャラクターだった。今夜の約束の相手は若い女性なのだろうかと妙な想像を巡らせてしまった。

6

六月五日水曜日

大阪府警捜査一課と天王寺署は『美容コンサル女性刺殺事件』の合同捜査本部を設置した。それを受けて同日午前八時、第一回捜査会議が天王寺署の会議室で行われることになった。

有佳子は朝が苦手ではないけれど、今朝は頭がぼーっとしていた。夏帆の両親と話したことで、犯人への怒りがこみ上げて昨夜は熟睡できなかったのだ。会議に備えて、濃いめのインスタントコーヒーを二杯飲み、清涼感のある目薬を差して頭に活を入れる。

「わしらにとって八時は早朝やもんな」背後から豊丘の声がした。

「警部補すみません。ちょっと待ってください。せめて一分は目を閉じてないとダメなので」上を向き目頭をつまんだまま有佳子は言った。

「おお、こっちこそすまん。ゆっくりせい、会議は逃げへんさかい」

目を開くと、豊丘もカップを手に笑っていた。彼は朝が弱い質《たち》だった。

会議室には大阪府警一課の捜査官と天王寺署の警察官、総勢八〇名ほどが席に着き、ややあって府警の槌井《つちい》一課長と天王寺署の谷田《たにだ》管理官、課長の加納が前面の議長席に座った。

会議の冒頭、捜査本部を指揮する谷田管理官から挨拶の後、事件概要の説明があった。

「被害者は五十嵐夏帆、三二歳。職業は美容コンサルタント、美肌化粧品の企画開発会社『ＫＡＨＯ』の代表兼、自社製品のモデルです。現場は、大阪府大阪市天王寺区上本町×〇番地丸松ビル二〇三号。被害者の仕事場。犯行時間は六月二日午後八時五四分だと思われます。この時間、被害者とその母親との通話中で、その他の家族の証言もあって正確な犯行時刻とみていいでしょう。死因については後ほど加納課長から報告してもらいます。今後の捜査にあたって私から一言。被害者は独自の美容用品を開発し、自らも広告塔となってプライベートブランド『ＫＡＨＯ』を立ち上げた。口コミでユーザーを増やし、その実績をもって大手の化粧品メーカーと渡り合えるほどに急成長してきた。つまり急激な変化は人間関係において、様々な軋轢《あつれき》を生むものです。よってカンドリを中心とした捜査が奏功するものと思われます。槌井一課長を捜査本部長としてカンドリ班、ジドリと足跡班を編成してもらいます。役割分担については本会議終了時に発表します。被害者が有名人であることから注目度も高い。いつも以上の早期解決を念頭に迅速な捜査を心がけてください」と捜査員たちを見渡し、加納にバトンを渡した。

「司法解剖の結果から報告します。五十嵐夏帆三二歳の死因は、刃渡り二〇センチの包丁のような片刃の鋭器、それによる左上腹部、脾臓に達する切創からの大量出血、失血性ショック死。解剖に当たった大阪国際医科大学法医学教室の古柳瞭教授は、懸命な救命処置が行われたが残念ながら命は救えなかったとの所見を述べています」

「所見？　珍しいな」長机の隣に座る豊丘が小声で漏らす。

「解剖所見で救命に触れるなんて見たことないですね」有佳子も声をひそめて言った。

「三品先生の病院に運ばれたからかな。やっぱり医者仲間からも一目置かれてるんやで、三品大先生は」と息を吐き有佳子を横目で見た。

加納はホワイトボードにマグネットで解剖所見を貼り付けながら、「要は即死ではありませんでした。所轄の成山刑事は瀕死の状態にあった被害者から話を聞けたということなので、成山君、詳しい報告をお願いします」と有佳子に視線を向けた。

「ほいきた、頑張れ成山」豊丘が嬉しそうに声を上げる。

彼の冷やかしの声を耳にしつつ、有佳子は返事をして立ち上がり手帳を広げた。

「被害者の容態が悪くなって話ができるギリギリの状態だと、三品病院から知らせを受けたのは六月三日、午前一時二〇分頃です。私は搬送先の同病院へ急行し集中治療室の被害者と面会しました。すでに言葉を発することができない状態だったので、同病院長、三品先生の指導のもと瞬きによる意思の疎通を図りました。三年前離婚した元夫である八杉弘文からのストーカー被害が府警生活安全部人身安全対策課に提出されていた経緯もあり、凶行に及んだのが八杉氏の可能性があるとみて、彼の顔写真を見せました」有佳子はスマホ画面の八杉の顔写真を見せて彼女に認知能力があるのかを確かめたうえで、八杉を含めた三名の写真を見せ、「昨夜、あなたを刺した人はいますか」と問い、それに対して「NO」を示す合図の瞬き二回をした。さらに「本当に、ここにはいないんですね」と念を押したところ、今度はイエスを意味する合図をして、首を振ったと説明した。「三品先生は、犯人は写真の人物ではない、という意思表示だとおっしゃいました。痙攣にも見えなくはなかったんですが、私自身も三品先生と同じように感じました」

「否定したのは、元夫をかばっているとは考えられないんですか」立ったままの有佳子に、神路が訊いた。

「被害者の両親の話では、八杉の付きまといには相当迷惑していたようです。神さんもご存じのように、三ヵ月前には大阪地裁から保護命令、接近禁止命令が出ていますし。命と引き替えにして、八杉をかばい立てするとは思えません」

「そう、ですか」神路は、席に着く有佳子に残念そうな声を出した。

その様子を見て加納が、「神さん、引っかかるようですね。その八杉について、神さんから報告してもらいましょうか」と言った。

「口の上手い遊び人、プレイボーイという証言ばかりです。おまけに居酒屋やスナックのツケ、仲間内の借金もなんやかやと言い訳して支払いを引き延ばす、いい加減な男のようです。ただ、踏み倒すことはなかったんで、店は客として気持ちよく迎えてたんですね。不思議なことにちゃらんぽらんな性格なのに、営業成績は抜群だった。会社での評判も悪くはない。スギちゃん、スギちゃんと呼ばれ、結構人気もあります。ただし、とにかく被害者への執着は相当なものだったようです」八杉は周りの人間に、何が何でも復縁したる、あいつは誰にも渡さない、と言いふらしていたという。「なぜか分かりませんけど、自信満々で胸を張ってたようです」

「神さんの心証としては？」

「執着の強さからみてクロですね。しかもアリバイもない。六月二日の午後八時五四分頃どこにいたのか訊いたら、通りすがりの居酒屋で飲んでたとか、喫茶店でコーヒーを飲んでたとか、のらりくらりした後に、天王寺でパチンコしてたと思うと主張した。それで該当するパチンコ店から防犯カメラ映像を提供してもらって調べましたが、八杉の姿は確認できませんでした。被害者が八杉だと認めさえしてくれてたら」

大方の刑事なら、叩いてあぶり出すと言い出すけれど、神路は言葉を飲み込んだ。切れ者で冷静な性格だと豊丘から聞いていたし、それは端で見ていても感じられた。取り調べでも声を荒らげるのを耳にしたことがない。「ただ接近禁止命令が出てからは、露骨な付きまとい行為はしてません。要領がいい質なんでしょうね」

「成山君、被害者が否定したとみるのは首を振ったことによるものですね？」神路が斜め後ろの有佳子に振り返る。

「それと、瞬きによる意思表示からです」

「表情はどうでしたか」

「息づかいが荒く、苦しそうでした」

「恐怖の色は？」

「色ですか」文学的な表現だと思ったが、問われている意図が分からなかった。

「ストーカー被害に遭っている女性の多くは、とてつもない恐怖を味わってる。そんな男の顔を、画像とはいえ朦朧とする意識下で見たら、どうです？」

「ああ、それで恐怖の色、ですか。凍り付いたような表情でもなかったし、おののく感じでもなかったかと思います」

「自分は死ぬと自覚していたら、こいつこそ犯人と告げられますが、そうでなければ、報復を恐れてだまっていたのではないですか。家族が酷い目に遭わされると考えたかもしれません」

「それはあり得ます。被害者は大変家族思いだったと推察されますので。親兄弟に被害が及ぶと思ったから、私の見せた写真の中に犯人はいない、つまり八杉氏に刺されたことを認めなかった可能性は否定できません」有佳子は神路の見立てに賛同できた。

「さらに八杉氏をマークする必要がありますね」神路は、議長席の谷田と加納の顔を見て言った。「被害者の自宅にあった隠し撮りと思われる写真を豊丘警部補たちが入手してます。八杉が嫌がらせに送ったものでしょう。それらは明らかにつきまといをしていた痕跡になります」

「神さんたちは引き続き八杉の前足と後足を洗ってください。ただ、被害者は意識があった上で否定したことを考え、成山刑事は、所轄同士になるが豊丘警部補と組んで、八杉以外の被害者の交友関係を中心に調べてほしい」どうやら捜査人事は谷田と加納との間で決まっているようだ。「美容関係の競争は激しいと聞きます。被害者の成功を妬んでいる者もいるでしょう。関係者間でトラブルがなかったか調べてください。次は現場の様子を、初動捜査班から引き継いだ豊丘警部補、報告してもらえますか」そう言いながら、ホワイトボードを回転させた。模造紙一面に、引き延ばされた現場の写真が貼ってある。おっと声が上がった。

「ご覧の通り被害者が倒れていた場所は水浸しで、夥《おびただ》しいガラス片が散乱してます」と、豊丘は巨体を揺らして立った。「これらは水槽の成れの果てです。計三つの水槽が粉々になってます。最大のは横幅九〇センチ、奥行き四五センチ、高さが三六センチもありました。中身は、真っ黒なのと、深い緑色の植物。これらは元々同じもんで真菰いうもんやそうです。黒くなってんのはカビで、それに抗菌、殺菌効果があるということです。被害者はそれを美顔用品に配合してました。写真にもありますが奥の部屋にも小ぶりの水槽がぎょうさん並んでます。この部屋は商品開発研究室みたいなもんやったと推察されますな」

「炭みたいな黒いもので美顔を？」神路の声だ。

「そのようです。KAHOの自然派シリーズは結構人気があるんやそうで。大手化粧品会社の『株式会社美麗《みれい》化粧品』が販売権を取得してるくらいですから」大量生産体制を整え、広告宣伝も白新堂が行っていた。「自身がモデルもやってますし、美容業界では勝ち組やと言うていいでしょう」

「それにしてはオフィスビルの一室で実験というのが不自然な気がしますね。独自のラボがあっても不思議じゃない」

「私も引っかかってるので、今日からその辺りのことを聞き込むつもりです。凶器は見当たりません。被害者のスマホも現場から消えてます。足跡と指紋については被害者のものを含め複数採取しています。その中に八杉の指紋もありました。彼が最重要人物であることは間違いないと思います」

「指紋が？」

「被害者の家に侵入しようとしたことがあったんで、お灸《きゅう》を据える意味で生活安全部人身安全対策課の係官が関係者指紋の提供を求めたんです。そうだ、事件当夜午後一〇時に会うことになっていた鍛冶透さん、民事専門の弁護士ですが、被害者が彼に八杉のことで相談していました」

「夜の一〇時に相談？」やはり神路が反応した。

「相談時間としては遅い。弁護士と依頼人の関係じゃない、と疑っても不思議はありません。私と成山刑事は、八杉があらかじめ鍛冶氏との約束の時間を知っていて、被害者を襲ったんではないかと考えています。鍛冶氏も自分の敵だと考えたのかも」

「その可能性もありますが、鍛冶氏とのトラブルも考える必要がありますね」

「その辺りも含めて、再度鍛冶氏には話を聞きます。また被害者には何かと相談していた男性が別におりました。大手広告代理店の白新堂に勤める斉田優駿さんです。彼を巡る人間関係のトラブルも視野に入れたいと思てます」豊丘は、夏帆と親密な関係だった斉田にもまた、多くのライバルが存在する可能性があると主張した。「なんちゅうても天下の白新堂のメディア部長ですさかい」T大学卒業のエリートであることを知ってから、豊丘の見立てが変化しているのを有佳子は知っている。どこかエリートに対する悪いイメージを持っているのだ。凶器の発見に努めると共に、スマホについては電話会社に通話記録を照会していること、またロックを解除した被害者のノートパソコンから現在仕事や交友関係を洗っていることを報告して、豊丘は着席した。

その後、谷田管理官から班ごとの人事が読み上げられ会議は終了した。

「ご一緒できて嬉しいです、警部補」有佳子は一から信頼関係を構築せずにすむことにホッとしていた。

「わしと組まされるのは、管理官からの期待の表れや」豊丘が微笑む。「昼、一二時に斉田さんと会うで」

「お昼、にですか」

「昼休みくらいしか時間が取れへんみたいや。こっちも早よ昼飯食っといたほうがええぞ。わしは弁当やからすぐすむけどな」

「愛妻弁当、いいな」

「たいそうなもんやない。娘のを作るついでや」豊丘には怜子《れいこ》という予備校生の娘がいた。
「怜子ちゃん、元気です？」
「合否判定模試の結果が芳しくなくて、ちょっと落ち込んでる。文系やのに急に獣医
師になりたいなんて、無茶やと思う。けど頑張ってるから、何とか思いを叶えてやり
たい」
「警部補の娘さんですから、大丈夫ですよ」
「おべんちゃら言うても昼飯は出えへんぞ」
「分かってますよ」と有佳子はコンビニに走る。好きなおかかのおにぎりとカップう
どんを買った。
カップうどんの粉末だしを入れて湯を注いだとき、バイブレーション音を立ててスマ
ホがデスクをのたくった。コンビニのおにぎりをカップうどんの蓋の上に置き電話に
出る。
有佳子は食事をスマホに邪魔されるのに馴れていた。姉の育美もそのようで姉妹そ
ろって電話のタイミングが悪い。前世で人の食事を邪魔した悪童だったにちがいな
い、と笑いあったこともある。
「あの、成山刑事さんですか、三品病院の家入です。いまお話ししてもよろしいでし

ようか」医師らしからぬおどおどとした話し方は、まさしくあの童顔の医師のものだ。

「ええ大丈夫です。何かありました?」湯気でふやけたカップうどんの蓋が、おにぎりの重みを支えきれなくなるくらいしなり始めた。

「あの、五十嵐夏帆さんの件で、折り入ってお願いがありまして」

「私にできることでしたら、どうぞ」

「五十嵐さんが被害を受けた場所に入る許可を、出してほしいんです」

「現場を見たい、とおっしゃるんですか」殺人現場に興味を示した医師など聞いたことがない。「それはなぜですか」当然探るような口調となる。

「一言で言いますと、三品院長の指示でして」

「いくら院長の指示だとしても、現場で何をされるのか目的を話してもらわないと、こちらも判断できません」

「ですよね。院長が言うのには、死因の検証が必要だと」

「司法解剖の結果は出ています。死因は切創による失血死に間違いない、という報告を受けてますが」まだ正式な死体検案書などは届いていないが、加納課長が解剖医に大体の見立てを訊いていた。それとも他に気になる医学的根拠でもあるのだろうか。

刺殺された被害者に何の興味を持ったのだろう。「三品院長は何とおっしゃっているんですか」

「主たる死因は失血死だと思われますが、院長は、処置に対して息を引き取るまでの速度を気にしてます」

「処置は上手くいったのに、悪化が速かったということですか」

「そういうことです。何か基礎疾患というか、既往症があったのではないかと」

「それを調べたい、とおっしゃるんですか。でも既往症が、すでに遺体がない現場に行って分かるんですか」腹の虫が鳴き、恨めしそうにおにぎりを見詰めながら、有佳子は首を捻った。すでに鑑識も終えた場所に医師が臨んで被害者の何を調べようというのだ。

「例えば何かの依存症なら、普段の生活環境を調べればある程度分かります」

「依存症……アルコール類としては、梅酒が現場にありましたが、そんなのが影響したとも思えませんけど」

「いえ、それはないでしょう。院長が懸念しているのは何かの中毒、または細菌が原因の感染症のほうです」

「薬物中毒か感染症……？」

「薬物とは限りませんが」家入は依然として煮え切らない物言いをする。

「現場は被害者が仕事場として使用していました。化粧品の開発ですから薬品なども使っていたようですので、それらは鑑識係官が持ち帰って調べています。現在のところ有毒なもの、中毒を起こさせるようなものは見つかってません」有佳子は突き放すように言った。

「そのものに毒性がなくてもアレルギー反応を起こすものもあります。床や壁紙を貼る接着剤などの化学物質、動物や虫の糞《ふん》、金属とか。また感染症の場合、真菌、カビも重大な原因になります。僕たちは鑑識の方とは別の見方で調べます。それに五十嵐さんはびしょ濡れで、その際浴びた水も気になりますし」

「水？　あれが汚染されていたとおっしゃるんですか。それについても鑑識係官が調べてます。そもそも先ほどの先生の言い方だと、刺される前に、被害者は何らかの病気にかかっていた、と見ていらっしゃるんでしょ？」その結果、死期を早めたということか。しかし、それは直接の死因とは言えない。すでに亡くなっている患者の病歴を調べることに、特段の意味があるとも思えなかった。いずれにせよ捜査の参考にはならない。

「そういうことです。だから仕事場だけではなくお住まいも調べたいんです」

「そんなことをする意味があるとは思えません。持病を持った被害者が殺害されるケースはたくさんあります。我々警察は直接の死因が何であるかを基に捜査しないと、立件できません。病弱な人が殴打されて結果亡くなったのなら、それは殺人で捜査します。もっと言えば心臓の弱い方が、侵入してきた強盗の姿を見て卒倒し、結果亡くなった場合でもそこに因果関係があると見て、強盗殺人を視野に入れることだってあるんです。五十嵐さんは刺殺として、すでに捜査を開始していますから」

「我々は事件と関係なく、五十嵐さんの……健康状態と言いますか、罹患《りかん》していたかもしれない病気を突き止めたいんです。と院長が」

奥歯に物が挟まったようなというのは、家入のためにある言葉なのか。院長の指示だから仕方なく連絡したというニュアンスを言葉の端々から感じる。

「捜査に必要なこととは思えません」有佳子は吐息混じりの言葉を投げた。

「お願いです、短時間で済ませますので許可を」家入は焦った声を出した。

「私の一存では許可は出せません。上司に相談してからでないと」

「今日の午後には、どうしても」切迫した口調だ。よほど三品が怖いのだろうか。

「今聞いて、すぐというのは無理です」

「そこを何とか。今度は僕を助けてください」

「ちょっと待ってください」有佳子はスマホの保留ボタンをタップし、豊丘のデスクまで行って家入の申し出を話した。「実は、被害者に最後の尋問ができたのは、家入先生が三品院長へ働きかけてくれたからなんです」彼はすでに弁当を食べ終え、缶コーヒーを手にしている。「借りがあるってことか。おまけに今度は後ろに三品院長がおるからな、むげには断れへんよな。現場のほうは鑑識作業は済んでいるさかい、管理官かて事情を話したら許可するんちがうか」豊丘が手の中で弄ぶとコーヒー缶が妙に小さく見える。

「じゃあ現場に入ってもらって、いいんですか」

「ああ、上にはわしから言うわ。問題は誰が立ち会うかや」

「私が立ち会いますよ。警部補は苦手でしょう？　お医者さん」

「斉田氏とダブルはしんどいな」

「では、斉田さんから話を聞いたその足で現場に行きますんで、家入先生には二時頃と言ってもいいですか」

「かまへん。悪いがお医者はんのほうはよろしく頼む」

有佳子は、午後二時ではどうか、と家入に告げた。

「ありがとうございます。助かります」ごそごそと雑音が聞こえる。たぶんペコペコと頭を下げているにちがいない。

電話が切れたのを確認すると、生温いおにぎりを頬張り、伸びたうどんを啜《すす》った。

白新堂の関西支社は中之島《なかのしま》の高層ビルの中にあった。約束の時間五分前にビルに到着し、斉田に連絡をとると一階にあるコーヒーのチェーン店で会いたいと言った。さすがに刑事をオフィス内には入れたくないようだ。有佳子が自分たちの風体を教えると、彼は緑色の携帯傘を手に持っていく、と言った。

ガラス張りの店の前で待っていると三分ほどで姿を見せた斉田は、迷うことなく声をかけてきた。細身で長身、シルバーの縁なし眼鏡をかけブルーのサマースーツが似合っている。「お待たせしました」とまるで人目をはばかるようにコーヒー店に入った。

昼時ということもあって混雑しているが店内は広く、斉田は奥の壁際の席を見つけ「あそこにかけていてください。お二人ともダッチコーヒーのアイスでいいですか」と有佳子たちに訊き、慣れた身のこなしで、盆に三つのダッチアイスコーヒーのレギュラーサイズを載せて席に着いた。

「ありがとうございます。このたびはとんだことで、驚かれましたでしょう？」豊丘が二人分の代金を斉田に渡す。

「もう、何が何だか分からないですよ。突然、五十嵐さんのお母さんから電話をもらって彼女が亡くなったって言われて。亡くなったことも信じられないですが、殺害されたと聞いて、歯が鳴るほど震えがきました」とうつむく斉田の眼鏡の下の顔は憔悴しているように見える。夏帆の部屋にあった写真に顔は写っていなかったけれど、体の一部から想像した体格よりも痩せている印象を持った。

「被害者のお母さんから……。夏帆さんとはどのような関係だったんですか」豊丘がコーヒーに口をつけ、「うまい」と無関係な感想を漏らす。

「私はバツイチでして、結婚には慎重になっています。なので結婚を前提に交際しているとは言えないんですが、彼女を大切な人だと思ってきました」斉田の低音が震えていた。

「交際相手やったということでいいんですね」

「ええ」と深呼吸する吸気音も震えていた。

「現場からスマホがなくなっていることや、被害者の最後の言葉から見知らぬ者の犯行とは考えにくいんです。六月二日、午後八時五四分頃、どこにおられました？」

「私も容疑者の中に入っているんですか。そんなのあり得ません。彼女を愛していたんですよ。なのに何でそんなことを……」斉田が豊丘を睨み、同意を求めるような視線を有佳子に向けてきた。

「犯人を特定するための消去法です。協力してもらえないですか」有佳子が視線を返す。「それが夏帆さんの無念を晴らすことになるんです」

「私だって全面的に協力したい。ですが、疑われるのには耐えられない」

「お気持ちはお察しします。私は集中治療室で懸命に生きようとしていた夏帆さんに面会しました。その姿を見た者として、犯人を決して許さないと思っています」

「彼女の最期に……苦しんだのでしょうか」

「医師たちの努力で、痛みなどはなかったかと」気休めにでもなればと有佳子は曖昧《あいまい》なことを口にした。臨終の場にいたわけではない。

「そうですか」斉田はコーヒーを飲み、スーツの内ポケットからスマホを取り出した。「二日の夜は、大阪ローカルテレビの編成の方と打ち合わせをしておりました」斉田はテレビ局の人間の名前と連絡先を告げた。「確認される際には……私の立場もありますんで」

「承知しています」豊丘が続ける。「被害者からいろいろ相談されていたようですが、トラブルについてはいかがです。何か聞いてませんか」

「刑事さんもご存じのはずです。元夫、八杉からの執拗《しつよう》なストーカー行為。どこへ行っても監視されている気がすると気味悪がってました。警察に何度も相談してますし、近所トラブルまで起こしてる。なのに一向に収まる気配がないし、警察は何もしてくれなかった。さっき刑事さんは犯人を許さない、とおっしゃったけど、犯人はもう決まったようなもんだ。いい加減に、あいつを捕まえてくれませんか」苛立ちが険しい表情として表れた。

「斉田さんのお気持ちも分かります。しかし、これは内密な話です。被害者ご本人が、八杉さんの犯行を否定されましてね」

「えっ、それはどういうことですか」口に運ぼうとしたカップを途中で止めた。

有佳子は、豊丘の目配せを受け、八杉の写真を見せたときの夏帆の反応の一部を話した。「立ち会った医師の判断も、八杉さんを否定しているということです」

「そんな馬鹿な。彼以外に夏帆を傷つける人間がいるとは思えない」そう言ったとき、斉田の目が泳いだ気がした。

「そこで、再度伺います。本当に五十嵐さんには、その他のトラブルはありませんでしたか。何か気づいたことがおありなんですね。どんな小さなことでも結構です。我々に教えてください」やはり豊丘は斉田の表情を見逃さなかったようだ。

「どの世界でも同じでしょうが、激しい競争のあるところ、足の引っ張り合いも辞さない連中がいます」

「具体的には？」豊丘が確認する。

「緑茶の涙訴訟をご存じですか」美白石鹸《せっけん》を使い皮膚炎などのアレルギー症状が出たとして、販売会社を相手取り集団訴訟が起きた事案を斉田は持ち出した。「あれは事実よくない物質が使用されていたんですが、KAHOの化粧品で皮膚トラブルを起こしたというネガティブな書き込みをする者がいるんですよ、SNSで。ライバル化粧品会社が暗躍してる可能性もあります」

「デマを流す人たちがいる、とおっしゃるんですね」

「ＫＡＨＯは通販サイトでは販売していません。対面販売できちんとヒヤリングを行って管理してます。何か問題があれば直接やりとりできる体制をとってるんですよ」

その販売システムの構築に白新堂として協力したのだと、斉田は説明した。「裏で誰が糸を引いているか分かりませんが、ネット上では激しい言葉を投げつける人もいます」

有佳子が豊丘にアイコンタクトで許可を得て、「五十嵐さんは自分のことを大海の木の葉みたいだと、お母さんに漏らしたことがあるそうなんです。これをどう思いますか」と質問した。

「大海の木の葉ですか。私は聞いたことないですけれど、なんとなく想像はつきます」自分の言葉にうなずき、続けた。「販売契約を結んでいる株式会社美麗化粧品も化粧品会社としては大手です。一瞬でも気を抜くと飲み込まれてしまう。そんな恐怖と戦っていたんじゃないですか。味方でも、手のひらを返すことはよくあることですから。いつ何処で潮目が変わり、飲み込まれてしまうのか分からない」それは美麗だけにではなく、夏帆のタレント性に目をつけ、美味しい話を持ってくる様々な業態の会社も同じだ、と斉田は眉を顰《ひそ》めた。

「相当、無理をしてきたってことですね」

「戦う相手が誰なのか、何なのかさえ分からなかったのかもしれないですね。もっと私が支えてやれば……」

夏帆が大海と称し、相手にしていた得体の知れないもの、それが巨大な組織だと解釈すれば、有佳子にも腑《ふ》に落ちる。努力が単純に成果を生まず、実績として評価されることもない警察組織。

有佳子が黙ってしまったため、斉田が豊丘に話しかけた。「ただ、刑事さん、いろいろなトラブルがあったと聞いていますが、ビジネスの関係者が実際に手を出したとは思えません」

「確かに商売の邪魔をしたいだけで殺意があるとは思えませんね。では、不特定多数やなくて、もっと密接で身近な人間はいませんか。つまり、あのビルの一室が仕事場だと知ってるもんです」

「あの部屋を仕事場だと知る者は、私の知る限りそれほどいません。企業秘密を含んでますから」

「斉田さんが把握している人間を教えてください」

「迷惑が及ぶようなことは」

「私らもプロですんで、あんじょうやります」豊丘が目元を緩める。人懐っこい顔が彼の武器でもあった。体の威圧感とのコントラストがきくのだ。

「美麗の商品開発部の松兼祥子《まつかねしょうこ》さんと洞院美久《どういんみく》さん、営業部の板井《いたい》課長、それに弁護士の……」

「鍛治透さんですか。民事専門の」有佳子が彼の言葉を継いだ。

「そう、鍛治さんです。さっき言ったネット被害への対策を、何度か相談していると聞いています。ＫＡＨＯの顧問的な役割を担ってる方だと承知してます」

「八杉さんのことも相談してたようです」

「プライベートのことを？」浮かない表情を見せた。「あくまでビジネスのことだけだと思ってました」

夏帆は斉田に、何もかも打ち明けていた訳ではなかったようだ。

「事件当夜も午後一〇時に仕事場で会う約束をされていました。少なくともそのときの相談は、八杉氏のことだったようです」

「そんな時間に……ともかく私が分かっていることは話しました。あっそうそう、プライベートというのなら五十嵐さんの同級生の女性が遊びに来たことがあります」同級生には、斉田のことを交際相手であると夏帆は紹介したという。「二人のことはきちんとした時期が来るまで口外しないように決めていたんで、そのときはちょっと驚きました。それで覚えてます」

「同級生のお名前は？」有佳子が尋ねる。

「片方亜弥さんです」

「奈良の方ですね」

「なんだ、警察はもうそこまで調べてるんですか」斉田の目に敵意は感じられなかった。きちんと捜査していると受け取ったのかもしれない。やましいところがある者には脅威だろうが、事件解決を望む者には警察は頼もしい存在だ。

「失礼ですが、あなたと被害者の関係はうまくいってました？」と豊丘の質問に驚いたのは有佳子だ。齟齬《そご》を来していても正直に言うはずがないことを分かっていて、気持ちを揺さぶろうとしているのだろうが、豊丘らしくない。恋人の死にまだ動揺している人間であることは彼も分かっているはずだ。そこが他の刑事とちがう優しさだと有佳子は思っていた。

それとも斉田に不審を抱く訳でもあるのだろうか。

「もちろん。私たちには何の問題もありません」斉田が腕時計を見た。「もういいですか。昼休みが終わる時間です」斉田は自分のカップを持って立ち上がった。

「お忙しいのにご協力、感謝します。またいろいろ伺うかもしれませんが、これも被害者の無念を晴らすためだとご理解ください」座ったまま豊丘が頭を下げた。それに有佳子もならい、会釈する。

斉田は返事をせずに、容器の返却棚へ向かい、そのまま店外へと出て行った。

「どう思う？」豊丘がカップに残ったコーヒーを飲み干す。同じサイズのカップとは思えないほど小さく見えた。

「誠実そうな方だと思いましたけど、警部補は何か感じたみたいですね」

「真剣に付き合ってて、うまくいってるんやったら、結婚を考えてましたって言ってもよさそうなもんや。何で結婚が前提やないと断りを入れる必要がある？」

「元来が正直な質なのでは？　少しの嘘もつけないような」

「広告業界に身を置いて出世した男がか。わしは鍛冶氏の名前をど忘れしたときから、何かあるなと思った。彼は地元紙に目を通してるはずや。新聞には『当夜は午後一〇時に顧問弁護士との約束があり、五十嵐さんは事務所に残っていた模様』とあった」

「すでに鍛冶氏と会う約束だったと知っていたということですね。なのに『そんな時間に』と彼は初めて知ったかのように言った」

「顧問的な役割を担っていた弁護士が鍛冶やと知ってたら、忘れる名前やないぞ」

「弁護士なのに鍛冶屋さん？　警部補らしい着想ですけど」有佳子は少し顔をほころばせ、続けた。「被害者と鍛冶さんとの仲をよく思っていなかったのは、八杉さんだけじゃなかったってことですか」

「あれだけのべっぴんやからな。相談を持ちかけられたらクラクラッとするんやろ」

豊丘は目を回すしぐさをした。

「鍛冶さんには奥さんがいらっしゃいます」有佳子は、豊丘の妙な妄想を掻《か》き消すように語尾を強めた。

「実際にどうやったかは分からん。けど、誤解して嫉妬《しっと》に狂うっちゅうことはある。冷静に見えるエリートのほうが、一皮むけば嫉妬の炎がメラメラってありがちやろ？」

「エリートに対抗心メラメラの人もいますけどね。冗談はさておき、斉田さんもマークしたほうがいいということですね」

「鍛冶氏と会うことを事前に知っていた可能性が一番ある人物やからな。わしは大阪ローカルテレビの編成の人間に会《お》うてみる。成山はお医者の立ち会いをチャッチャと済ますこっちゃ。そうや、自宅に行ったとき手帳とか日記とかないか、もう一回見てくれ」鑑識がノートパソコンを調べた限り、今のところほとんどが世界の美容用品の情報だったそうだ。「そやから会議では報告することがなかった。引き続き合原さんに粘ってもらうけどな」

「京子さんの美容の知識が増えますね。日記等、探してみます。お医者さんのお守《も》りは気が重いですけど」家入医師の長い睫毛《まつげ》を思い出した。

「まあ、そう言うな。バックにおる三品先生の機嫌を損ねへんかったらええんやから」

「そういうのが一番苦手なんですよね。お医者さん自体は何とも思わないんですけど」

「成山なら大丈夫や。悩殺できるわ」

「もの凄いセクハラですよ、それ。大問題です」

「すまん、すまん冗談や」豊丘は背を丸め、片手で拝むような格好をした。「絶対もう言わへんさかい。伝説の鬼刑事、成山五平《ごへい》警部の御霊に誓って」

「しょうがないですね」有佳子は苦笑いした。祖父の名を出されると弱い。「では、今から現場と被害者宅に行ってきます」小さく敬礼のまねごとをすると、ごちになります、と席を立った。

7

「バカ正直なだけじゃ、本物の医者にはなれんぞ」三品の声が二〇畳ほどの院長室に響き渡った。立腹レベルはまだ六〇パーセントくらいだ。レベルが上がるほどに、さらにドスのきいた声になる。

「よく言いますよ。オペに疑問を抱く人間が、大変不躾な質問をするかもしれないが、気を悪くしないでやってほしいって志原先生に言ったのはどなたですか」目一杯の抵抗を見せた。

「志原先生もお前も、私の言葉を正確に再現したようだ。記憶力は認めよう」

「やっぱり……それでバカ正直だと言われても」

「勘違いするな。私はオペに疑問を抱く人間と言ったんだ。記録のことじゃない」

「しかし、意図的に記録スイッチを入れなかったと院長が思ってるのか、とおっしゃったのは志原先生のほうなんです。僕は確かめたいのはＩＶＲの記録の件だと伝えただけで」陽太郎はデスクの前に立ちさらに抗議する。

「お前は私が調べていることをバラしたんだ」珍しく白衣を着た三品は、大きな椅子の背にもたれて腕組みをする。

「ですから僕がバラしたんではなく」

「いや、お前のせいだ。誰が本人に直接訊けと言った。そもそもＩＶＲの記録のことなど、どうしてお前が確かめる？　子飼いとまで揶揄《やゆ》されているんだろ？　なら私の指示だと誰にでも分かる。中尊寺先生に見破られた時点で、スパイ失格だ」

「元々スパイじゃありませんから、僕は」陽太郎はできるだけ子供じみた表情をしないよう、眉間に力を込めた。機嫌が悪いと些細《ささい》なことで絞られるからだ。

「スパイすらできないのに医者が務まるのか」

「おっしゃっている意味が分かりません」滑稽に映る彼のちょび髭を見ないようにし

て、目元に視線を注ぐ。

「患者には二通りの人間がいる。一つは何が何でも病気を治したい者。もう一つは病気への恐怖心でとにかく重い病気ではないことをひたすら祈る者だ。前者は覚悟を決めてきているから、症状を洗いざらい吐き出す。こっちが訊いたこと以上に、あれもこれもとな。一刻も早く正しい診断をして、すぐにでも治療を開始してほしいからだ。ここまでは分かるな」蔑むようなまなざしが突き刺さる。

「もちろんです。ありがたいタイプの患者さんです」

「ありがたい？」三品が首を突き出し、右の耳をこちらに向ける。聞こえないはずはないのに聞き返すときは必ず罠《わな》が仕掛けられているのだ。

「情報が多いほど、鑑別に役立つという意味です。いま先生がおっしゃったように一刻も早く正しい診断ができますから」三品自身の言葉尻を捉えることで防戦する。

「正しい診断、か。いいか、正しい診断には正確な情報が必要だ。治りたい患者はネットで自分に当てはまる症状をすべて検索し、病名の候補がすでに頭の中に存在することが多い。困ったことに、これが案外いい線行ってる。いや茫洋《ぼうよう》とした医者には助けになってるだろうな」

「それはないと思います。皆、患者の話を鵜呑《うの》みにはしませんから」

「患者の言葉を疑うのか」語尾の音を一オクタープほど上げて激しく瞬きをした。道化の表情はますますチャップリンのようだ。

「疑うのではなく、混乱している部分を整理していくんです。痛い部分があるのは本当でしょうが、関連痛ということもありますから。とにかく原発部位を見つけないといけません」

「痛みのあることは本当なんだな？」

「ええ、嘘をつく必要はないでしょう」

「それはそうだ、治りたいんだからな。つまり患者の訴えは嘘じゃない。しかしすべてが本当だともいえないから整理するんだろ？」

「思い込みや勘違いもあります。ネットの誤った情報に振り回されていることも多分にありますから」

「患者の言うことは嘘でもないし、鵜呑みにできるほど真実でもないってことになるな。それは本当か」三品がまた訊いてきた。

「僕はそう思っています」

「簡単に言えば、患者の訴えは嘘でも本当でもない。そういうことだろ？」

「そうです」陽太郎は深くうなずいた。

「よし、お前を信じよう。だがそうなると妙なことになるな」三品の目が笑った。

「妙なことってどういうことですか」半歩ほどデスクに近寄る。ごく当たり前のことを言っただけだ。

「お前の言葉が正しいとすると、患者は嘘も言わないし本当のことも言わない、ということになる。お前の言っていることが間違いなら、嘘もつくし本当のことも言うってことになる。いったい患者の何を信じればいいんだ。そんな矛盾の中で鑑別診断を行ってるんだな」

「それは屁理屈というか、言葉遊びです」

「いや、矛盾だらけの患者の言動から病気を見つけ出さないといけない。嘘を見抜き、真実を見いださねば鑑別診断は行えないってことだけは事実だ。スパイの語源を知ってるか。見ること、見抜くことだ。分かったら上手く立ち回れ。さあ、さっさとスパイしに行くんだ」三品は手で追い払うような格好をして、デスク上の書類に視線を落とした。

院長室から出てドアを後ろ手で閉めながら、陽太郎は唇を噛んだ。罠にかかった小動物が哀れみによって解き放たれたような惨めさを感じていた。どう答えるか予想して三品は質問したにちがいないのだ。

医者がスパイだなんて、こじつけもいいところだ。いつものように頭の中で悪態をついてから、陽太郎は宿直室に戻った。

私服に着替え、院内ラボに立ち寄った。棚から検体採取キットのケースを取り肩に担ぐ。殺人現場などに足を踏み入れたくはない。当然血が怖いわけではないが、そもそも悪意が渦巻く空間が好きではないのだ。いかなる理由があっても、人が人を殺《あや》めるなんて無意味に思える。手を下さずとも、憎い相手は老化し、あるいは不慮の事故、さらには病によって死んでいく。犯罪者も日々その死を見つめていれば、直接手を下すことが空しく思えてくるはずだ。

空虚な気分に陥りたくなかった。それでなくとも夏帆の脳生検で気が滅入っている。そんなときなぜか、まさに悪意の渦中に身を置いているあの女性刑事の顔が浮かぶ。そしてまた会いたいと思っている。神経をすり減らす暮らしの中で、まだこんな心の潤いが残っていることに、自分でも驚いていた。いや殺伐とした毎日だから、ことさら有佳子が輝いて見えたのかもしれない。

夏帆の仕事場と自宅への調査には気乗りしないけれど、彼女と会えると思えば、今度ばかりは三品の指示も悪くはないし、何より病院から離れることで解放感も味わえる。そう解釈すれば、殺人現場の不愉快さも軽減できるというものだ。

気持ちを切り替えると、階段を下りる足取りも軽くなる。あっという間に外来の待合に降り立った。午前中の診察が終わっているため、長椅子に座っているのは五、六人。夜の外来までに行われるオペ患者の家族だろうか、沈痛な面持ちでうつむき加減だ。ケーシーか白衣姿でなければ、誰も陽太郎を気にとめない。しかし肩から提げた検査ケースに視線が注がれているのが分かる。

足早に玄関に向かうと、そこに報道陣らしき男性が立っていた。陽太郎は無視して、歩道に出る。まばゆい陽光に目を細めれば、通りを挟んで向こう側に怪しい者たちの姿が見えた。夏帆の搬送時、その明くる日にも見た人物が混ざっているようだ。中でもことさら若く見える青年とは院内でもすれ違った気がする。

諏訪粧子のような記者が、病院に潜り込んでいるようだ。スパイというならむしろ彼らのほうだ。油断していては患者のプライバシーは守れない。陽太郎は記者たちに話しかけられないように顔を伏せて現場へ急いだ。

有佳子から訊いた現場には三〇分もかからず着いたが、真夏並みの気温に汗まみれだ。シャツが背中にひっつくのをつまんで風を送る。ビルの前で顔の汗を拭い、ガラスを鏡代わりにして髪を整えた。

エレベータで二階に上がると、すぐに問題の部屋は分かった。部屋の前でスマホを耳に当てて佇《たたず》んでいる有佳子の紺色のスーツが見えたからだ。後ろ姿だったけれど、均整のとれたボディラインが分かる。

浮ついた気分を打ち消すようにわざと靴音を立てて歩く。

その音に有佳子が振り返り、小さく会釈すると素早くスマホを切りバッグにしまった。

陽太郎も頭を下げながら近づく。「面倒をおかけします」と再度お辞儀をしてショルダーケースを廊下に下ろした。

「先生こそ、大変ですね。事件の現場にまで調査だなんて」白い歯が漏れた。やや大きめの二本の前歯が童顔に見せているようだ。「この部屋です、どうぞ」有佳子が解錠し、黄色い規制テープをめくってドアを開いた。

中に入ると熱気と共に、よどんだ匂いにむせた。まるで川か池のようだ。

「エアコン付けますね」有佳子が部屋の明かりを付けると同時にリモコンを手にする。

「成山さんもこれを」陽太郎はN95サージカルマスクを装着しながら、差し出す。

「私も？」

「もし病原体があったら大変ですので、念のため」

「それなら現場検証のときに、我々も感染してますね」有佳子は不安げに言った。

「いや、そんなことは稀《まれ》です。すみません、嫌なことを言いましたね。ただやっぱりマスクを」

「分かりました。手袋もしたほうがいいですか」有佳子は陽太郎の手を見た。

「ええ。お持ちですか」

「必需品です」バッグから手袋を出して、陽太郎に示した。「少しエアコンが効いてきたみたいですね。どこから調べるんですか」

「そのエアコンの吹き出し口から検体を採取します」

「じゃあ椅子を持ってきます」

「いえ自分でやります。成山さんは僕を監視しててください。それだけで結構です」

「これくらいのこと。どうぞ」有佳子は奥からデスク椅子を持ってきた。電話で現場調査をさせてくれと頼んだときと違い、協力的だと感じた。

「すみません。ありがとうございます」陽太郎はスワブスティックという特殊な綿棒と希釈液ボトルのセットをケースから取り出した。椅子の上に乗って、生理食塩水で湿らせたスワブの先で吹き出し口の端から端までを丁寧に拭き取り、すぐに試験管ほどの大きさのボトルにスティックごと入れて軽く振る。希釈液と馴染んだのを確認し、その手でボトルのラベルにエアコンと記した。

　降りようとしたとき、有佳子が椅子の背に手を添えていたことに気づいた。「どうも」間の抜けた言葉を発し椅子から降りて、陽太郎はボトルをケースの中のボトルスタンドにしまった。

「エアコンから吹き出す冷気で、恐ろしい病気に罹《かか》るんですか」有佳子が訊いてきた。

「それほど恐れなくてもいいんですが、エアコンで一番多いのはトリコスポロンというカビが引き起こす過敏性の肺炎です」

「カビで過敏性ですか」有佳子の目が笑っていた。

「しゃれで終わればいいんですけどね。夏になると多いんですよ。風邪をひいた後、咳だけが残ってなかなか治らない。軽い場合は抗原、つまり原因を取り除くだけで改善するんですが、そのまま放置すると慢性化して、肺の線維化《せんいか》が起こってしまう。一度線維化した部分は元には戻らないんです。さらに悪化したら呼吸不全に陥って日常生活にも影響が出ますよ。酸素供給器の助けが必要になります」なぜ真菌の話をしているんだろう。

「近頃の夏は猛烈に暑いから、エアコンは付けっぱなしにしてます。その間ずっとカビを浴びてるってことですね」有佳子はエアコンを見上げて言った。「被害者は、そのカビで病気になったんですか」

「いえ、たぶん違うと思います。それなら院長に分からないはずないです。そもそも重症肺炎を示すデータはありませんでしたし」

「なのに先生は調べている？」大きな瞳を向けてきた。

「院長に言わせれば、とにかくデータが必要、なんでしょ」唇の端で笑う。

「それにしても、私は初めてです、刺殺された被害者の既往症が知りたいなんて」

「病院で亡くなった以上、三品病院の患者ですから、院長はすべてを把握しておきたいんだと思います」と陽太郎は答えた。

「そうなんですか……あとはどこを調べますか」有佳子は腕時計を見た。

「キッチンと洗面所、トイレ、それに五十嵐さんが刺された場所です。多いので急いでやりますね」陽太郎は左側に見えるミニキッチンへと移動した。

スワブで検体を拭い取りボトルに入れるというエアコンを調べたのと同じ要領で、水道の蛇口、排水口の配管を調べていく。

「一通り終わりました。あとは事件のあった……」

「現場は奥の部屋です。床に大きな水槽のガラス片が散乱していますから注意してください」と有佳子が奥の部屋に先導した。

床一面に散乱するガラス片と干からびたマコモダケがそこら中に張り付いていた。古い水の匂いと青臭さでマスク越しでもきつい。それはいくらエアコンが効き始めても容易に収まるようなものではなかった。閉め切られた部屋の温度は、四〇度近くまで上がっていただろうから、腐敗が始まっているのだ。

陽太郎は部屋の入り口付近で見つけた空気清浄機のスイッチを入れた。厳めしい形はいかにも業務用だ。

「ハイパワーですね。これならカビをそれほど浴びなくても済みそうだ」

「被害者はここで美容用品の開発を行っていました。粉塵《ふんじん》にも気を配ってたんでしょょうね」有佳子が振り向いて言った。

「それで強力な機器を設置してるのか」空気清浄機の四角い頭をポンポンと叩いた。

「今見えている水槽の棚の部屋と、こちらの現場とはパーティションカーテンで仕切ってあったんですが、鑑識作業のために取っ払ってます」有佳子がデスクの前に描かれた白い人がたを見た。

白い紐《ひも》の人がたは床に突っ伏しているように見え、足許にもガラス片がある。

「大きな水槽だったようですね」陽太郎がフレームだけになった残骸の傍らに膝をつく。凝固した血液と微かな水がその下に認められた。「床の水は拭き取ってないんですよね」

「ええ、そのままです。鑑識さんが血液のサンプルは採取してますけど」

「うーん、これだけ大きな水槽からこぼれたら、三日くらいでこんなに乾いてしまわないでしょうし……ソファーは革製だからそれほど吸水してないな。あっデスクの下にマットみたいなものがあるんですね」デスクの椅子の下にだけ敷物がしてあった。

「ラグですね。多分、被害者はデスクで仕事をするときヒールを脱いでいたんじゃないですか」

「そこまで水が流れて、これが吸っちゃったんだ」陽太郎はデスクの下に身を屈め、布地の裏を手で触った。やはり湿っている。

水槽のフレームにある溝の水滴を採取した後、広口タイプのプラスチックボトルを床に置きラグを絞ってみる。三、四滴だったけれど水がボトルに落ちた。

デスク上の化粧水、クリーム、その他薬品と思われるものからサンプルを取る。壁紙を少し剝《は》がし、使用されている接着剤を採取すればここでの仕事は完了する。

「引き出しや収納ボックスなんかも見ていいですか」陽太郎は部屋を見渡す。

「ええ、指紋採取の際のアルミ粉末が付いてますが」

「何か薬を飲んでいなかったか調べたいんです。あっ、鑑識の方が持って行ってますか」

「主に刺殺の凶器を探してました。ただ劇毒薬等の危険物だと判断した物があれば押収してるはずです。リストを先生にお知らせしましょうか」

「助かります」陽太郎はデスクの引き出しを開いた手を止めた。「このボトルは……梅酒」鼻を近づけると梅酒独特の香りがした。容器からして自家製だ。

「それと同じものを鑑識さんが持って帰っています。被害者は、ソファーに座り実家から送られた新生姜を食べ、梅酒を飲みながらお母さんと話していたんです」有佳子はテーブルとソファーを見詰める。

「くつろいでいたんですね。あとは特に有害なものは見当たりませんね。ではロッカーを」ロッカーの前まで歩くと、靴底からガラスの砕ける嫌な音と感触がした。気をつけて戸を開く。中にはカラフルな衣装が吊されていた。

嗅覚に神経を集中させる。除虫剤の匂いもそれほど強くない。床に置かれた殺虫剤もごく一般的なピレスロイド系で危険性は低いものだ。

「最後に水槽の水を採取していきます」陽太郎は二〇〇ミリリットルのサンプル用ボトルを用意し、真菰が栽培されている四つの水槽からそれぞれ水を採取した。見た目の色や濁り具合が微妙に違っている。どれも水質はよくなく、変性していると思われるサンプルだ。これで正確な判断ができるのかと不安がよぎる。「仕方ないな」気持ちに区切りを付けるため言葉を吐いた。

「終わったんですか」

「はい。これじゃ、五十嵐さんの着衣がずぶ濡れだったのもうなずけます」陽太郎が並んだ水槽に目をやる。「小さいのでも結構な水の量だ。この中で日常的に実験をしていたんですね。微生物はどこにでもいますから何かに感染していてもおかしくないと院長は言うでしょう」

「だとしても、捜査には影響ないと思います」今度は壁に掛かった時計を一瞥した。

「先生、ちょっとだけ個人的な話をしていいですか」

「個人的?」陽太郎も時計を見ながら身構えた。

「たいしたことじゃないです。先生はどうしてお医者さんになられたんですか」有佳子が二、三歩近づいてきた。

「親父が開業医なんで、その背中を見てたからかな。患者を助ける姿に憧れてたんです」興味を持ってくれたことが嬉しく気取った台詞を言ってしまう。

「憧れの仕事に就いたんですよね」有佳子は何か言いたげな表情で、ショートカットの頭を横に傾けた。

「そうですけど、何か変ですか」

「ならもっと、堂々とされればいいのに。いつもおどおどされている気がして、ごめんなさい」

「患者さんの前ではそうでもないですよ」偽りではないけれど、本音ともちがうことを口にした。誤診で臨床に自信を失い、逃げ出したのだ。リハビリと称する三品からの虐待で何とか患者の前に立っているのが現状だ。三品という恐怖の圧力がなければ、いまでも逃げ出したくなる瞬間がある。

「単刀直入に言います。何につけ、三品院長の命令で動いているんだって感じがして」

「そんな風に映っていたのなら謝ります」有佳子の言葉は痛かった。スパイ行為の後ろめたさが、態度に表れていたと思うと恥ずかしい。

「謝らないでください。私も組織の一員だから……でも同じやるなら、少しでも価値あるものにしないと先生自身の心が萎《しぼ》んでいきます。せっかく憧れのお父さんに近づきつつあるのに」

「父に……近づいてるのかな」

「近づいてるんですよ」断定に近い強い口調だ。

「どうして分かるんですか。逆に成山さんに伺います。なぜ刑事になったんですか。犯罪者が相手の危険な仕事じゃないですか」返事を待ちながら、サンプルをケースに収納していく。

「祖父が刑事だったからです」武勇伝を聞かされているうちに憧れを持ったという。

「だから危険だとか怖い仕事だとか思ってもなかった」有佳子には姉がいて、二人とも刑事になることばかりを考えていたという。そのために習い始めた剣道も競うように練習に励んだそうだ。

「へえ、姉妹で警察官ですか」

「ええ、姉は京都府警の警部です」

「警部、それはすごい」と言うと、有佳子が軽く唇を噛んだ。それを見て陽太郎は話題を変えた。「危険な目に遭ったことは？」

「ありますよ、そりゃ」被疑者確保時に日本刀で切り付けられたことがあったと、有佳子はさらりと話した。「拳銃に手をかけましたが、殺人者になりたくない、という気持ちで抑えたんです。でも一歩間違えれば、命を落としてました」

そう彼女が言ったとき収納は完了した。しかし、もう少し有佳子と話したかった。

「嫌にはならなかったんですか」

「直後はさすがにヘコみました。でも刑事になりたかったのは私自身です。そのとき、なぜ警察官になりたかったのか真剣に考えました」

「憧れのお祖父さんのようになりたかった？」

「いえ、もっと遡《さかのぼ》って、なぜ祖父の武勇伝に感銘を受けたのかと考えました。そうしたら悪いことをしてほくそ笑んでいる人を許せないからだと気づいたんです」

「ほくそ笑む犯人？」

「小学生のとき、事件を起こして逮捕された犯人がヘラヘラ笑ってる顔をテレビで観てから、怒りに震えて眠れなかったことがあったのを思い出したんです。刑事になる原点はその怒りだった。捕まらなかった犯人は、もっと高笑いをしてるんだって思えば、少々の危険で尻尾を巻いて逃げる訳にはいきません。先生にも医師を志した原点がおありのはず」

「僕の原点は……病気で伏せってる人が起き上がって、食事を摂り、徐々にではあるけど話ができて血色がよくなり、回復していく様子に人間の強さを感じたことかな。本当にすごいなって」

「私には今回の調査が、実際必要なものかどうかは分かりません。ですが時間をとってる以上、何かの役に立ってほしいとも思います」

嫌みに聞こえた。が、返す言葉が見つからない。

志原のオペが完璧だったとすれば、確かに絶命までの時間は短い。その場合は蜂窩織炎を加味すれば、すでに罹っていた感染症がひきがねになったとする三品の見立てに異議はない。しかし、あれだけ急速に容態を悪化させる病原体なら血液検査に現れるはずだ。脳にダメージを与えるもので、髄液を濁らせない細菌やウイルスにも心当たりはない。そんな状況で微生物サンプリングの専門家でない陽太郎が採取できる程度の採取物の中に、未知なる病原体が捕捉されているとも思えないのだ。その疑問が、作業を緩慢にしている。要は納得していないということだ。確かに三品の操り人形に見えたとしてもおかしくない。それにしても作業をする陽太郎を見て、心理状態を見抜く有佳子の洞察力には驚いた。

「……成山さんの言う通りかもしれません。僕も、いまさらここで死因を探ることに意味を見いだせていない」

「三品院長を信用してないんですか」有佳子はなぜか、立ち入ったことを訊いてきた。

「いつも院長が正しいとは限りませんよ。どんな人間もミスをする」

「私さっき電話してたでしょ？　先生がお見えになったとき」

陽太郎は、有佳子の均整の取れた立ち姿を思い浮かべて、うなずいた。

「実はあの電話、三品院長からでした」

「えっ！　なぜ、どうして院長が」陽太郎は、部屋の入り口に目をやり、いるはずのない三品を探した。

「三品院長はこうおっしゃったんです。忘れないうちに伝えておきます」有佳子は咳払いをして続けた。「現場を調査しろと命じたのは私だ。彼女の死に至るまでの経過には疑問点がある。それを放置することは医者としての好奇心が許さない。証拠集めが大事なことは刑事なら分かるだろう。家入にはその大事な仕事を任せた。捜査の邪魔をしたついでに、何で医者になったのかを訊いてやってくれ。原点を思い出させるために」

「ちょっと待ってください！」陽太郎は有佳子の言葉を遮った。三品は外部の人間まで巻き込んで陽太郎を笑いものにしようとしているのか。

「まだ続きがあるんですけど」

「もういいです。聞きたくありません」さらに扱《こ》き下ろす言葉が続くにちがいないのだ。

「いえ、ここからが重要なんじゃないかと思います。だから聞いてください」

断ろうとしたが有佳子は聞く耳を持っていないようで、声を発する。「原点さえ思い出せば、いい医者になれる。こんどの調査はその機会になるはずだ。人間は心と肉体だけの存在じゃないってことが分かれば、あいつは親父を越えられる」

「それ、本当ですか」信じられなかった。

「私がどうして嘘を？　そのうえいま言ったことは本人には言わないでくれって、三品院長」刑事として約束を破ったことを恥じると有佳子は漏らし、天井を見上げた。

「なんで喋《しゃべ》ったんだろう」

「院長が、そんなことを言うなんて、やっぱり信じられない」額が熱っぽく感じ、手の甲を押し当てる。

「信じたくなければそれでいいですけど」

「いえ、何しろ不思議な人なんですよ。ボロクソに言われると、もうこんな病院辞めてやるって思うんですが、院長の傍にいると他では経験できないことに遭遇したりして」

「どんな体験をされたんですか」有佳子が目を瞬《しばたた》いた。

「刑事の成山さんに話していいのかどうか……ここだけの話にしてくださいね」

三品の元で二ヵ月が経った頃、代議士の森野《もりの》栄作《えいさく》が緊急入院してきたことがある。森野の父親が、三品が顧問を務める老人施設に入所していることもあって、三品を頼ってきたのだ。森野は大手ゼネコンからの収賄《しゅうわい》疑惑があり、世間の目から逃げるための入院に違いなかった。

「三品院長は、まだまともに患者に接することもできない僕を大物政治家の主治医に任命したんです。森野さんは二週間前から熱があると言いながらも、冗談を言うくらい元気な様子で、僕を主治医にしたのは、マスコミから守るだけの役目だからだ、と思いました」

有佳子は黙って陽太郎を見つめている。

そのまっすぐなまなざしを受けた陽太郎は、ごまかしや皮肉を含まず、素直に話そうと心に決めた。

「ですがその夜、森野さんの容態は悪化したんです」

初診で認められた皮疹やリンパ節の腫脹に加え、肝臓と腎臓の数値が悪化、意識レベルが低下し、呼吸も困難になった。感染症を起こしているのは明らかだが原因を突き止めるのは容易ではない。血液培養による検査結果がでるのは早くて五日後。それを待っていては命に関わる事態となった。

治療方針は主治医である陽太郎が判断しなければならない。

三品からは「患者は助けを求めてきているんだ。つまり我々は恩を売ることになる。恩返しをしてもらう前に死なせるな、絶対に」とプレッシャーをかけられたが、過去の失敗が頭をよぎり、陽太郎は決断することができないでいた。

それを横目で見ながら、三品は疑われる感染源を次々にあげ、検証していった。森野の家族や接触のあった国会議員の渡航歴はもちろん、脅しともとれる迫力で女性関係、収賄の相手まで暴き出したのだ。

「秘書の堅い口さえも割らせる力は、まるで刑事のようでした。本当です」

実際の刑事の仕事を知らないくせに、と気を悪くしただろうか。陽太郎は有佳子に目をやった。

「押しが強そうですよね、院長。なんとなく分かります」と応えた有佳子の声には皮肉の響きはない。

「僕にはまねできません。ただ、そこまでの力はないにしろ、感染源の特定が重要であることは僕も気づいていました。三品院長のすごさはその先にあるんです。収賄の相手がその後風疹《ふうしん》を発症したことを聞き出すと、病気の潜伏期間に森野さんと接触したはず、その場所を教えろと秘書に迫ったんです。ついには、人目の付かない建設中の住宅展示場だと突き止めました」

「住宅展示場に、何かあるんですか」当時陽太郎が三品に投げたのと同じ言葉を、有佳子が口にした。

陽太郎は苦笑いを隠して続ける。「建設中ということはまだ整備されていないということです。先生は『たまり水や、汚泥の中は細菌や真菌の巣窟《そうくつ》だ。鼠や野鳥の糞尿も感染源になり得るし、場所によっては、やはりマダニの線もあるな』と。そして敷地内にバラ園が造られていたのを知ると、スポロトリクス・シェンキィ真菌に注目したんです」

「スポ……キィシンキ？」

「聞き慣れない用語ばかりでしたね。うまく説明できなくて、すみません。スポロトリクス・シェンキィ真菌はバラに付く菌で、その棘《とげ》で傷ついた指先から感染したと考えたんです」

「なるほど。病気のことはよく分かりませんが、三品院長の知識の豊富さが伝わってきます」

有佳子の言葉に大きくうなずき、「森野さんは風疹にかかり、加えてスポロトリクス・シェンキィという菌に感染していたということです。これを成山さんはどう解釈します？」と、今度は陽太郎が尋ねた。

「こういうことですね。森野代議士が賄賂《わいろ》を受け取った相手も、場所も、日にちさえも特定した。三品院長は病気を解明しただけでなく、事件を立証したことになる」有佳子は体全体を引き締めるように、姿勢を正しながら答えた。

「その通りです。ですからこの調査は成山さんにも少しは役に立つかもしれません」

三品が警察に協力しようと考えていないことは百も承知だが、有佳子の役に立つと思えば、真剣に取り組む価値がある。

「三品院長のご意見は貴重だと分かりました。その洞察力を家入先生も尊敬されてるんですね」

「すごいと思いました。ただ治療を試みましたが、病状は悪化するばかりだったんです」

「誤診?」

「そうではありません。三品先生が天才的なのは、実はここからなんです」

タイムリミットが迫る中、何を思ったか三品は、森野の父親が入所する老人施設に陽太郎を連れて行った。その父親が五年前にインフルエンザにかかったとき、三品は三日三晩必死の治療で命を救っていた。

この父親から、子供の頃の森野がインフルエンザにかかったことがあるか尋ね、同じように重篤化したことを聞き出した。またバラとの接触も多い庭師という父の職業から、稀な遺伝病の成人スチル病を併発していると鑑別診断したのだ。

父親が亡くなっていれば、森野の病名も判明しなかっただろう。

「先生はそれらを、森野さんを直接診ることなくやってのけたんです。先生の知識や推理力、答えを導く手腕にも驚かされたし、尊敬の念も持ちました。自分に足りないのは知識だと痛感しました。ただ、このとき言われた言葉が意外で、今も忘れられません」

「院長はなんと？」

「『人の命は、命がけで守る値打ちがある。覚えておきなさい』と。先生が父親を救えていなければ、森野さんも助からなかったでしょう。命の重さは分かっていたつもりです。でも僕は一人の命を救うことがどんなに大きいことか、初めて知った思いでした」

命の恩人だと喜ぶ森野に三品が白紙の振込用紙を渡して、「治療費です。あなたの命の値段ですよ」と笑ったことは黙っておいた。さすがにそれは有佳子に言えなかった。

「素敵なお話です。勝手な言い方ですけど、何か羨ましい師弟関係です」

「そうかな。でも院長が親父を越えられると言ったなんて、信じませんよ」そう言いながら、自分が前向きになっているのを感じた。

「信じる信じないは、先生次第です。では、被害者の自宅に行きましょう」有佳子は手袋を外し、それをバッグにしまった。

現場から夏帆の自宅マンションは徒歩で二〇分ほどの距離だけれど、陽太郎の荷物を見て有佳子はタクシーを拾った。

車の中で、先ほどの有佳子との会話が頭に渦巻き、妙な高揚感でぼーっとしている。三品が陽太郎のために他人に頼みごとをしたのにも驚くが、父を越えられると言ったことに衝撃を受けている。三品は父を認めていたし、父のほうも三品を尊敬している。理想的な友情関係だ。つまり互いの力を知っている。三品ほどでないにしろ、息子から見ても父は優秀な医師だ。父を越えたい気持ちは医学部を目指したときからずっと抱いていた。けれど、その頂の高さもよく知っている。その父を越えられると、ほかならぬ三品が言ったのだ。手放しで歓喜してはならない、もう一人の陽太郎が自制を促す。持ち上げられて落とされれば、いっそうダメージは大きい。

「着きました」有佳子が声をかけてきた。

気づくとタクシーがマンションの前に停車していた。陽太郎は有佳子に続いて、マンションの入り口すぐにある正面のエレベータに乗る。

廊下を一〇秒ほど歩き夏帆の部屋の前で立ち止まり、有佳子がインターフォンを押した。事前に説明をしてくれているようで、すぐにドアを開錠する音がした。

「お医者さんが見えたのよ」中から母親の菜摘の声が聞こえてきた。「うん」声をかけられ、返事をした敏夫の声に戸惑いの音が混じっているのが分かった。娘の死因をしらべるために司法解剖にまわされた事実を受け止めることで精一杯のはずだ。殺害される前の病気を調べるなど、娘を冒瀆《ぼうとく》されているような気持ちになっても不思議はない。

「刑事さんも先生も一昨日は」ドアが開くと、顔色の優れない菜摘が挨拶をした。

「お疲れなのにすみません」と有佳子と共に陽太郎も頭を下げる。菜摘の顔はさらにやつれた印象だ。

二人は部屋に通され、リビングテーブルに着く。すぐ菜摘が緑茶のペットボトルとコップを運んできた。少し遅れて敏夫が、会釈しながら椅子に腰を下ろす。農作業で鍛えられているはずだが、座るとき辛そうな声を発した。二人とも睡眠不足からか、悲しみからか充血した目をしょぼしょぼさせ、心労が蓄積しているのは明らかだ。

「妙なお願いをして本当に申し訳ありません」陽太郎は調査の趣旨を話した。

「娘はそんなに悪い病気だったんですか」菜摘はテーブルに置いた手を重ねた。

「そうだと決まった訳ではありません。ただ、万全を期した救命処置の割には、亡くなるまでの時間が短かったんです」

「しかし今さら病気が分かったところで、どうなるもんでもないでしょう」敏夫が迷惑げに言った。「それともその救命処置に問題があったとでも？」きつい目をした。

温厚そうな顔つきだけにかえって陽太郎には厳しく感じる。「その可能性も含め、ただいま検証している最中です」

しまった、余計なことを言った。医療過誤の可能性などいまの段階で口にしてはならないのだ。激怒する三品の顔が浮かぶ。

「なにかミスがあったんですか」と菜摘が尋ねる。

「ミスはありません。しかし、絶対にない、と言えないのが医療なんです。我々はあらゆることを想定して夏帆さんの死因を突き止めたいと思っています」

「もし刺された傷が死因じゃないということになったら、どうなるんですか」敏夫が、何かを言おうとした菜摘を手で制して訊いた。

「僕が死因なんて言い方をしたのがよくなかったんです。お嬢さんは何者かに鋭利な刃物で刺されて、それがもとでお亡くなりになった。その事実は変わりません。先ほども言いましたように悪化の速度が速いことも、必ずしも既往症に原因があるとは言えません。著しく疲労されていて、免疫力が落ちていたため住居にいるごく一般的な病原菌に感染したとも考えられます。お嬢さんが何に感染する可能性があったのかを調べたいんです。あくまで医学的な見地から、今後の救急救命に生かすためにご協力願えませんか」お願いします、と陽太郎は、また頭を下げた。

「……そんなこと、解剖で分からなかったのか」

「それは……」陽太郎が言葉を探していると、「刃物での傷がお嬢さんの命を奪いました。それは司法解剖でも明らかです」隣の有佳子が助け船を出してくれた。

「先生方は、救命のいっそうの充実をと考えていらっしゃいます。捜査官の立場から言わせてもらえば、事件があって救えないことは残念ですが、お亡くなりになるまでの時間が一分でも長ければ、犯行の様子を訊くことができます。それは犯人逮捕の助けになります」

「つまりは、お医者さんにも警察の方にも今後役に立つということなんですね」敏夫が言った。

「こんなときに心苦しいんですが、時間との闘いなんだそうですので」チラッと有佳子がこっちを見た。

「すみません。お願いします」

「分かりました」敏夫がうなだれる。

「ありがとうございます」陽太郎は有佳子を含めた三人に礼を述べた。「まずはエアコン、そして洗面所、バス、トイレ、台所からサンプルを採らせていただきます」と断り、すぐに採取作業に入った。

エアコンでのサンプリングを終えて、流しなど水回りへと移動し作業に入っていると、陽太郎の姿が見えなくなるのを待っていたように、有佳子と五十嵐夫妻の会話が聞こえてきた。事故の被害者が搬送されてきて、巡査が事情を訊く場面には何度か遭遇したけれど、殺人事件を捜査する刑事が事件関係者に話を聞くのを見るのは初めてだ。特に意識しないが聴き耳をたててしまう。

「刑事さん、あいつはまだ捕まらんのですか」敏夫の声は憤りを含んでいるように聞こえた。娘を殺害されたのだからしかたないが、陽太郎に対してもずっとそんな話し方だ。彼の性分ということもあり得る。

「あいつ」というのは、夏帆の元夫のことだろう。しかし有佳子が写真を見せて確認したが、夏帆は否定のサインを出したはずだ。それについては三品も認めていたからまず間違いない。

「捜査中です。有力な容疑者であることは間違いないのですが、逮捕だけがゴールではありません。公判へ持ち込み、刑期を確定させねば事件が終わったこと、すみません、ご両親にとってはそんな簡単には終わらないでしょうけれど……犯人へのけじめをつけるには十分な証拠が必要です」公判とか刑期とかいう言葉に、冷たさを感じないのは有佳子の声の調子が優しく、家族への配慮を感じさせるからだろう。

「ということは、あれがまだこの辺りをうろちょろしてるんですね。あの人殺しが」

怒りのあまり敏夫が呟き込んだようだ。

「警察が監視しています」

「前も同じことを言われました、警察には」敏夫は、夏帆に付きまとう八杉を何とかしてくれと、幾度となく警察に相談している口ぶりだった。「にもかかわらずこんな最悪の……夏帆は怖い思いをしていたのに。痛い目に遭っていたのに。サッサとあんなヤツは刑務所に放り込んでくれてたら」敏夫の声が大きくなった。
「現状の法制度ではそこまでできないんです。申し訳ありません」
「お父さん、刑事さんを責めても」菜摘が割って入ったようだ。
「分かってる。分かってるんやけど悔しいやないか。何のために警察があるんや……」語尾は聞こえなかった。そして再び聞こえたのは「あいつ以外にない」という言葉だった。

夏帆に言い寄る男性は多かったにちがいない。望めば仕事にも伴侶にも恵まれたはずだ。幸せな人生を送れた。間違った選択をしたために無残な結末を迎えなければならなかった。八杉との結婚さえなければ、と思う親の気持ちも分かる。

しかし八杉が犯人だとしたら、自分が疑われることは知っていたはずだ。それでもなお、最悪の選択をした。よほどの怒りか恨みがあり、衝動を抑えることができなかったのだろうか。

流し台の下にはパイプクリーナーがあり、成分表示には水酸化ナトリウム三パーセント配合とあった。水酸化ナトリウムそのものは高濃度なら「医薬用外劇物」に分類される毒物だが、この薄さなら人体への影響はない。

カビ類を採取してから、殺鼠剤《さっそざい》などの強い殺虫剤を探したが、待ち伏せ型のゴキブリ除去剤が数個冷蔵庫や食器棚、米びつの下に貼り付けてある程度で見当たらなかった。

「寝室を見てもよろしいですか」リビングにいる菜摘に声をかけた。三人が一斉にこちらを見る。「寝室にもエアコンがあるでしょうし」言い訳をしなければならない雰囲気が漂っていた。

「そんなとこまで」菜摘が険しい視線を投げかけてきた。

「お嬢さんが、長い時間過ごされた場所だと思いますので」

「お母さん、立ち会っていただけますか」またしても有佳子がフォローしてくれた。

「私も一緒に行きますから」

「分かりました」菜摘が立ち上がると、長身の有佳子がすぐ傍らに寄り添う。自然な振る舞いが母子のように見せた。

夏帆の寝室はきれいに片付いていた。ほぼ中央に大きめのベッドがあって、後は小振りのデスクとドレッサーの他は何もない。おおむねクローゼットの壁だ。

「お母さん、掃除しちゃったんですか」有佳子が小声で菜摘に尋ねた。

「あんまり散らかっていたんで。でもゴミは捨ててません。クローゼットにしまってあります」菜摘はクローゼットの扉に目をやった。

菜摘の言葉から、片付けたのは菜摘のようで、それまでは乱雑だったようだ。「そのクローゼットの中、見てもいいですか」

「えっ、ちょっと恥ずかしいですけど」

折り戸を開いて片膝をついた。防虫剤の匂いがしたけれど、薬剤のパッケージはごく一般的に市販されているものだ。

吊されたワンピースやスーツの下に、大きなポリ袋があった。この中に寝室に散乱していたものが入っているのだろう。袋を開くと埃っぽい匂いと共に、デパートの化粧品売り場のような、何種類もの香料が混ざった香りでむせて咳き込んだ。中には化粧品が数十種と、脱ぎ散らかしたと思われる下着などが放り込まれていた。母親が見かねたのももっともだ。

「私が調べましょう」袋を覗き込んで、有佳子が言った。

「そうですね、お願いします。殺虫剤とか薬品などがないか調べてください。僕はベッドのヘッドボードを確認します」ポリ袋を有佳子に渡し、陽太郎はヘッドボードの上を調べる。目覚まし時計やブックカバーの付けられた文庫本、小物入れなどを手に取っては床に置いていく。とくに小物入れは慎重に観察しなければならない。密かに飲む類いの薬剤の置き場所にしていることがある。

「そこ、事件当夜に上司が調べています。鼻炎用点鼻薬、目薬、頭痛薬しかないでしょう？」正座して袋の中身を床に並べていた有佳子が顔を向けた。

「そのようですね。問題なしです」陽太郎はボード上にすべてを戻す。何を読んでいたのだろうと気になって本をパラパラッとめくった。一冊は翻訳物で『きみと歩く道』という、どうやら恋愛物らしかった。そしてもう一冊は——本ではなくメモ帳だった。いやただのメモ書きではなく、やることを書いた予定帳のようだ。

「成山さん、これを」陽太郎は、手袋の手で持ったそれを差し出した。

「文庫本？　小説ですか」

「いえ、予定を書いたものだと思います」

有佳子が受け取ったメモ帳を開き、黙読する。「ほんとだ。事件の夜の分もある。先生、ありがとうございます。日記類を探そうと思っていたんですよ」有佳子がブックカバーの上からさらに手のひらで包むようにバッグに入れた。

「成山さん、僕にも見せてもらえませんか」

「個人のプライバシーを含んだ証拠品ですから」

「なら、体調にかかわる記述があれば、その箇所だけでも」夏帆が感染症だったのなら、何らかの不調が現れていたにちがいない。具体的な症状でなくても、不調の中身を吟味《ぎんみ》すれば鑑別のヒントになるはずだ。

有佳子は再びバッグからメモ帳を出して、ページを繰《く》る。「例えばこんなのですか。『五月二九日午前一〇時　新商品の店舗用ポスターの撮影　目の充血と隈《くま》がとれず延期。二日の猶予をいただく。こんなこと初めて。やっぱり精神的ストレスが一番の肌の敵』」とメモ帳から顔を上げた。

「そうです、そういう記述です」

「私の判断で、その箇所だけを書き出す形ならいいかも……即答はできません」上司に相談して返答すると有佳子は言った。「その前に、お母さん、娘さんのメモ帳を証拠品として押収します、よろしいですね」寝室の入り口に佇む菜摘に尋ねた。

「どうぞ、犯人を捕まえてもらえるなら」

「ありがとうございます。先日押収した写真などと一緒に、任意提出の手続きをしますので」

「あの、いつ頃までにメモ帳の内容、教えていただけます？」急かすつもりはなかった。だが三品は必ず確認してくるだろう。

「始まりが一月一日のようですから、ほぼ五ヵ月。夏帆さんの動きを把握したいし、今日明日にでも」と開いたメモ帳を閉じた。

　調査箇所のサンプリングを終えると、リビングで休憩をと菜摘から誘われた。断りたかったけれど、聞きたいことがあると言われ、テーブルに着く。菜摘のふとした表情が夏帆と重なり、そのたびにやる必要のなかった頭蓋穿孔《ずがいせんこう》の感触が指に蘇った。

「お聞きになりたいことというのは？」陽太郎が尋ねた。一時間強のサンプル採取作業をしている間に、思いついた疑問なのだろう。

「先生は先ほど、夏帆が何かの病気だったから亡くなるのが早かったかもしれない、と言いましたね」敏夫が口を開いた。「蒸し返すようで悪いが、もし病気でなかったら娘は死なずにすんだんですか」

「……それは、すみません、分かりません。何かに感染していたかも含め判明していない今、何とも申し上げられないのが正直なところです」

「処置がどうこう言うつもりはありません。精一杯手を尽くしていただいたんだと思っています。心配しているのは、犯人に有利になるようなことにならないかです。刑事さんにも伺いたい」

「はい」横の有佳子が返事した。

「さっき斉田さんが電話してきたんです。先生が家の中を調査しにきたことを話しました。そしたら、もし病気が夏帆の死に少しでも関係してると犯人が知ったら、殺意がなかったと主張するんじゃないかって言ったんです」

「斉田さんが、そんなことを」有佳子は陽太郎の知らない斉田という人物を知っている口ぶりだ。

「彼も警察からいろいろ訊かれたと言ってました」

「お嬢さんの親しい方ですからね」

「実際のところどうなんですか。病気が絡《から》んでくると、あいつが有利になるなんてことがあるんですか」敏夫は有佳子だけではなく陽太郎にも厳しい視線を向けてきた。「はっきり言ってそれは困る。お医者さんが娘を不利にするなんて、そんな無茶なこと」

「被疑者は、正確には被疑者の代理人、弁護士さんが夏帆さんの病気のことを知った場合、殺意の認定の材料にする可能性があります」

「やっぱり。彼の言うとおりだ」敏夫が、菜摘の顔を見た。菜摘は大きくうなずく。

「あくまで感染症に罹患していて、それが死期を早めたことが事実だったらの話です。その上、秘密は絶対に守られます。先生方が今後の救命のために調べるだけで、公表はされません。公判の証人として証言を求められることはあるかもしれませんけど、あくまで医学的なことがらについての発言ですよね、家入先生」

「もちろんです」有佳子の勢いにつられて言った。

三品は感染症の正体を探るため陽太郎に調査させている。感染症でなければ、志原の脾臓温存オペに問題があったと疑われるのだ。だからIVRの記録の件についても探らせている。オペにミスがなければ、死期を早めたのは感染症だったと主張するにちがいない。問題はその医学的な見解を何に利用するのかということだ。今後の救命医療に役立てるという三品の主張を信じるわけにはいかない。事故の重傷者ではなく犯罪に巻き込まれた患者だから、三品は興味を示したに過ぎない。とはいえそうそう殺傷事件の被害者が搬送されてくるとは思えないのに、それに備えるなんて三品らしくないのだ。彼ならではの企みがあるとみたほうがいい。

もしや有佳子に陽太郎のことを誉めそやしたのも、その企ての一環なのだろうか。しかしあれは、言うなと釘を刺されたにもかかわらず有佳子が漏らしたのだ。三品でもそこまでは計算できないだろう。

「先生、どうかしました?」有佳子の声が耳元でした。

「いえ。病気に関して、治療や今やっている環境調査で知り得たことを我々医者は、けっして口外してはいけないことになってますから」

「信じても?」

「ええ」

「刑事さんのほうはいかがですか」

「先生方が公表しない以上、警察が知り得ない情報です」

「それを確かめたかったんです。約束ですよ」敏夫が念を押した。

陽太郎は有佳子と共にうなずいた。そうしない限り、サンプルを持って出られないような雰囲気があった。

有佳子が拾ったタクシーで、病院まで戻った。

「お疲れ様です」車を降りると、後ろから「先生」と呼び止められた。彼女が精算しているのを見て尋ねる。「どうしたんですか」

「ちょっとお話が」有佳子も下車し、前髪を整えた。「さっきの殺意の認定に関連することで、確かめたいことがあります。少しだけお時間ください」

陽太郎は病院のベンチで話すことにした。玄関付近に報道陣らしき若い男性の姿があったからだ。

辺りを警戒して紫陽花《あじさい》の花壇の前にあるベンチに腰を下ろす、とすぐに有佳子が口を開いた。「仮定の話になりますが、もし死因が単純に失血によるものではなく、感染症が大きく関連していたとしたら、病原体によっては保健所に申告しなければなりませんよね、法的に。そうなれば先ほどの約束は守られません。どうされるんですか」有佳子が敏夫に「先生方が公表しない以上」と条件をつけた意味が分かった。

「まず申告が必要な法定伝染病の可能性は低いです。また、未知の微生物も三品院長は否定されてます。つまり法的に院外へ報告する義務は負いません」

「なぜ院長は、そう断言できるんです。だって病原体が何か分からないから家入先生に調査するように指示されたんですよね」有佳子の長い睫毛が上下した。午後四時を過ぎてもなお、太陽はまぶしく熱風を吹かせていた。

「……院長の考えは、僕なんかには分かりません」ポケットからハンカチを出して首筋の汗を拭った。

「なら院長に直接伺うしかないですね」有佳子はさらりと言ってのけ、スーツの内ポケットに手を入れた。

「それはやめたほうがいい、と思います」

忠告むなしく、有佳子はスマホを耳に当てていた。「成山です、いま話してもよろしいでしょうか。そうですか感謝します。先ほどはお電話ありがとうございました。ええ、調査は終わりました。ですが、伺いたいことがありまして、今病院に戻ってきてます。ええ、家入先生も一緒です。代わりましょうか。分かりました」有佳子はこちらを一瞥しただけで電話を切った。「先生、院長室に案内してください」と目で微笑んだ。

裏口から院内に入り、最上階までエレベータに乗る。三品が外部の人間を院長室に入れることは滅多にない。同業者でも相当の理由がないと、最上階フロアにさえ近づけることはないのだ。よほど有佳子を気に入ったのか。容姿ももちろんだが、たぶん有能さを買っているのだ。三品の周りにいる女性陣は例外なく頭がいい。その筆頭が室田看護師長だろう。医師とか看護師とかの区別をしていたわけではないが、判断力と直観力において三品以外に彼女に勝てる者はいまい。場合によっては三品を制御することさえあるのだ。

部屋の前までくると突然ドアが開き、そこに嬉しげな三品の顔があった。「どうだ、タイミングぴったりだろう？」とすぐにきびすを返しソファーに向かう。

「先生、成山さんをお連れしました」三品の背中に言った。

「二人とも座ってくれ」すでに腰を下ろした三品が手招きした。機嫌がよさそうだ。

陽太郎は有佳子を先にソファーに座らせた。三品の指示で、ミニキッチンにある冷蔵庫から麦茶を使い捨てのコップに注ぎ、それらをテーブルに並べた。

有佳子が礼を言ったのをきっかけに、「五十嵐夏帆の両親が何か言ってきたのか」と三品が訊いた。

「そんなところです」

「断言しないのは、両親の疑問じゃなく入れ知恵した者がいるってことか」三品は目を大きく見開き眉を上げ、わざと滑稽な表情をする。これも上機嫌の証しだった。

「被害者のご両親が心配されているのは殺意の認定のことでして……」陽太郎が実施している病原体調査の結果、病気に罹患していたことが判明すれば、殺意はなかったことになりはしないかと質問した。「救命できていたことになりますから」

「なるほど、そこに気づいたのは鋭いな。被害者にも、加害者にも近いやつにちがいない。気を付けたほうがいいな」

「心得てます。私が確認したいのは死期を極端に早めるような病原体の存在についてです」

「人類はまだまだ微生物のことを知っていない。無知に近いといっても過言じゃないんだ。そういう意味では、未知の恐ろしい病原体がいてもおかしくないということだ」

「ですが、家入先生には保健所に報告する必要はない、とおっしゃったんだそうですね」

「そこまで二人が親しくなっているとは、陽太郎、お前も隅に置けないな」三品が品のない笑みを浮かべた。

「やめてください、院長。環境調査の目的として、未知の病原体に感染していたかもしれないと説明する一環で、そういう話をしたまでです。事実ですし」すぐに否定しておかないと、この先ずっと冷やかす材料に有佳子が使われる。

「ムキになるな。『そういう意味では』、と言っただろ？　結論から言おう。未知のものではなく多くの病気の原因になっているありふれた微生物。それが関係しているはずだ。大腸菌にカンピロバクター、ウエルシュ菌、セレウス菌、ノロウイルス、黄色ブドウ球菌、サルモネラ菌、レジオネラ菌、もっと挙げようか」有佳子の様子を窺う。

「結構です」

「それらの微生物に感染しても、通常ならなんでもないが、体調によっては重篤な症状を引き起こすことがある。弱っていた体にあれだけの出血をしたんだ。助けられるものも助けられん。そうだろ？　家入陽太郎先生」三品が眼球だけでこちらを見た。

嘘をつけという合図に外ならない。そんな単純な感染症でないことは、ＣＲＰの数値でも明らかなのだ。

分からない、三品のやろうとしていることがまったく見えない。

「どうした陽太郎、浮かぬ顔だな。スパイでもして、オペのミスを発見したのか」

「何を言ってるんですか、先生。そんなことはありません」慌てて首を振った。そうするしかないことを知っていて三品は質問しているのだ。

「スパイ？」有佳子のショートヘアが微かに揺れた。

「冗談ですよ、冗談。院長、刑事さんの前です」陽太郎は三品を睨み付けた。

「ばらしては任務がやりづらいな、悪かった。要は急速な悪化の原因は院内にはない。外にあるのか、それとも患者の体内で起きた興奮反応だったのかが知りたいんだ、お嬢さん」

「分かるように、お願いします」有佳子が手帳を出して膝の上で記述する準備を整えた。

「私が、自分は怖がりだと言ったのを覚えているか」

有佳子が黙ってうなずく。

「それは病院という特殊な空間での話だ。ここには病気や怪我、手術という大きなストレスを抱えた患者ばかりいる。すでに免疫機能は正常な状態を保てていない。彼らにはどんな微生物も感染症の原因になる。普段なら共存し常在を許しているものでさえ命取りとなるという意味で、恐ろしいと言った」

「何か特別な病原体のせいではない、と院長は思っていらっしゃるんですね」

「いいぞ、飲み込みが早い。やっぱり刑事にしておくにはおしいな」

なんてことだ。三品の言い方だと予想通り自分の環境調査はありふれたものを探していたことになる。それなら初めからそう説明してくれてもよかったはずだ。

「こんな言葉を残したやつがいる。要約すると、こうだ。微生物はなにもしない。宿主の状態がすべてだった、と」そう言ったのは、炭疽菌《たんそきん》のワクチンで莫大な利益を得た化学者、パスツールだと説明した。「つまり主体は微生物にあるんじゃなく、宿主にある。人は微生物と共存して健康を保っているってことだ。それを病人だと言ってしまえば、地球上には患者しかいなくなる。病院の経営にはありがたいが、それも医者不足ですぐに立ちゆかなくなる。宿主、すなわち今回の場合は五十嵐夏帆の状態が悪かったゆえに、感染症を発病した。彼女を死に至らしめたのは紛うことなく脾臓の損傷と大量出血だ。それまで体調を崩していたとしても宿主の最大のストレスは、犯人の一刃。殺意の認定には無関係ということだな」

有佳子はメモする手を止めて訊いた。「そこまで分かっていて、なぜ悪化の原因を調べておられるんですか」

「それは患者のプライバシーにかかわるんで守秘義務を盾にさせてもらうよ。なあに、家入大先生のサンプルが私の疑問を解決してくれるだろうしな」三品が陽太郎に微笑みかけた。

「ありふれた微生物を採取しただけなのに？」

「今日のは、な」

「確認させてください。もし被害者が感染症に罹患していたとして、その事実を加害者側の代理人が知ることはないですよね」有佳子が早口で訊いた。

「まだ殺意云々にこだわってるんだな。代理人だろうと検事だろうと、話すつもりはない」

「それを聞いて、安心しました」

「ただし、医学界に有益だと思う症例だったら、公表する」

「そんな」

「そのために大先生の貴重な時間を使って、サンプルを採取してもらっている。さて、あんたの質問には答えた。ここまでにしよう。家入先生も外来診療があるんでね」

有佳子は公表する前に情報を提供してほしいと食い下がったが、三品はそれを断った。

「そうですか、分かりました」有佳子はムッとした表情で席を立った。「失礼します」

三品が陽太郎に目で合図した。

それを受けて陽太郎もサンプルの入ったショルダーケースを担ぎ、有佳子の後を追い院長室を出る。

「成山さん、送ります」彼女の横に並ぶと声をかけた。「いつもあんな感じですから」

「先生、三品先生が『今日のは』とおっしゃいましたが、ということは他にもサンプルを？」床に視線を落としたまま有佳子が訊いてきた。その物言いが冷たく感じる。

「たぶんこれからもっと調査させる気なんでしょう」まさか夏帆の頭にドリルで穴を開けたとは言えず、過去のことではなく今後のことにすり替えた。

「院長の話ぶりでは、被害者が悪化した原因を摑んでいらっしゃる気がするんですが」

「かもしれませんね。もしそうだとすると、僕は院長の確認のためだけに時間を割いているこ とになります」大げさにため息をついた。

エレベータの前で立ち止まると、有佳子がこちらを見た。「先生は、本当に何もご存じないんですか」

「ええ。感染症の可能性があるとしか。信じてください」陽太郎は目前のボタンを押した。

エレベータ内では有佳子は何も言わなかったが、一階に着くと、「被害者の体調について私も情報を収集します」と言って出て行った。

「お願いします」有佳子の後ろ姿に言って、階段で地下二階のラボへと下りた。

ラボは打ちっぱなしのコンクリート壁に囲まれた無機質で近未来的な廊下の突き当たりにある。地下二階であることも手伝って静かで、自分の歩く音が反響して、他に誰かいるのではないかと思わず振り返ってしまうのだ。

受付カウンターにあるインターフォンを押す。

「はい、検査係、鎌田《かまた》です」女性が出た。

「総合内科の家入です。通常の微生物検査をお願いします」

「分かりました。検体を受け取りに行きます」

申請書類を持って出てきた鎌田は若く、白衣姿が初々《ういうい》しかった。彼女はマスクと手袋をして、陽太郎が受付テーブルに置いたショルダーケースを開く。「検体は全部でいくつですか」

「一四個です」

「いつまでですか」

「院長案件です」と言い添え鎌田にサンプルを託した。大至急と急かすよりも効果があるというのが院内の常識だ。

「分かりました。ここにサインを」

陽太郎は申請書にサインをした。

「院長案件がさっきもあったんですが、もしかして五十嵐夏帆に関係してるんですか」それぞれのサンプリング容器の識別番号を書類に書き留めながら、鎌田が言った。

「これ以外にも？」

「ついさっきですよ、室田看護師長が申請しにみえました」

「看護師長……」君枝まで駆り出すなんて、どうなっているんだ。現場、つまり仕事場と自宅以外に環境調査が必要な場所があったのだろうか。「どんなものだった、検体？」

「先生はご存じなかったんですか」鎌田が言わないほうがよかった、という顔つきをした。

「ちょっと看護師長に訊いてみる」院内ケータイの君枝のナンバーをプッシュした。

「今いいですか」すぐに出た君枝に検体のことを尋ねた。

「ラボにいるんやね。それは夏帆さんが搬送されてきたときに身につけていたものよ。水浸しのシャツと下着かな」ＥＲで切り裂いたものを滅菌ゴミと一緒に医療ゴミ専用ポリ袋に入れてあったものだ。「院長が水を調べるようにって」すんでのところで医療ゴミ収集車がもっていくところだったと笑い声で言った。

「それなら僕が今日採取したものがあるんですけど」陽太郎は夏帆が刺された現場に敷かれていたラグの水や、そこにあった真菰が栽培されていた水槽の水を採取してきたのだ、とサンプルの説明をした。

「さて、院長のお考えやから、私はなんとも言えへんな。ただ今日のお昼に、医療ゴミとして捨ててた衣服をラボに回すよう言われたんです。そやから急に何かを思いつかはったんやと思いますよ」

「分からないことだらけですよ」ケータイを耳に当てたまま前にいる鎌田に会釈して、元きた廊下を戻る。歩きながら有佳子と三品の会話の内容を話した。

「院長は何かを摑んではる。けど私らには絶対言わはらへん。必要やったら院長のほうから声がかかりますわ」

「衣服に付着していた黒ずみはカビでしたよね」

「有害なものやないけど」

「でもそれは健康な人間の場合ですよ」陽太郎は三品がパスツールの言葉と共に話した内容を君枝に伝えた。

「疲労して体調を崩してたら、普段なんでもないものでも様々な症状を引き起こす。その状態のときに刺された……うん、あり得るかも。あ、でも先生。単純な感染症の反応やなかったんちがいます？　そうやったら抗生剤が効くはずやし、脳のダメージが早過ぎます。それにカビはわざわざラボで検査せんでも分かってる事実ですし」

「本当にそうです、僕としたことが」

「けど、あの刑事さん、ええとこついてきますね。というより院長にそこまで迫る度胸もすっごいわ。聡明やし、ほんで可愛《かわい》らしい」

君枝の可愛らしいという言葉で、志原のネクタイの柄が目に浮かんだ。「そう言えば看護師長は志原先生と、よく話されますよね」

「これでもオペ担当ですから」円滑にチーム医療を推進するためにはコミュニケーションを重視している、と君枝は言った。「例の件ですか」と声のトーンが変わった。

「いえ、バカみたいなことが気になって」陽太郎は卑下《ひげ》しつつネクタイのことを話した。

「ああ、それ」

「ご存じなんですか」何でもいい、三品に意地を見せたい。

「色っぽいこと想像したんとちがいますか」

君枝の言葉に、急に恥ずかしくなった。「そんなことないですよ」

「あれはお嬢さんからのプレゼントです。週に一回、お嬢さんのお住まいに行かれるんですけど、そのときはいつも貰ったネクタイしていかはるんですわ」

「お嬢さん、おいくつですか」週に一度父親の訪問を受けるなんて、陽太郎には考えられない。

「二七、八やと思います」

「そんな大きなお嬢さんを……」

「子供の頃から心臓の病気で、二回オペしたはる。製薬会社に勤めて、ちゃんと自立してはるんですけど、やっぱり年頃になると胸の傷のこともあって精神的に不安定みたいで、奥さんと手分けして様子を見にいってはるんです」

「そうだったんですか。すみません妙なこと訊いてしまって」礼を述べ電話を切ると、陽太郎は階段を駆け上がった。

陽太郎が午後の外来診療を終え、カルテの入力を済まして時計を見ると、午後一〇時を回っていた。いつもにも増して疲れを感じる。今日は自宅マンションに帰ろうと大急ぎで宿直室に戻って服を着替えた。

消灯してドアノブに手をかけた瞬間、スマホが鳴った。有佳子からだ。ドアを施錠して電話に出る。「成山さん、先ほどは」声を弾ませないよう低音を出した。

「先生、まだお仕事ですか」

「いえ、帰宅しようと思っていたところです」

「これからお時間ありますか」

「ええ、これと言って予定もありません」

「では、すぐ病院へ参ります。ロビーで」

陽太郎は頭の中にあるバーカウンターで寄り添う二人を大きな咳払いと一緒に吹き飛ばし、一階ロビーに向かう。映画のようにはいかないのが現実なのだ。

一〇分と待たせずロビーに有佳子が姿を見せた。

「お疲れのところすみません」

「何かあったんですか」陽太郎は有佳子の手許を見た。夏帆のメモ帳があった。

「このメモ帳ですが、やはり捜査関係者以外への開示許可は出ませんでした。それで私が気になった箇所を口頭でお伝えしようと思ったんです」有佳子が瞬きをすると長い睫毛が揺れた。

「そのためにわざわざ?」

「教えてほしいこともありますので」有佳子は本物の文庫を朗読するように背筋を伸

ばし、小さく咳払いをした。「日付は三月二六日です。『差出人も消印もないハガキが自宅の郵便受けにあった。文字の感じから若い女性のようだ。KAHOのクレンジングクリームできれいになるどころか顔の皮膚が酷いことになっています。ご飯もうけつけない状態で、もう死にたいくらい。発売元に電話をしてもきちんと対応してくれません。なんとかしてください、と書いてあった。美麗化粧品カスタマーサポート中《なか》嶋《じま》さんに報告だけしておく。中嶋さん曰《いわ》く、匿名のクレームは日に一〇〇件単位でくるので気にしないでちょうだい。今後も同じようなものが投函されていたら、会社に提出せよとのこと。ただ直接ポスティングというのは注意が必要と助言をもらう。明らかに女性っぽい文字はかえって怪しく、営業妨害を目的とした男性の可能性もあるらしい。この件、一応鍛冶さんの耳に入れておく』で、この部分は被害者の体調とは関係ない記述ですが、気になる点があります。ご飯もうけつけないという箇所なんですが」有佳子は自分も化粧品で湿疹が出たことがあって、すぐに使用を中止したそうで、数日後に改善したという。「先生は緑茶の涙訴訟をご存じですよね」

「アレルギーの患者も診ますので」

「その原因は保湿と泡立ちをよくするために配合されたものですね」有佳子は夏帆のメモ帳に目を落とした。

「加水分解コムギ粉末です」皮膚に使用する石鹸で食物アレルギーを発症した事例

だ。食物アレルギーは皮膚バリアを通過した物質を抗原と見なした免疫システムが、抗体を作ってしまうことから始まることが多い。罹患者は皮膚の表面が荒れたか、小さな傷があったかしたのだろう。そこにアレルギーの元になる加水分解コムギが侵入した。すると加水分解コムギが使用されたものはもちろん、小麦自体もアレルゲンとなる。簡単に言えばパンもパスタも菓子やケーキも食べられなくなってしまうのだ。食生活の幅はうんと狭まり暮らしそのものに変化をもたらしてしまう。「五十嵐さんが、そのことに触れた箇所があったんですね」

「そうです。彼女はハガキの、ご飯もうけつけない、との部分が気になり、一週間後に美麗の本社に確認しています」製造は美麗だからと有佳子は言った。「その結果、いま先生がおっしゃった加水分解コムギはＫＡＨＯの製品には一切使っていないという回答だったようです。でも、消印のないハガキはその後七通が被害者の元に投函されます。差出人の言葉は徐々に過激になっていくんです」

「加水分解コムギだけがアレルゲンじゃありませんからね。それに使用をやめてもアレルゲンを遠ざけても、ステロイドか抗アレルギー薬で治療しないとダメでしょうね」と有佳子を見たとき、見回りの警備担当者が二人の椅子の横を通っていった。顔を見合わせて互いに会釈する。目の動きだけで、ご苦労様と心中でつぶやいたのが伝わってきた。

患者の嘘は目に現れる。それを見破るのは受け手のセンサーの感度だから、そこを磨く必要があるのだ、とよく三品は言う。なんとなく分かったような気がした。

「治療はしたようです。二通目の四月九日のハガキに、皮膚科に行ったことが書かれているとと夏帆さんがメモってます。その後もずっと改善していないみたいです」そう言ってからメモ帳の付箋のページを開いた。「ハガキの内容だけを読んでいきますね」

『皮膚科でもらったステロイドと抗ヒスタミンの飲み薬を二週間飲んだ。けれど体の蕁麻疹は出たり引っ込んだりしてすっきりしない。顔は相変わらず真っ赤のままだし、何を食べてもお腹を下すようになった。怖くて何も食べる気がしなくなった。あなたは毎日さぞかし美味しいものを食べて、飲んでいるんでしょうけど。私には何も食べられるものがないの。何とかしてよ夏帆さん』

『薬、きかない。パンフレットのあなたの顔が憎い。私の赤い顔と同じようになればいいと願って、カッターの刃を突き刺している。仕事でもマスクが取れず人とも話さず、ただコンビニのスープを飲んで生き延びてるの。唯一の贅沢がレトルトのクリームシチューだなんて暮らし、あなたには分からないでしょうよ』

『仕事もできなくなってきた。視線が突き刺さってとてもカウンターになんて出ていられないのよ。マスクをしていても赤いブツブツが分かるから。変な病気にでもかかっていると思ったのかも。あの男の子は、めずらしい動物でも見るような目を向けてくるし、あのおばさんは汚らしい肌だと笑っている。私のやりがいを返せ。元の体に戻せ。こんな毎日、もういや』

『仕事をやめたら生活ができない。たまらなくなって、美麗本社に電話をかけた。そしたら美麗は関係ないと言ったのよ。販売元は株式会社美麗化粧品ってなってるのに。それならあなたと直接交渉して、慰謝料をとも考えたわ。でも脅迫だととられかねない。この世の中、悪党がいつもうまく立ち回れるようにできている。でも許せない、あなたのこと』

『もう元の暮らしには戻れない。ただ綺麗になりたかっただけなのに。アトピーにも安心して使える自然派化粧品というコピーを信じてしまった私がバカだった。だからこの苦しい生活のまま生きていくしかない。毎日毎日視線の針の中で……。同じ目に遭わせてやりたい』ここで有佳子は一旦読むのをやめ、陽太郎を見た。「この後、雰囲気が変わります」と言ってさらにハガキの内容を読む。

『あなたの顔を切り裂くために百貨店でパンフレットをもらった。体中のかゆみを癒やせるのは、カッターを突っ立てることだけ。あなたの顔を私の血で染めるとほんの少し気分が軽くなる。私だけのコレクションをあなたに見せたい。私の血が付いた醜いあなたの顔を透明シートで加工して保存してるのよ、素敵でしょう？』

「カッターで自分を傷つけているなんて尋常じゃない。怒りの矛先が相手に向くだけではなく、自傷行為を伴ってます。正気を失ってるようですね」陽太郎が漏らした。

「先生もそう思いますか」

「これはその化粧品を使った自分を責めているんです。カッターで突き刺すなんて、女性だとすれば痛々しすぎます」発疹を掻きむしることで肌に傷が残ることもある。カッターによる切り傷は深さにもよるけれど、生涯残る自傷痕となる可能性もあるのだ。若い女性なら、心の傷にもなりかねない。

「確かにそうですね」

「しかもそれを繰り返して見るために保存しているんですから」

「コレクションなんて言ってますものね」

「それを眺めると、悔いと痛みを思い出せるんだと思います」

「最後のハガキは五月二八日です。『眠れない日が続いている。体重が一七キロ減った。ますます醜くなっていく。たぶんもう取り返しがつかない。醜女をからかわないでよ。綺麗だ、自信を持てなんて。この惨めさを味わいなさい、夏帆。自分だけ幸せになれると高をくくってるんでしょう。高笑いしているんでしょう。このままにしておいてはいけない、子供の頃のように私を急《せ》かすの、はよしね、はよしねと』

「はよしねって、早く死ねということでしょうか」陽太郎が声を潜め、受付の警備員に目をやる。

「夏帆さんのメモではひらがな表記なんですが、たぶん。ハガキの現物ではなく、書き写したものですからはっきりしませんが、動機の面で犯行の可能性を感じさせる内容です。これらのハガキの件をカスタマーサポートの担当者である中嶋さんに確認したんです」美麗化粧品はＫＡＨＯを一ブランドとして販売権を取得している販売元なのだそうだ、と有佳子は説明した。「とはいえＫＡＨＯの商品は美麗の工場ラインを使用して大量生産し、広告宣伝も美麗が担ってます。今回のハガキも嫌がらせのレベルで気にするに値しないという見解でした。嘘も多いのでハガキの現物は処分されていました。指紋を採ることも筆跡鑑定もできません」

「嘘、ですか」

「ええ。そこでまず彼女の、いえ彼かもしれないですが、今読んだハガキの内容について先生のご意見を伺いたいんです。医学的に矛盾点がないか、またお気づきになった点があれば教えてほしいんです」有佳子は、しゃんと伸びた背筋を崩すことはない。特段無理をしているようには見えず、それが彼女の姿勢なのだろう。

「ＫＡＨＯのクレンジングクリームの成分を見ないとはっきりしたことは言えないんですが、症状から見て加水分解コムギで起こりそうな疾患ですね」血液検査をしないと何に対するアレルギーなのかを確定することはできないけれど、もし加水分解コムギが使用されていたとすれば、蕁麻疹や下痢を経て、小麦を使ったものや、同じラインで製造された食品に反応することに矛盾はない。ただ、発症から数ヵ月経過している。食物アレルギーを完治させる薬はないが、ステロイドや抗ヒスタミンを服用しても発疹、かゆみが改善していないところが気になる。もしやアレルゲンから遠ざかっていないのかもしれない。「それならＫＡＨＯの商品が主たる原因でない可能性もあり得ます」

「他のことが原因なのに、夏帆さんにイチャモンをつけているかもしれないんですね」

「それを当人が分かってやっているかの問題はありますけど」元々アトピー性皮膚炎を患っており、様々な化粧品を試してきたがうまくいかず、わらをも摑む思いでＫＡＨＯの商品に行き着いたのかもしれない。「ＫＡＨＯのクレンジングクリームの宣伝文句に、アトピー性皮膚炎に触れた文言はありますか」

「ちょっと待ってください」有佳子は、バッグからＫＡＨＯの製品一覧が掲載されているリーフレットを出した。「大きくは載っていないですけど、『マコモダケの成分には殺菌作用がありアトピーの方も安心です』とありますね。先ほどおっしゃった成分表があります。読みますね。水（精製水）、マコモダケ抽出エキス（消炎・殺菌・皮フ保護剤）、コメヌカ油（皮フ保護剤）、グリセリン（保湿剤）、ヤシ油脂肪酸ＰＥＧ－７グリセリル（メイク落とし剤）、ステアロイルグルタミン酸Ｎａ（洗浄剤）、ビタミンE（製品の抗酸化剤）」

「シンプルですね。それでアトピーでも安心だとあれば、飛びつくかもしれません」

「きれいになりたい、と思う気持ちは女性なら分かります。なのに悪化した」

「ただそこまで悪くなるようなものが配合されているとも思えません。使用を中止して薬を飲めば快方に向かうはずなんですが」それこそ環境調査をしてみないと、差出人のアレルギー悪化の原因はつかめない。

「殺意を抱くほどの深刻なアレルギー症状だったということでしょうか」

「殺人まで犯すアレルギー……。かゆみや発疹も重くなれば、ノイローゼ状態に陥ることもありますし、ある特定の食べ物がアレルゲンとなれば高ストレスになるでしょう。相手がいつもきれいで笑顔を振りまいているのを目にすれば、恨みの矛先にも十分なると思います。病気になったこと自体よりも、それに伴う生活の変化のほうが当人にとっては辛かったんじゃないかな。例えば生きがいの仕事を失ったとか、恋人に振られたとか」

「もう一つ教えてください。普通恨みを持った女性の犯行の場合、刺し傷は複数であることが多いんです」

「深い刺し傷が一ヵ所でしたね」夏帆の搬送時に目にした、ぱっくりと開いた刺創を思い出す。

そうだ、深いが一ヵ所だったために、志原の膵臓温存にも強い反対の声を上げなかったのかもしれない。

「そこまで恨んでいなかったのか、カスタマーサポートの中嶋さんが言うように男性の可能性もあるのか。男性なら一刃で殺せると思って」有佳子が言った。

「傷を負ってからの経過時間が正確だったのは、お母さんと通話中だったからでしたよね」

「ええ。電話を床に叩きつけるような衝撃音をお母さんも聞いています」

「通話中と知っていて、どうして凶行に及んだんでしょうね。普通なら避けませんか」自分が逃走するよりも早く、現場に駆けつけることができる人間との会話かもしれないではないか。

「その点について私なりの考えがあります。ただ、それを先生に話す訳にはいきません」

「納得のいく理由があるんですね」

「まあ。先生、お疲れのところありがとうございました。参考になりました。それでは先生の要求にお応えしますね」有佳子は夏帆の体調に関する記述は極めて少なく、次の四点だったと前置きした。

「メモします」陽太郎はスマホを取り出してメモ帳アプリを立ち上げる。「ゆっくりお願いします」

「一つは昼間読みました五月二九日のものです『午前一〇時　新商品の店舗用ポスターの撮影　目の充血と隈がとれず延期。二日の猶予をいただく。こんなこと初めて。やっぱり精神的ストレスが一番の肌の敵』、その後、同月の三〇日『ＤＶＤのビニールフィルムを剥がそうとすると人差し指の先に痛みを感じる。深爪をしたせいかしら。マコモダケの様子をチェックするときも染みた。人間というのは敏感なもので、こんな小さな傷でも気分が晴れない』。翌日にはこんな記述があります。『低気圧が九州辺りにいるようで、耳鳴りが酷い。こんなときに美麗と揉《も》めたくない。気力を振り絞り、鍛冶さんに電話する』。そして月が変わって一日『天気痛でロキソニンを飲む。これから苦手な梅雨が始まる。斉田さんも梅雨は苦手なのだそうだ。期間中、一度は風邪でダウンすると言っていた。それに比べれば私は元気。いつものように新生姜と梅酒で乗り切ろう。明日の鍛冶さんの返事、気がかり。お母さんの声が聞きたいけど……明日にしよ』とこんな感じです」有佳子がメモ帳を閉じた。

陽太郎は入力し終え、スマホをポケットにしまう。

「先生、今日はいろいろありがとうございました。なんか失礼なこと言ってごめんなさい」と、有佳子はうつむいた。

「いや、そんなこと気にしないでください」

「頑張り屋さんだったんだと思うんですね、五十嵐夏帆さん。彼女がお母さんに言っていたことが引っかかっていて」

「お母さんに？」

「自分は大海の木の葉のようだって」

「大きなものに挑む、ごく小さな者ってことかな」どうしても三品の顔が浮かぶ。

「私も組織の中でいつもあがいていて、とてもよく分かった」

「成山さんがあがいている。そんな風には見えないけど」陽太郎の目には颯爽とした女刑事に映っている。

「姉の話したでしょ。姉は警察官としても敵わないし、おまけによき妻であり母なんです。私にないものを全部持ってる。姉に負けないように、夏帆さんの無念をこの手で晴らしてあげたいんです」

「木の葉の意地……」

「えっ？」

「いえ、なんでもありません」二人は似ているのかも、と思うと胸の辺りがほんのり温かくなった。

8

六月六日木曜日

有佳子は豊丘と鍛冶の事務所にいた。事務所はJR大阪環状線「福島駅《ふくしま》」から歩いて六、七分のところのマンションにあった。電話で鍛冶は「ザ・シンフォニーホール」が私の休憩所だと笑ったが、確かに路地を挟んですぐの建物だった。そのシンフォニーホールの隣には上福島北公園があって、落ち着いた雰囲気の場所だ。

「二階で見晴らしはよくないけど、都市の中に公園があると和《なご》みます。最近は減りましたが、遊具もあって子供の声も聞こえますよ」鍛冶はリビングの応接セットに有佳子たちを請《しょう》じ入れた。

女性がアイスコーヒーをテーブルに置き、奥の部屋に下がるのを確認して、豊丘が話を切り出す。「事件当夜、五十嵐さんが相談しようとしていたことについて伺いたいんです。守秘義務のあることは重々承知ですが、依頼人はすでに死亡していますし、依頼人を殺害した犯人を確保するためですのでよろしくお願いします」

「亡くなっているとはいえ、現在も私は株式会社KAHOの顧問弁護士ですから、何もかも話すことは難しいですよ。ですが、おっしゃる通り犯人の逮捕につながるのなら、協力しましょう」

年格好は斉田に似ていた。しかし鍛治は、斉田と違って妻子持ちだ。

「ご協力、感謝します」と豊丘が言い、質問役を有佳子が引き継いだ。「五十嵐さんに届けられたハガキなんですが、ご存じですか」

「調べが早いですね」鍛治が皮肉っぽい笑みを浮かべ、グラスを持ち上げた。「相談されましたよ。しかし美麗本社が対応すべき案件なんで、それほど突っ込んだ話はできませんでした」

「美麗の本社は、特に問題視してなかったようですね」

「彼らは日々多くのクレームを処理しています。その中のひとつだから気にならなかったんでしょう」

「五十嵐さんはそうではなかった？」

「彼女自身、原因の分からない蕁麻疹に悩まされた経験があるんです。何度もぶり返して辛かったようです。最近でも疲れると痒《かゆ》くなるそうで、そうなる前にドラッグストアで買った薬を飲んでました」アレルギーの辛さを知っているだけに、ハガキの主に感情移入してしまっていたようだ、と鍛治はグラスを揺らして氷の音を立てた。

「相手と会ってきちんと話を聞きたいので探したいと言ったんですよ。困りました。

匿名だし、相手は女性だとも限らない。ごろつきかもしれないんだから」

ハガキの件を打ち明けられたとき、気になるなら自宅に戻るのは最小限にしたほうがいい、と助言し、それに従って夏帆はできるだけ仕事場で寝泊まりをしていたのだという。

「それは三月二六日から、ということですか」届いた最初のハガキの日付を有佳子は口にした。

「ええ。その後ハガキの文面がエスカレートしているようだったので、相手を特定して、脅迫か、偽計業務妨害で訴えてはどうかと提案しましたよ。あの日は、探偵でも雇ってみてはと、進言するつもりでした。警察はそのハガキの主が五十嵐さんを殺害したと思っているんですか」

「重要参考人の一人です。動機の面と自宅を知っていた点が引っかかってます」

「最重要人物は、元夫でしょう?」

「その件でも先生は相談を受けておられたんでしたね」

「保護命令を申し立てていました。それで接近禁止に加えて電話等禁止の命令も申し立てようとしていた。その矢先の事件です。本当に残念です」鍛治は薄い唇を噛んだ。八杉の犯行だと思い込んでいるようだ。「彼女が電話中で、すぐに救急隊や警察が駆けつけてくれたから、私は刺されなくてすんだんじゃないかな。常に彼女の盾になってましたから」

「先生にも八杉さんは何か言ってきていたんですか」

「五十嵐さん本人には接近できないんで、私に怒りをぶつける。まさに罵詈雑言を浴びせてきましたね。言葉にするのもアホらしいことですから、忘れました。ただ脅迫めいた言葉は使わないんです。その辺動物的な勘が働くんでしょう。訴えられないギリギリの線を守る。そこがいやらしい男です」

「接近禁止命令が出されてから三ヵ月、命令違反はしてないようですからね」

「正確に言えば、接近してはいる。しかし、彼女に迷惑がかかるようなことはしてないんです」

「例えば、写真を撮るとか？」夏帆の部屋に斉田と写った写真があった、と有佳子は言った。

「そんな写真が、あったんですか。いや、彼女を隠し撮りした写真が郵送されてきたのは知ってます。相談を受けましたから。ただ当然ながら差出人も書かれてないし、八杉氏の仕業だと証明できないんでね。私のほうで預かっているんですが」

「斉田さんとの写真だけ先生に見せていない……」有佳子はなぜかひっかかった。斉田と写った写真を鍛冶に相談するタイミングを逸したのか、それとも全幅の信頼を寄せていた訳ではなかったのか。

「実際に会ったことないですからね、斉田という人とは」鍛冶は、言葉を放り投げるような言い方をした。

「他に相談されたこと、とくに揉め事はなかったですか」

「これは守秘義務違反すれすれの情報です。あることで本社と意見が衝突していたんです。KAHOブランドの存続に暗雲が垂れこめていた。これ以上はちょっと」鍛冶は言葉を濁した。

「理由は言えないが、先生が間に入るほど美麗側と揉めていたということですね。それは成分についてではなかったですか」

「刑事さん、これ以上は勘弁してください。直接五十嵐さんが殺害された事件に関わることではないと思いますんで」

「では、あなたが代理人を務める人物が殺害された事件の捜査に関する質問をします。ハガキの差出人と、元夫以外に、人間関係で揉めていた人物はいませんでしたか」守秘義務の間隙《かんげき》を縫うのは骨が折れる。いかに曝露《ばくろ》しやすいように揺さぶるかがポイントになるのだ。

「……これは一般論として……別れた夫とのトラブルを抱えた女性に交際相手ができたとします。すんなりと結婚してめでたしめでたしとはなかなか行かないことが多い。女性に特別な才能と魅力がある場合は、特に」鍛冶はちらっと有佳子の目を見て、素早く視線をグラスに移す。

「なるほど」有佳子は豊丘と顔を見合わせてから、こう訊いた。「先ほど名前が出た斉田さんのこと、どう思います？」

「どうと言われても困るな」鍛治の眉に嫌悪感が滲む。

「五十嵐さんとはうまくいっていたようですか」

「さあ、どうでしょうか」鍛治は勢いよく椅子の背にもたれた。

「彼のことで相談を受けていたことは？」

「ノーコメント」と鍛治は首を振った。

「ない、とおっしゃらないのは、二人の間に問題があり、相談されていた、と受け取ってもいいですか」詰問口調で言った。

鍛治は黙って宙を仰ぐ。

「質問を変えましょか」豊丘がグラスを片手に、ようやく口を開く。「先生のほうはいかがです？　五十嵐さんとのこと」

「何？　何を訊くんだ」声を荒らげ、背もたれから体を起こした。

「被害者がどんな人やったか知りたいだけです」

鍛治は気持ちを落ち着かせるように首を回し、穏やかな口調で言った。「そうですね……五十嵐さんは経営者としてのカリスマ性、広告塔としてのタレント性を兼ね備えた女性でした。周りにチヤホヤされてきた割に自制的で立派だと思いますね」

「もっと個人的には、どうですか」わざとだろう、豊丘は音を立ててグラスをテーブル上に置いた。

「個人的な付き合いなどありません。あくまで依頼人と代理人です」鍛冶は再び語気を強め、豊丘に視線を返す。

「いやね、相談をするにはちょっと遅い時間やないか、と思いましてね」急に軽い口調で、事件当夜の約束時間が午後一〇時だったことに豊丘は言及した。

「それくらいの時間からしか話ができなかったんですよ、お互いに忙しい身ですから。私も二人だけで会うのはよくないと、言いました。けれど五十嵐さんが気にしないで、と言ったんです。誓って言います、邪《よこしま》な気持ちなどまったくありません。妻も子供もいるんですから、妙なこと言わないでもらいたい」それこそゲスの勘ぐりだ、と鍛冶は卓上タバコケースから一本抜くと口にくわえた。しかし火を付けずにガラス製の灰皿に戻す。灰皿には短い吸い殻が三本、どれもZ字に曲がっていた。

「タバコは先生が？」豊丘が訊く。

「ええ。でも最近は、一人のときにしかやらないようにしてます」だから遠慮したのだと言いたげな目で、鍛冶は答えた。

「それは気を遣わせてしまって、すまんことです。助かりますよ、ちょうど禁煙中でして。人が吸うのを見ると、無性に恋しくなるもんで」豊丘が笑いながら続けた。

「顧問ということですし、どれくらいの頻度で被害者の事務所に？」

「仕事場になんてそう滅多には行きません。おおかたは、ここにお見えになってました。ここは夜八時には閉めるので、緊急の場合のみ私のほうが伺いました。なので頻度と言われても、ね」

「事件当夜以外で、ここ最近被害者の仕事場に行かれたのは、いつですか」

「スケジュールを見ます」と鍛治はスマホを確認した。「五月の一九日、日曜日だったんで午後八時にこちらから出向きました。ハガキの件はメールと電話で済ませました。それから事件当夜までは彼女の仕事場には伺ってません。まさか本当に私が大事なクライアントを殺めただなんて思ってないでしょうね」泣き笑いの顔をした。

「もちろんです。参考になりました。最後に、先生が話をする際の美麗の窓口はどなたですか。お名前を教えてください」

「商品開発部の松兼祥子部長です」と言いながら鍛治はスマホを操作し、松兼の連絡先を読み上げた。

有佳子はその場で松兼に連絡をとる。そして明日の午後五時に会うことを約束した。

「しっかりした方ですよ」電話を切った有佳子に鍛治が話しかけてきた。「彼女なら、私よりも五十嵐さんのことを知ってるでしょう」

「そうですか。それは助かります」有佳子が微笑みを返した。

鍛冶の事務所を出た二人は、夏帆の同級生の片方亜弥に会うために駅へと急ぐ。福島駅から環状線で鶴橋駅へ、近鉄奈良線快速急行に乗り換え、大和西大寺駅へは小一時間で到着するはずだ。

ホームに列車が到着するまでの僅かな時間を利用して、豊丘が電話をかける。相手は鑑識課の合原京子だ。ホームの雑音で何を話しているのか聞こえないが、夏帆の仕事場から持ち帰ったものを確認してもらっているようだ。

ホームに列車が入ってくると、豊丘は慌てて電話を切り、有佳子と共に乗車した。平日なのに環状線は混んでいた。乗り換えた近鉄は空席が目立っている。それでも二人は座席に座らない。何かあったときすぐに動き、状況把握に努めるためだ。

「彼、相当意識しとるようやな」豊丘はつり革を摑み、前の席と周辺に人がいないのを確かめて小さな声で言った。

「それは感じましたけど」夏帆はきれいな女性だったから、男性たちが鼻の下を伸ばすのも分からなくはない。しかし斉田という歴《れっき》とした交際相手がいるのだ。それを知っていながら、家庭持ちの鍛冶が張り合ったところでどうなるものでもないだろう。

「S氏とのことを相談してたとなると、彼女の気持ちも微妙やな」豊丘は、公共の場所で安易に姓名や被害者という言葉は使わないようにしていた。イニシャルや代名詞で話をするために、時折戸惑うこともある。

「微妙というのは？」

「仕事でもプライベートでも信頼していたのは、K氏いうことになるやろ」

「そういうことですか。そう言えば彼女のメモ帳に登場する回数の多さは圧倒的にKさんですね。はっきりと仕事がらみの相談だと記されているのもありますが、ただ『相談する』とか『話をする』、さらにはただ『会う』だけの記述もありました。それらがプライベートなものだとしたらかなり親しかったと言えますね」

「彼女には夢中にさせる魅力があったいうこっちゃ」

「さっき京子さんに何を？」

「きちんと調べなあかんのやが、K氏のタバコの吸い殻の形が気になった」

「たまにいますけどね、Z字形に消す人」冷静で慎重派に多い消し方だと聞いたことがある。

「押収したゴミ袋を確認してもろた。そうしたら、あったんや、Z字形の吸い殻が」

DNAサンプルがないと直ちに鍛冶のものとは断定できないけれど、と言いつつ豊丘の嬉しげな顔を見れば確信しているのが分かった。「あそこ禁煙やからな」

「実験室を兼ねてますからね。つまりK氏だけ特別扱いだったんですね」

「二人のこと、もうちょっと調べたほうがええな」車両が揺れたが、豊丘は微動だにしなかった。「通話中の相手に手を出すやなんて、衝動的でよほど焦ってたか、考えなしの間抜けかと思ったけど、そうでもないかもな」ふと漏らす。

「自分の名前を告げられるかもしれないんですよ」犯人にとって、これほど大きなリスクはない。あえてその瞬間を狙うことはないだろう。

「何でかは、わしにも分からん。ただ今のところ、やったヤツに不利には働いてないやろ？」

「そうですね。あの三人なら母親に告げようと思えばできた。にもかかわらず、しなかった。写真を見せて否定した元夫。むしろ謎が深まってますもん」

「低いヤマやと思ってたんやけどな。案外登頂までは高くて険しい道が続くのかもな」豊丘がごつい手でぐいっとつり革を握ると、革が苦しそうな音を立てた。

夏帆が虫の息の中で八杉の犯行を否定したときから、豊丘が言うようにヤマが高くなりはじめた。冷静に考えれば、これまでの素行の悪さもあって、真っ先に疑われる八杉なら通話中の夏帆を襲わないだろう。即死でない以上、電話の相手に名前を告げられるに決まっている。

「S氏にしてもK氏にしても、彼女は名前を告げられたはずですよね」

「そやな、一言発してくれたら判別できる。Y氏もな」

「でも言わなかった。妙ですね」そう問うてみたが、答えは明らかだ。夏帆の知らない人物だったということだ。

「またまた山頂が遠くなった気がする」豊丘が大きなため息をついた。

その直後列車は減速してゆき、大和西大寺駅へと滑り込んだ。

駅を出てすぐのところに喫茶店があって、そこで片方亜弥と会うことになっていた。約束の時間三時より十数分到着が早いが、五十嵐家の次男夏夫が母、菜摘に写メしてくれた亜弥の写真を見ながら、店内を探す。まだきていないようだった。連れが着いてから注文すると近くの女性店員に告げ、入り口が見える壁際の席に座った。

亜弥の到着を待つ。じっと入り口付近を見詰めていると間もなく、白いブラウスに空色のロングスカートをはいた亜弥が姿を見せた。有佳子は席を立ち、亜弥に会釈した。

それに気づいて、小走りで二人のテーブルまでやってきた亜弥に名刺を手渡し、自己紹介するとすぐに本題に入った。「早速ですが、あなたとは同級生だということで、伺います。夏帆さんを恨んでいるような人の話、聞いてないですか」

少し考えて、亜弥は答えた。「モヤッとしてることはあります」

「話してください」有佳子が言った。

「夏帆、あの子、ルックスいいでしょ？　だから男の人が興味もつんです。夏帆はそんな気がなくても」

「男性のほうが勘違いする？」男女間のトラブルではよく聞く話だ。出発点は勘違いだが、その後妄想は大きくなり所有欲が強くなればストーカーと化す。「そんな男性をご存じなんですね」

「それが原因で、ある家庭が壊れそうなんです」

「家庭？」

「勘違い夫のせいでギクシャクして、とうとう離婚話まで出てるそうで……」

「夏帆さんに想いを寄せるあまり奥さんを捨てようとしてるというんですね」妻にとっても、十分な動機となり得る。

「それはどこの家庭ですか」

「高校時代の同級生で、前芝紀子さんのところです」

「お名前は、夏帆さんのお母さんから聞いています。夏帆さんとは仲のいいお友達ですよね」一緒に村垣明奈の名もあがったと、有佳子は話した。

「仲良しグループでした。一生付き合える友達だと思ってたんですが、今年のゴールデンウイークくらいから、紀ちゃんと夏帆の仲が悪くなって」

きっかけはＫＡＨＯの商品販売代理店契約だった。夏帆は去年の夏頃から美麗本社のバックアップを受けて商品開発のモニターを兼ね、広く主婦層にＫＡＨＯの商品を宣伝するための代理店を募ることになったという。代理店になれば、ＫＡＨＯの商品を優先的に販売できる仕組みだ。

「私も明奈と紀ちゃんと一緒に代理店を始めたんです」亜弥は奈良で、村垣明奈は神戸でＫＡＨＯの商品の販売をし、それぞれ成果を収めていた。

「紀子さんは？」

「紀ちゃんは地元和歌山を担当し、私たちより桁外《けたはず》れの好成績でした」紀子は結婚するまで司会業をやっていたこともあり、弁が立つことも手伝って、ＫＡＨＯの売り上げが会社員だった夫の給料をあっという間に追い抜いたのだそうだ。「紀ちゃん、結婚しても司会業を辞めたくなかったんだけど、旦那さんが許さなかったから、鬱憤をＫＡＨＯの商品を売ることで発散してたみたい」金銭的な負い目があった夫は、会社を辞めて自分がＫＡＨＯの代理店をやり、紀子を専業主婦に戻そうと企てた。「で、本当に今年の四月に会社を辞めたんです」打ち合わせで夏帆と話す機会が増え、夏帆に夢中になっていったそうだ。

「紀子さんのご主人の名前は？」

「謙也《けんや》さん、です」

「離婚話ですが、実際のところどこまで進んでいるのかご存じですか」有佳子の姉夫婦も幾度か離婚話が浮上してはしばらくすると消えた。散々悪口を言い合っているようでも、数日後には子供を連れて動物園に行った仲睦まじい家族写真を見せられることもしばしばだ。夫婦のことに口を挟むとバカを見るというのは事実だ。

「紀ちゃんは、もうダメだって言ってます。それで、紀ちゃんがちょっと気になることを言ってたんです」

「どんなことですか」手帳に突っ立てたボールペンを握る手に力が入った。

「旦那さんが、こんなことを言ったんだそうです。『夏帆さんが信頼しているのはやっぱり俺だけだってことが分かった』って。これを聞いて紀ちゃん、夏帆と何かあったんだと察したと言ってました」

「信頼しているのはやっぱり俺だけ、ですか」斉田と鍛冶、そして謙也は、夏帆という花の周りを飛ぶ虫のようだ。いずれも自分が夏帆の蜜を得られると思っている。しかし、夏帆が本当に信頼を寄せていた相手は誰だったのだろう。

「紀ちゃんは黙ってませんでした」夫の言葉の真意を確かめるために、夏帆に電話をした。「仕事場で襲われかけた。悪いけどあなたとの代理店契約も終了したいという返事だったそうです。八杉だけでも参っているのに、あなたの旦那からのストーカー行為なんて勘弁してほしい。きちんと断ったけど、紀ちゃんも旦那に手綱を付けておいて、と夏帆が言ったって紀ちゃん電話口で泣いてました」その後紀子は、離婚届を謙也に突きつけた。しかし謙也は判を押していないという。

「謙也さん、夏帆さんを襲ったことを否定したんじゃないんですね」

「そうです。きわどい関係になったことは認めるが、誘ったのは俺じゃない、夏帆さんのほうだと主張しているようです。どういうつもりなんだか」亜弥は顔をしかめた。

「自分の不貞を、結婚を継続できない事由にされたくないんでしょう。慰謝料などを払いたくないのかもしれませんね。紀子さんは夏帆さんのことをどう思ったんでしょう？」

「そりゃ昔のようにはいきません。けど代理店も続けていますしね。夏帆が言いにくいことをはっきり言ってくれたお陰で踏ん切りが付いたとも言ってました」

亜弥の話で、ハガキでクレームをつけてきた人物に直接会おうとしたこともそうだが、友人の夫に対するきっぱりとした態度に、有佳子は好感を抱いた。そこに物事を好転させようという前向きさがあると思ったからだ。夏帆は、大海の木の葉だからといってただ嘆いているだけの女性ではなかった。

「分かりました。大変参考になりました」豊丘が言った。「前芝夫妻からも話を聞きますが、あなたからの情報だとは分からないようにします。なのであなたもここでは何も話さなかったということにしておいてください」

有佳子は、謙也の顔写真が手に入るなら、自分のスマホにメールしてほしいと頼み、今日の礼を述べた。

9

喉がひっつき空咳が何度も出た。陽太郎は口腔内に潤いをもたらそうと何度も水を飲む。

「どうした？　美女の頭に穴を開けた残忍性を咎められるのがそんなに怖いのか」院長室のデスクにふんぞり返る三品が言った。

「古柳先生は、僕を咎めにいらっしゃるんですか」と言ってから、やはり咳が出た。

「そりゃあそうだろう。えらく暗い声で私に会いたいって言ってきたんだからな」もう何年も会ってないのに、と首をすくめた。

「僕は先生の指示に従っただけです。古柳先生にも、正直に申し上げていいですか」

自分の身を守る最低限の主張なのだが、一応打診する。年季奉公が終わって晴れて実家のクリニックに戻る前に、解剖学の権威に落第の烙印《らくいん》を押されたくない。今後も、どんな形でかかわるか分からないのだ。医療の世界も結構狭いと、よく父から聞かされている。同じ理由で三品の機嫌を大きく損なうこともしたくなかった。「先生のお許しを得られればの話ですが……」当然ながら端から見ればどっちつかずの煮え切らない態度をとることになる。

「正直に、か。いい言葉だ」くりっとした眼で陽太郎を見てから、不敵な笑みを浮かべた。「家入大先生の前に五〇代後半の男性、腰痛もちで不明熱の患者が現れて、こう言う。『何軒もの病院で、何人もの先生に診てもらったが一向によくならない。何とかしてくれ。薬だってこんなに飲んでるんだ』と。見せられた抗菌薬はケイテン、メロペン、クラビットだ。こんなときまずやることは？」

「抗菌薬が解熱に働いてないんで、それらを一旦中止します」

「全部か？」

「ええ。効いてない薬なんて飲んでいても鑑別の邪魔になるだけですから」自信を持って言った。そのやり方は不明熱患者への対応として至極当たり前で、三品もそうしているのだ。

「薬をやめることを患者が怖がったらどうする？」

「鑑別するためだと説得します」

「効かない薬を飲んでいたんじゃ、ほんとうの原因は分からない。つまり何の病気か分からないのに、体に負担のかかる複数の抗菌薬を処方したバカで間抜けな医者の言うことを信用するなら、このまま飲み続けろ、と正直に言うんだな」

「そ、そんな露骨な言い方はしませんよ。これまで診てきたドクターにも失礼ですし、患者さんも気分が悪いでしょうから」

「それは正直じゃないな。原因を特定せず抗菌薬を使うことが、一番よくないことを知ってるお前の言葉とも思えん。そんなんじゃまた誤診するぞ」

「…………」副作用で患者を死なせかけた陽太郎には、どだい反論できない例示だったようだ。

「めったやたら正直なのも考えもんだ。正直になって命を救えるときまで、とっておけ。分かったら、そろそろ迎えに行ってやれ、古柳がくる頃だ。時間に神経質なやつだからな」三品は目だけで壁時計を見る。針は午後二時五分前を指していた。

陽太郎が院長室のドアノブに手をかけた瞬間、内線の呼び出し音が鳴った。「家入先生が玄関まで行く」と三品の言葉を聞きながら、ドアを後ろ手で閉めた。

受付の前に立っている古柳を見つけ、陽太郎は声をかけた。挨拶を済ませ、エレベータに乗ると古柳が陽太郎に、研修医か、と訊いた。

「いえ、実家が東京で開業医をしているんですが、三品先生の元で総合内科を学べということで」

「ほう、そりゃあ大変だ」古柳は笑った訳ではないのだが、口角が上がり太くて濃い眉の端が上下した。古柳は医師より銀行の頭取《とうどり》と言ったほうがいいくらい、黒々とした頭髪がきれいに七三分けされ、仕立てのいい濃紺の背広が似合っていた。よく動く眉毛と度の強い黒縁眼鏡は、往年の映画解説者を彷彿《ほうふつ》とさせた。年齢を重ね肉付きがよくなったせいで、解剖学のテキストに載っていた著者写真とはまったく印象が違っている。

院長室に請じ入れた瞬間から、部屋の空気はこれ以上はないというくらい重苦しくなった。

「意図をお聞かせください」古柳はソファーに座ると三品に言った。

「何のことかな？」三品はゆっくりとデスクから応接ソファーへと向かう。いつもよりも緩慢な動きはわざとだろう。

「私が見落とすと思われたんですか。三日にここから運ばれた刺殺体のことです」そう言ってから、立ったままの陽太郎を見た。「君、先生と二人きりで話したいんだが」

「ドクター古柳、彼はいいんだ」と三品がようやく席に着いた。

「本当に？」

「刺殺体の頭に穴を開けた当人だからね。な、家入先生、座って話そうじゃないか」

三品は自分の隣のソファーを叩いた。

「君が？　もちろん理由があるんだろうね。いや、刺殺体の解剖所見では直接の死因とは無関係なので特に触れなかった。ただ三品病院からの検体だから気になったたんだ。私の仕事は完了しているが、やっぱり気になる」背筋を伸ばした古柳が陽太郎を見据える。

言葉を探すが、出てこない。隣の三品はというと、助け船を出してくれる気配もなく、だらしなく背にもたれてあらぬ方向を向いていた。

ドアをノックする音がして、失礼します、と君枝の声がした。彼女の声を聞くとふと心が和む。

「いいよ」三品の声に、盆をもった君枝がドアを開けて姿を見せた。お盆の上に載っているのは近所の喫茶店のコーヒーフロートとおしぼりだ。三品の夏の好物だ。

「これ、いけるぞ」三品は、君枝がテーブルに置いたと思うと早速、自分に引き寄せ、スプーンでコーヒーを含んだアイスクリームを口に運んだ。「苦みとの相性が抜群だ」子供のような笑顔を見せる。

その様子を嬉しそうに見て、君枝が退室していった。三品が君枝に無理難題を要求しているのを何度も目の当たりにしているが、彼女はいつも穏やかに接している。

「せっかくですが、私は糖分を控えていますんで」古柳が遠慮気味に言った。

「それは残念だ。じゃあ私がいただこう」古柳の分に手を伸ばし、自分のものと並べた。

「何の話だったかな。そうだ、家入先生がドリルを手にした理由だったな。それを訊かれ、家入先生が絶句したところからか」と、三品はしきりにスプーンでグラスをかき混ぜる。

その音に顔をしかめる古柳が、陽太郎に視線を向けてきた。「理由がないはずなかろう？」

「もちろんあります。脳圧が急上昇したんです」脳に異変が起こっていたことは嘘ではない。刺創による出血性ショックがなければ、誰しも脳圧を一刻も早く下げるべく頭蓋穿孔を行ったはずだ。

「脳ヘルニアを防ごうとした？」

「そうです。先生も解剖されたとき脳の異状にお気づきになったはずです」

「確かにヘルニアを起こしていた。彼女の脳はそうとうなダメージを受けていたよ」

「その原因を知りたくて」

「脳生検をしたということだね」陽太郎から視線を外すと古柳は、三品に向き直った。「それで、そんな状態になった原因は何だったんですか」

「もっか調査中ってとこだ」三品がスプーンを動かす手をとめた。「短時間でこんな風にクチャクチャになった脳、これでは救命しても助からない」グラスを持ち上げ、カフェオレのような色になった液体を揺する。

「じゃあ死因は刺傷による脾臓および腹部からの出血ではない、とおっしゃるんですか」古柳の口調は特に驚いた様子でもない。

「古柳先生は、それが心配でここにきたんだろ？」

「開頭する前、穿孔を見て、いま家入君が言ったような理由だろうと推測しました。転倒して頭部を強打したかして脳内出血し浮腫を起こしたんだと。しかし犯行から脳ヘルニアを起こすほど時間が経過していない点が気になったんです」

「そうだ、ダメージが大きすぎる。だから別の要因を探るために彼にドリルを持たせた。心配するな、古柳先生の法医学的な見解は正しい。脾臓の損傷、大量の出血と大きな肉体的ストレスがかからなければ、おそらくこうはなっていない」三品はまたグラスを示した。

自分の前にあるグラスの、すでに溶け始めたアイスクリームを陽太郎は見詰める。飲みづらかったが、口に含むと三品が言うように甘みと苦味が相まって旨かった。

「脳へのダメージの原因が判明した場合のことなんですが」

「興味からではなく、それを案じて私に会いにきたことは分かっている。警察の人間も懸念していたよ」

「何ですって、じゃあ警察も死因への疑問を持っているとおっしゃるんですか。なぜ、どうしてそんなことに」古柳は初めて取り乱した顔つきになった。

「実は彼女が刺された現場を環境調査したんだ。断りもなく規制テープ内に入ることなどできんだろう？　な、家入先生」三品がこっちを見た。そうすることで調査を実施したのが誰なのか、古柳に教えたのだ。

「で、警察に調査の目的を伝えたのか」古柳の眼鏡の奥の鋭い眼光が陽太郎を捉える。

「その前に、死因である刺創による出血を覆すようなことはないし、それは警察の方も望んでいません。その前提に立って、今後の救命に役立てるために、刺される前の疾患を調べたいんだと、捜査官には言いました」

「そうか。それなら問題ないね」古柳の瞳から鋭さが消えた。そして、三品に言った。「私があの娘の加害者の裁判に出廷して、証言を求められるようなことだけは避けたいんです」

「彼の調査も、私の鑑別診断も、犯罪捜査には一切関わらない。よって君の解剖所見を云々するような事態にはならん」

「それを聞いて安心しました。法医学教室も人材不足なんです。学生たちは死んだ人間を相手にしたくないようです。私のような立場の人間が、剖検を巡って法廷に引っ張り出されたり、面倒な論争に巻き込まれると、ますます敬遠されます。履修する学生が少なくなると日本のオートプシー・イメージング《Ai》だって進みません。先生もご存じのように、画像診断機器はお金がかかるんでね」まだまだ日本では、遺体をＣＴや

ＭＲＩを使って死亡時の画像診断することが普及せず、死因の特定に弱点があることに古柳は触れ、法医学研究室にはスポンサー企業がつかないのだと嘆いた。「先生のように発信力と営業力があればいいんですが」

「死因の解明に金を払う企業な」

「難しいですよ」古柳が渋い顔で答えた。

「死因不明がもたらすマイナス面がはっきりすれば、突破口が開けそうなんだがな。考えておこう。こちらも確認したいことがあるんだ」

「はあ？」

「頭蓋の穴について、他に知る者はいるのか。解剖に立ち会った学生とか」

「いえ、学生は気づいていません。先生に確認してからと思って」

「分かった。この件はここだけの話にしておこう」

「もちろん」古柳はおしぼりで顔を拭った。「それで先生、検体の脳があんなになったのは……？」

「未知の微生物かもな」

「それなら保健所に」古柳でも焦ることがあるようだ。

「冗談だよ。目星はついている。君の脳には影響しないから」三品が目を細めた。

目星？　はったりだ。もしそうなら、陽太郎に自慢げに披露している。それにいくらなんでも陽太郎に環境調査を指示する際、効率化を図るためにサンプリングの箇所を指定するはずだ。

「先生がそうおっしゃるのなら安全でしょう。今日は突然お邪魔して申し訳ありませんでした」と古柳が席を立つ。

三品はすっくと立ち握手を求めた。それに応じた古柳の手を両手で包みこむと、笑みを浮かべてこう言った。「お互い、医学の発展のために稼がないとな」

「稼ぐなんて、私のほうは……」古柳は口ごもった。

「古柳先生には、協力してもらいたいことも出てくる。そのときインセンティブははずむさ」と三品が不敵な笑みを浮かべた。

こんな場面を有佳子が見たら、陽太郎のことまで幻滅するにちがいない。

古柳が立ち去り、陽太郎がテーブルを片付けていると三品から声をかけられた。

「古柳への対応、よくやった」

「そうですか」自分ではうまくいったとは思えなかったので、驚いてしまった。

「自分の頭で考えたことだけが、経験値となる。脳圧を下げるという嘘は上出来だ。実際はそんな間もなかったんだからな」三品がにやついた顔で言った。

「先生、質問が。古柳先生に目星はついているとおっしゃいましたが」陽太郎はやはり確かめておきたかった。

「私はどんな場合でも仮説を立てる。いや立てられるよう努力を惜しまん。仮説こそ目星だ」

「どんな仮説か伺っておいたほうが、僕も調査しやすいかと」

「それはそうだな」とうなずく三品の素直さが不気味だ。「その前に、昨夜あの女性刑事と親密に話し込んでたそうだな」中学生の頃、学習塾で知り合った女の子と児童公園で話をしているところを見た母の目を思い出した。恋愛は勉強に差し支えると言いながら、好奇心を伴った眼色だった。

「親密なんて、誰が言ったんです?」

「気をつけろ、院内はお前のようなスパイで溢れてる」

「好き好んでスパイ行為を働いたんじゃないですから、僕は。それに、別に隠すことでもありません。ただ、五十嵐夏帆さんの件で情報をもらっていただけです」言葉が上滑りした。

「そりゃあそうだろう、それとも何か、ほかに二人で語り合うことでもあるのか」三品が真顔でソファーに座り直す。

「そ、そんなこと、ある訳ないじゃないですか」焦る必要がないのに、なぜかまごつく。

「それで何か分かったのか」三品が足を組んだ。

陽太郎もソファーに腰を下ろし、ポケットから院内ケータイではなく自分のスマホを出して電源を入れた。「日記のようなものが見つかりまして。ただ捜査中なので守秘義務があるということで、体調に関する箇所のみ、その場で読み上げてもらい、メモっておいたんです」

「何かヒントになる症状があったのか」

「気になる点がいくつか」

クレームや今年の三月から直接自宅マンションの郵便受けに投函される不審なハガキによって、強いストレスがかかっていたと前置きして、「五月二九日に『目の充血と隈がとれず延期。二日の猶予をいただく』という記述がありました。二日間も角膜充血がとれないのは相当な眼精疲労かと思われます。明くる日にはこんなことを書いています。『DVDのビニールフィルムを剝がそうとすると人差し指の先に痛みを感じる。深爪をしたせいかしら。マコモダケの様子をチェックするときも染みた。人間というのは敏感なもので、こんな小さな傷でも気分が晴れない』気になりませんか」

と陽太郎は三品を見た。

「深爪して、水槽に手を入れた後、気分が晴れないと思うほど、おそらく痛みが続いている」

「水槽の中にいた微生物が、爪下皮にできた微細な傷から侵入したのではないでしょうか」

「考えられるのは？」

「レジオネラ症では？」

「レジオネラ症なら発熱、肺に炎症があれば検査に出ている。確かＣＲＰの値は〇・七、レジオネラ肺炎の値じゃない。が、疲れがたまっていた体だったなら感染はあり得るし、潜伏期間内だからな」

レジオネラ症の潜伏期間は二日から一〇日だ。五月三〇日に感染し、三日後刺されたとすれば症状が出だしていたとしてもおかしくない。

「脳髄膜炎様症状を引き起こすレジオネラ感染症もあるからな。ただその場合髄液はわずかに白く濁る」

「彼女の場合きれいでしたね」

「うん。それにやはり悪化速度が異常だった。現場から採水したサンプルの結果を急がせよう。レジオネラに絞って分離させれば少しは短縮できる」

通常は遠心分離機にかけた後、培地において肉眼で認知するには三日は必要だし、検査士は七日間くれと言うだろう。

「そうです、こんな記述もありました。『低気圧が九州辺りにいるようで、耳鳴りが酷い』」スマホから視線を三品に移して言った。「いかがです？」

三品は目を瞑り、ちょび髭を中指で撫《な》で付けていたのを止めた。「耳鳴り、か。急激な血圧の変化でも起こるな」

「耳鳴りが慢性的な症状でなければ、相当、体が悲鳴を上げているとみていいんじゃないですか」

「強いストレスがかかっているのは間違いない。お前からの報告では、母親が夏帆との電話で咳き込んだり、味覚が鈍くなっていたと言っていたし、やはりレジオネラ症ではないな。呼吸障害は当てはまるが味覚障害は合わない。何より検査でも何も出なかったことが大きい。やはり強いストレスが原因だったのかもしれん。さっきクレームがどうのと言ったな」三品が背もたれから体を起こし、組んでいた足を床に下ろした。

「クレームは多数あり、競合する会社からのものもあるそうです。きれいになるものを扱う企業ですが、いろいろあるみたいで。ただ本人が気にしていたのは、差出人も消印もない不審なハガキのようです」

「その内容は？」三品が院長室専用冷蔵庫から缶コーラを二本取り出してテーブルに置いた。一本を陽太郎の前に滑らせ、すぐさま彼は缶を開ける。喉を鳴らして飲むと、卓上のメモ紙を一枚破ってペンを手にした。

「クレームの、ですか」夏帆の体調にかかわる部分しか入力していない。

「そうだ。陽太郎坊やは、成山有佳子ママに、読み聞かせしてもらったんだろう？」

「それが……」

「私の勘違いだと思うが、メモしてない、なんてことはないよな」

「クレームのハガキ自体が、五十嵐さんの体調に関係あるとは思ってなかったんです。僕も刑事さんも」

「じゃあなぜ、そのクレームのことを彼女は陽太郎に話したんだ？」

有佳子は、アレルギーの観点からクレームの信憑性を確かめようとしたのだ、と三品に言った。

「ますます知りたくなった。いま思い出せ、できるだけ詳しく」

「分かりました」昔から記憶力には自信があった。落ち着いて記憶の糸をたぐり寄せれば思い出せるはずだ。メモ帳を読み上げる有佳子の顔、そして耳朶《じだ》に残る声を想起する。そうしていると頭の中に、文字化された語句が浮かび上がってきた。

「思い出せたか」

「ええ、大体。文字があまりに女性らしいので、かえって男性ではないか、と化粧品会社の人は言っていたようです。クレームハガキは全部で八通ありました」陽太郎は思い出した内容を語り始めた。

一通目――ＫＡＨＯのクレンジングクリームできれいになるどころか顔の皮膚が酷いことになった。ご飯もうけつけない状態で、もう死にたいくらいだ。
二通目――皮膚科でステロイドと抗ヒスタミンの飲み薬をもらい二週間飲んだ。しかし蕁麻疹は出たり引っ込んだりして、すっきりしなかった。顔は相変わらず真っ赤のままで、何を食べてもお腹を下すようになる。怖くて何も食べる気がしなくなった。
三通目――薬がきかないようで、パンフレットの夏帆の顔が憎い。自分と同じように赤い顔になればいい、とカッターの刃を突き刺していると書いている。ただコンビニのスープを飲んで生き延びているらしい。唯一の贅沢がレトルトのクリームシチューだという暮らしは、夏帆には分からないだろうと憤りを吐露している。
四通目――仕事もできなくなってきた。視線が突き刺さってとてもカウンターになんて出ていられない。マスクをしていても赤いブツブツが分かるから。変な病気にでもかかっていると思ったのか、あの男の子は、めずらしい動物でも見るような目を向けてくるし、あのおばさんは汚らしい肌だと笑っている。私のやりがいを返せ。元の体に戻せ。
「ちょっと待った」三品が声を上げた。「差出人を仮に女性だとすると、不特定多数から見られる仕事に就いているようだな。真っ赤になるほどの湿疹なら、視線が刺さるようで仕事にならんだろう。アレルギーなのにステロイドも抗ヒスタミン剤も効いてないってことか」と確認した。

「アレルゲンに晒《さら》され続けているんだと思いました」そう有佳子にも言った、と三品に告げた。

「うん。ＫＡＨＯの製品の使用はやめているんだろうに。よし、先を続けろ」

五通目——仕事をやめたら生活ができない。美麗本社に電話をかけたら、販売元は株式会社美麗化粧品ってなってるのに会社は関係ないと言った。それならば夏帆と直接交渉して、慰謝料をとも考えたけれど脅迫だととられかねない、と思いとどまったようだ。

「このハガキでは確かこんなことを書いていたんです。『この世の中、悪党がいつもうまく立ち回れるようにできている。でも許せない、あなたのこと』」

「悪党、か」

「そうなんです。徐々に五十嵐さんへの憎しみが強くなっていきます」

六通目——ただ綺麗になりたかっただけなのに。アトピーにも安心して使える自然派化粧品というコピーを信じてしまった私がバカだった。だからこのまま生きていくしかない。毎日毎日視線の針の中で……。同じ目に遭わせてやりたい。

七通目——夏帆の顔を切り裂くために百貨店でパンフレットをもらった。体中のかゆみを癒やせるのは、カッターを突っ立てることだけ。夏帆の顔を自分の血で染めると気分が軽くなる。さらに自分の血で汚した醜い夏帆の顔を透明シートで加工して保存しているらしい。

「それを、素敵でしょうって、五十嵐さん本人に訊いているんです。精神状態がすこぶる悪いと思いました」気が滅入り、陽太郎のほうから三品に話しかけた。

「常軌を逸している、と思うか」

「人を恨むことはありますけど、自傷行為の末に自分の血液で汚した印刷物を透明シートで加工してまで保存するなんて、普通ではないんじゃないですか」

「それだけ差出人は辛い日々を過ごしているんだろう。ここまでのハガキが同一人物がしたためたものだとすれば、文章にすることでギリギリ自分を制御していると言ってもいいな。感情の流れとしては納得できる。つまり男性がなりすましたものではなく、本当のクレームということだ」

「同一人物であるかどうかは、ハガキそのものがありませんから、分かりません。しかし先生がおっしゃるように徐々に高まる怒りに整合性というか、統一感があるように僕も思います」

「八通目で、彼女は制御不能に陥ったはずだ。これは大事だ。一層忠実に頼む」三品が腰掛けるソファーの位置をさらに前へずらすのが分かった。

八通目——眠れない日が続いている。体重が一七キロ減った。ますます醜くなっていく。たぶんもう取り返しがつかない。自分だけ幸せになれると高をくってるんでしょう。高笑いしているんでしょう。このままにしておいてはいけない、と子供の頃のように私を急かすのだ。

「どうした？　それで終わりか」言葉を切った陽太郎に三品が訊いた。

「いえ、こう締めくくっているんです『はよしね、はよしね』と」

「はよしね……なるほど」この言葉に三品は驚かず、「いずれにしても『このままにしておいてはいけない』というのは穏やかじゃないな」とうなずいた。

「かなりの恨みを持っていて、かつ五十嵐さんの自宅も、仕事場も知っている危険な人物だと思いました」

「犯人だってことか」

「ただ犯人が女性だとすれば、刺し傷が一ヵ所だったことが引っかかりませんか」有佳子と半日行動を共にしたせいか、あたかも捜査官のような物言いとなった。「力が弱いから何度も刺すだろうというのもありますが、これだけ恨んでいる割に大人しいと」事実、急速な悪化がなければ、夏帆の命は助かっていた。犯人は夏帆と接触しながら殺害しきれなかったのだ。

「私は、殺人事件のことなど興味はない。だが、あの刺創は下方より一七、八度の角度で上方に向かい、脾臓に至っていた。両者が立っていたとすれば背丈は被害者と同じくらいか、やや低い人間だ。その犯人が一撃しか加えていないのは抵抗されたからだ。事実被害者は死なずに逃げようとした。そして水槽の縁に手をかけ、自分のほうへ引き倒した。位置関係は分からないが傍にいた犯人には大音響だったろう。水をかぶったかもしれない。アレルギーで発疹が出た肌に黒色の水だ。とどめを刺すことも忘れて逃げ出すだろうな」現場を見たことのないはずの三品がまるで目撃者のように話す。「第一〇肋骨《ろっこつ》あたりに横一本線の打撲痕があった。水槽のフレームだろう。これを見てみろ」体を反転させ背後のデスクに手を伸ばしA４サイズの書類を掴むと、陽太郎に差し出す。

「これは古柳先生の解剖所見」

「誰かさんが開けた穴のことを確かめるのに、昨夜データを送ってきた。剖検を開始する前に写真撮影したものだが、目を凝《こ》らして見るとうっすら急性打撲痕が写っているだろう」

刺創の僅か三センチほど上に、幅が五センチくらいの帯状の赤みが認められた。搬送時には、それほど皮膚変色を起こしていなかったようだ。

「でもどうして水槽のフレームだと思われたんです」転倒時に机や椅子の肘置きで打った可能性もある。むしろそのほうが常識的だ。

「左右均一なのが妙だ。棒状のもので殴っても、デスクの天板へ倒れ込んでも均等な皮膚損傷にはならない。力点の関係でいびつになる。その部分の所見を読んでみろ」

写真の次の書類を見た。「……皮膚の連続性は保たれているが、左右の第一〇肋骨を横断するように皮下組織にまで及ぶ均一な損傷が認められる」

「あらかじめ硬い棒のようなものを体に密着させておいて、そのまま後ろに倒れる。大きな圧力がかかった場合、帯状の皮下挫傷が生じると私は推察した」現場にあったものでそんな圧力をかけるのは、水で重量が増した水槽のフレームしかないだろう、と三品が言った。「お前は現場に行っている。ガラスが割れたフレームを目にしているはずだ。その写真を見てどうだ？」

「形状は似ているかもしれません」

「なら決まりだ。一撃で殺害しようと思った訳じゃなく仕方なく逃走したんだ。それにもう一つ、刺創から見て女性にしては力が強い、と思うかもしれんが、被害者がどこにいたかを想像すると何となく見えてくるものがある」

「五十嵐さんはソファーで梅酒を楽しみながら実家のお母さんと電話で会話をしていた、と成山刑事が言ってました」と陽太郎は再度解剖所見に目を落とす。胃の内容物に生姜、梅酒の成分と記してあるのを確認したのだ。

「いま陽太郎がそこに座って、スマホで誰かと話しながらコーラを飲んでいるとしよう。そこに私がやってきて」急に立ち上がった三品の手には、ペーパーナイフが握られていた。さっとテーブルの横に出て、陽太郎に覆い被さるような位置まで近づいてきた。

「先生」陽太郎は三品の顔と手のペーパーナイフに目をやる。

「お前はそのまま動くな」三品はさらに体を前方に傾斜させ、ナイフの先端を陽太郎の腹部へ近づける。ほとんど乗りかかってくる姿勢で左手をソファーに突いた。「もう歳だな。左手だけの腕立て伏せができなくなった」と陽太郎の横に倒れ込んだ。

「先生、大丈夫ですか」

「ああ。こんな風に全体重を凶器に乗せれば、女性でも深手を負わせられる」三品は体を起こし、そのまま陽太郎と並んで座る。

「では、ハガキの差出人が？」

「そうは言っていない。女性でも可能だということと、十分な動機になり得るということだ」

「湿疹で人殺しなんて僕には考えられないですね」対峙《たいじ》するのではなく同じ方向を見て座ると、物怖じせずに話せるものだ。

「差出人の症状は、相当深刻だ。いくつぐらいか分からんが、重度の食物アレルギーを引き起こしたとすれば、食の楽しみを奪われたようなもんだ」

「しかしメーカーは加水分解コムギは使用していないと言ってるみたいです」

「事実はどうあれ、一応信じるしかないが、ハガキの内容からして穀物アレルギーであることは間違いない。蕁麻疹だけじゃなく、何を食べても下痢をしているのは皮膚から吸収されたアレルゲンによるものであることは明らかだ。真っ先に思い浮かぶのが加水分解コムギだが、それを除外する。ならばマコモダケの成分を疑うしかない。分からないか」

「黒穂菌は無害なんですよね」

「大前提だから忘れがちだが、真菰はイネ科だ」

「イネ、じゃあ米アレルギー。そういえば、化粧品の成分表にコメヌカ油もありました」

「穀物アレルギーは、米で反応するようになると、分類学上、近縁の科に属しているからか小麦がアレルゲンとなることがある。体験的に米類が腹痛を起こすことを知ったんだろう。だから避けていたはずだが、湿疹が改善しないのは、レトルトのクリームシチューを食べているからだ。つまりイネ科でアレルギーを誘発し米も小麦も受け付けない体になってしまった。元々のアレルギー体質も手伝ったんだろうが、可哀想なことになった。穀物を食べない暮らしがどれだけ辛いか。想像してみろ」三品はテーブルの一点を見詰めた。稀だが、実に優しい顔つきになることがある。それがずっと続けば、今以上に尊敬されるだろうと陽太郎は思う。

「一目で分かるものだけじゃないですからね」パンやケーキ、菓子類は当然、それこそクリームシチューやカレーのルー、ダシや醬油《しょうゆ》など調味料にも小麦成分が入っているものがある。差出人が吐露しているように食べるものがない状態だ。

「ただ、希望がないわけじゃない。診察してみないと分からないが、おそらくリーキーガット症候群だろう」

リーキーガットとは「腸漏れ」と訳されることが多い。腸粘膜の細胞が傷付いて破壊され、正常時なら吸収されることのない未分解タンパク質、病原菌その他の有害物質が、腸を通して体に漏れ出ている状態のことだ。粘膜は免疫細胞が集中する病原体の侵入を防御する重要な砦だ。そして腸管粘膜に免疫機能に関わる細胞の約七割が存在すると言われる。ただしリーキーガット症候群と病の直接的な関係は、ヒトレベルでの臨床試験で証明された訳ではない。

「遅発型アレルギーだから分かりづらいんですね」アレルゲンを含むものを食べてすぐに蕁麻疹が出たような場合は、即時型アレルギーと言う。遅発型は半日あるいは二、三日してから湿疹、下痢症状などを引き起こすとされている。

「とはいえ時間をかければなんとかしてやれる。そうだろう？　アレルゲン、つまり米や小麦を避けてさえいればいいなんて、そんなの医療じゃない。体に毒だからと言って排除していては人は生きられない。薬だって毒だし、毒も薬に変えられるのが智恵というもんだ」三品が言葉に力を込めたのが、ソファーを通じて伝わってきた。

「微生物はなにもしない。宿主の状態がすべてだった……ですね」

「よく覚えていたな。そうだ、アレルゲンが問題なんじゃなく、腸内環境のバランスを崩している状態がいけないんだ。環境を整えて、壊れた腸粘膜細胞を修復してやれば事実上のアレルゲンはなくなるはずだ。体調を観察しながら乳酸菌や酪酸菌《らくさんきん》、漢方を上手く使い、場合によっては粘膜を整えるヒトミルクオリゴ糖の本格的な治験を行ってもいい。ストレスを軽減する生活法の指導も根気よくやれば徐々によくなる。過剰摂取はよくないけれどグルテンフリーや米穀排除という極端な暮らしもストレス要因となって、新たな症状を生む。排除がまた別の排除へとつながって、生命を維持するだけの栄養すら摂れなくなってしまうぞ。差出人が今どうしているか知りたい」三品が、見も知らぬ人間に対して、いまだ謎が多い母乳に含まれる成分であるヒトミルクオリゴ糖《HMO》の治験まで口にした。母乳が免疫システムにどうかかわっているのか、感染症専門医として興味があるにしても意外だった。

「警察も差出人を探しています。ハガキは処分されていて、難しいかもしれませんが」刺創の深さも、三品の推理なら女性でも可能になることを有佳子に知らせてやりたい。少しでも固定観念がないほうがいいに決まっている。

「気になる点は、すべてメモった。何か気づいたらお前に言えばいいのか」

「はあ？」

「私が思いついたものは、必ず捜査に役立つ情報だ。直接、かの成山刑事に伝えるべきなのか、と訊いている」顔は動かさず、横目で陽太郎を見る。「こう見えても私は忙しいんだが」三品は冗談めいた言い方をしたが、自信に満ちた顔を向けてきた。

「僕が伝えます。ぜひ僕に教えてください」座ったまま頭を下げた。

10

三日ぶりの帰宅が許された有佳子は、久しぶりにゆっくり風呂に浸かった。事件の夜以来、曇りはするが雨は落ちてきていない。湿度が高く、温度計が示す気温以上に暑さを感じ、けっこう汗もかいていた。

湯船に浸かると、体がほぐれていくのが分かる。心地いい眠気に襲われ、慌てて湯から出て体を洗う。姉から風呂で溺死した事件の話を聞いたことがあった。連日の残業で疲れ果てた末に風呂で眠ってしまった過労死事案だ。刑事になった直後に、張り切りすぎのきらいがある有佳子への戒めだった。

風呂から上がり、冷えたオーツミルクをリビングチェアに座って飲んだ。えん麦《ばく》の味なのか、ほのかな甘みを、牛乳が苦手な有佳子は気に入っていた。二杯目はインスタントコーヒーを加えて大人の味を楽しむ。

午後一〇時を過ぎて固定電話が鳴った。受話器を取ると姉、育美の声がした。「よかった、家にいたのね。いなかったら留守電に入れようと思ってたんだけど、いまいい？」基本的にスマホより固定電話のほうが好みなのを育美は知っている。

「ベストタイミング。久しぶりのお風呂から上がったところ」コーヒーを飲んでカップを置いた。「急用？」

「有佳ちゃんが担当してるんでしょ？　すごいじゃない」育美が夏帆殺害事件のことを言っているのが分かった。

「そうなんだけど……大阪府警は京都府警より検挙率が低いからプレッシャーも感じてる」

「あらま、出世のチャンスだと張り切ってると思ったんだけど」育美はエールを送ろうと電話してきてくれたようだ。

「そちらは変わりない？」

「うん。旦那は、ベッドに入った息子のゲーム機を拝借して、リビングで悪戦苦闘してる。息子に勝てないから練習してるのよ」と笑う育美は府警で数少ない女性幹部なのに、家庭的だ。「それでね、ＫＡＨＯの化粧品を私もついこの間、人から勧められたんだ」

「お姉ちゃん、KAHOの商品を使ってるの？」

「美白クレンジングクリームをね。勧めてくれた女性、相当なショックを受けてて、私に早く犯人をふん捕まえてって言ってる。府を跨《また》いでいるから無理よ、と言っても鼻息が荒くて」日本全国が注目している事件を担当できるのを羨ましい、と育美は言った。「私自身、興味があってね」

「初めは簡単に解決できると私も警部補も思ってた。あの豊丘さんと組ませてもらってるの」育美と豊丘は三度会っている。祖父のお葬式と一周忌、そして三回忌の法要だ。享年が八〇歳だから祖父の同僚や友人の中ではひときわ若かったのに、有佳子が育美を紹介した折、「いずれ菖蒲《あやめ》か杜若《かきつばた》だ」と古風なお世辞を言ったのが強く印象に残ったらしい。普通なら「ぬりかべ」のような体形のほうが印象的だが、祖父の関係者はおおかた柔道の猛者で、豊丘が特別目立つということはなかったのだそうだ。

「要するに有佳ちゃんだけじゃなく、彼もそういう読みだったのね。理由は、元夫のDVの存在ね」横のつながりで聞こえてくる捜査状況は、八杉の犯行を確実視していたが、搬送先で被害者がそれを否定したことによって、被疑者の範囲を広げざるを得なくなったというところまでだ、と育美が言った。「成功者には敵も多いから、大変だろうと皆同情的だわ」

「それだけ被害者がネームバリューを持ってるってことだけど。正直、難航してる」

「被害者は本当に元夫を否定したの？　虫の息だったたと聞いているけど」

「そこよ、そこ。捜査本部内でも常にそこが問われる。被害者の証言を聞いたの、私なんだ」

「そうなの、有佳ちゃんだったの」

有佳子は、元夫を含め三名の写真を見せ、三品立ち会いの下で瞬きによる証言をした様子を話した。

「あの有名な三品院長のお墨付きを得たのなら、有佳ちゃん自信を持っていいんじゃない。被害者を刺したのは八杉じゃないのよ」育美は、事件で世話になった京都医師会のメンバーから、三品病院の噂は何度か聞いた、という。「法律違反ギリギリのことでも患者のためならやるんだそうね。京都医師会のメンバーでなくてよかった、とまで言ってたわ。患者には救いの神でも、医師会を束ねていくほうとしては疫病神みたい」

「警部補からもいろいろ聞いてて、ちょっと腰が引けてたけど、実際会ってみると取っつきにくいのは初めだけで、私には優しかった。お弟子さんはピリピリしてる。お弟子さんっていっても家入っていうお医者さんなんだけど」

「家入先生って、おいくつ？」

「私と同い年くらいかな」三品の厳しさは期待の裏返しであることが自分にも分かる、と有佳子は言った。「ある意味、羨ましい師弟関係。調査に立ち会っていろいろ話した」

「調査に立ち会うって、警察の調べに一般人が？」育美は厳しい口調となった。

「そうじゃないの。そのお医者さんの調査に立ち会ったのが、私」有佳子は三品が絶命までの時間が早いことに疑問を抱き、刺される前に基礎疾患があったのではないか、と陽太郎に調査させていることに触れた。

「刺創だけが原因じゃないってこと？」

「死因がどうこうより、今後の救命に役立たせるためなんだって」

「受け持った患者さんへの責任はきちんと果たしたのに、その後でそこまでやるお医者さんなんて聞いたことないわね」育美は感心した声を出した。

「その辺が変わり者だって言われる訳よ」

「なるほどね。それで八杉以外にめぼしい被疑者はいないのね」

「これという有力なのは」交際中の斉田と、相談相手だった弁護士の鍛冶、そしてつい先ほどまで話を聞いていた勘違い男の前芝謙也の話をした。

「防犯カメラはどうなの？」

「玄関口とエレベータの前と中に設置してあった」五階建てのビルには、一階に二軒、KAHOのあった二階に四軒、三階から最上階に各六軒ずつ、計二四軒のテナントが入っていた。事件の夜の犯行時間、すなわち通報された午後八時五四分前後にカメラに映っていたのは、玄関カメラに男性五人と女性二人、エレベータ前と中に男性四人、女性一人だった。「カメラ映像をテナント全社に確認済み」

「他の出入り口は？」

「非常階段がある。そこにはカメラがなかった」それは当夜有佳子も非常階段を使って知っている。「犯人が非常階段の存在を知っていれば、カメラがあるエレベータを使わないわ」

「そうよね。その前芝って人のアリバイはあったの？」

「事件当夜に限って、和歌山の自宅にいた」限ってと言ったのは、五月の初めの三日ほどしか自宅におらず、六月二日の夕方にひょっこり戻ってきた、と妻の紀子が証言したからだ。配偶者の証言をそのまま鵜呑みはできないけれど、事件を知ったとき真っ先に夫が殺人者でなくて安堵《あんど》したのだ、という紀子の表情に嘘は感じなかった。

「有佳ちゃんがそう思うなら、たぶんシロね」姉は有佳子の直感を昔から買ってくれていた。幼いときはコンビニのくじ引きを任せてくれたこともある。指先にピンとくるものを引くと、自分でも驚くくらいよく当たったからだ。そのときは直感というものかどうか分からなかった。しかし中学生になると、電車やバスで怪しいと思う人間が、熟睡する客の鞄を物色する場面に出くわすことがあった。むろん祖父の影響も手伝っているが、それも警察官が天職だと思い込んだ理由の一つだ。

「でも奥さんの気持ち、複雑よね」育美がしみじみとした声で言った。

「お姉ちゃんも、夫婦の危機だって騒いだことあるもんね」

「有佳ちゃんも結婚したら分かるわ。本当につまらないことが原因で、愛情って冷めてしまうものなのに、余所《よそ》の女に気持ちを奪われるなんて、それこそ許せない。私なら、警察官が言ってはならないことだけど、逮捕しちゃえって思う。アリバイ証言なんてしてやんない」と育美は電話口でクスッと笑った。背後で物音がして「先に寝てて、有佳ちゃんと仕事の話」と電話を手のひらで押さえて話す声が聞こえた。「ごめんね。旦那。余所の女にって声が聞こえたみたい」

「お義兄さんは大丈夫よ。お姉ちゃんの本当の怖さを知ってるから」有佳子は吹き出した。義兄は姉の大学時代の同級生で、今は文具メーカーに勤め、商品開発部に所属している。二年ほど前に京都の繁華街で酔っていて鞄をひったくられたことがあった。場所が花街だったことで姉はキレた。刑事の夫のくせにだらしないと、有佳子に電話で怒りを爆発させるほどだった。気になって姉の家を訪れたとき、義兄の左顔面の青たんを見て何があったのか、すぐに悟ったのだった。義兄はあくまで転倒して自分でつくったものだと主張しているから、暴力があったかどうかは不明だ。現役警察官が家庭内で暴力を振るったとなれば、これは大きな問題になる。

「もう忘れてよ。本当は私、心優しいか弱き女性なんだから。えーと、前芝さんのことなんだけど、奥さん自身はどう思ってるのかな」

「離婚する気はないみたいだった」個別に話を聞いて、それははっきりしている。夏帆が亡くなったことで謙也は覇気をなくし、許されるならやり直したいと言っていると紀子は言っていた。紀子も冷静に考えたいと話していた。

「二人の関係じゃなくって、夏帆さんのこと。いくら同級生でも、いやよく知る友達だからこそ、自分の家庭を壊すようなことになれば憎悪も強いはずじゃ？」

「紀子さんが夏帆さんを……」あり得なくはない。しかし、やはり人を殺めた女性には見えない、と有佳子は言った。「片刃の包丁のようなもので一突きという手口が、女性じゃない、という捜査員もいるし」

「恨みによるものなら複数箇所、滅多《めった》刺《ざ》しが多いわよね」

「でも、『このままにしておいてはいけない』と書いたハガキを直接仕事場に投函した女性がいる」女性だと言い切っていいか分からないけれどと断り、八通のハガキのことを育美に話した。同時にハガキに書かれてあったアレルギーなどの記述に破綻《はたん》がないことは陽太郎に確認したことも付加した。

「有佳ちゃんの相談にのってくれているんだ、家入先生」育美の口調が少し華やいだ。

「相談というより専門家の意見を訊いたの」言い換える必要はなかった。

「相当病んでるわね、その差出人。殺人の動機として弱いか、妥当かは本人しだいだし、重要参考人の一人ではある」それを真っ先に言わなかったのは、動機の面で有佳子自身が納得できていないからなのか、と育美は感じたらしい。「投函しているんなら、それこそ防犯カメラに映ってるんじゃない？」

「今日ようやく、ハガキが投函されたと思われる日の被害者の自宅マンションと、仕事場のカメラ映像を提供してもらった」事件に直接関係あるのかどうかも不明であり、あくまで夏帆のメモに記されていた内容に基づく捜査資料提供であることと、思い違いなどを考慮して二、三日前からの映像を申請していたため手こずったのだ。

「その口ぶりだと成果なしね」先回りして育美が言う。

「自宅マンションのほうは一階、エントランスに入居者のメールボックスがあるタイプで、ダイレクトメールの配達やポスティングとか不特定の業者が多くて、女性は日よけの帽子なんかつけてるし、顔がよく見えないの。仕事場のほうも同じ。それに仕事場の玄関ドアにある新聞受けに投函されていたなら、ハガキを投函した人物の特定は難しい。廊下にはカメラがないから」

「顔が認識できるいくつかのポイントをクリアしてないのなら、耳でも映っていてくれないと、法廷で証拠として使えないからね」防犯カメラなどの画像を証拠に採用しようとするときは慎重さが求められる。顔を九つの箇所、鼻部、口部、オトガイ部(下顎または下顎の先端)、眼窩《がんか》部、眼窩下部、頬骨部、頬部、耳下部、咬筋《こうきん》部の特徴点が一致しているかを問題視する弁護士もいるからだ。そんなとき頼りになるのが耳朶、耳たぶの形だ。海外の研究では九九パーセントの個体識別ができるとされている。日本でも、同一人物かどうかを判断する傍証に指紋ならぬ耳紋を使うことが裁判において認められつつあるのだ。

「目星がつかないと体がきつくて」帰宅させてほしいとこれまで申し出たことはなかったのに、と有佳子は漏らした。

「ハガキの現物はないのね」

「美麗本社が処分してしまったから」元々夏帆のメモの中にしか存在しないものだともいえる。それこそ公判では参考資料にもならないものだ。ハガキがそうなら、アレルギーの被害者の存在すら認められない。

「八杉はマークしているのよね」育美が唐突に訊いてきた。

「うん、優秀な別働隊が、しっかりと」

「やっぱり外せないわね。被害者が彼じゃないって否定したにしても」少し考えて、育美が続けた。「彼の態度はどんな感じなのか訊いてるんでしょう?」

「会議の報告でしか窺い知ることができないけど、当初は愛している女性を殺すはずがない、と完全否定して。でも、昨日から弁護士に相談し始めたようなの」

「自分の立場が分かってきたってことか」

「それがそうでもなく、担当係官に名誉毀損《めいよきそん》で訴えるから覚悟しろって、徹底抗戦の構えなんだって」そう言われたのが神路だったから揉めなかったけれど、他の者なら揉めてもおかしくない挑発的で、無礼な言い方だったと、同行した刑事が言っていた。

「アリバイがないのに結構な自信ね。被害者が八杉ではないと証言したことは、公表してないよね」

「今のところトップシークレット。ブンヤさんにも気取られてない」

「有佳ちゃんが聴取すれば、八杉のどこからそんな自信が湧いてくるのか、感じとるのに。担当係官に頼んででも本命には会うべきだわ」

「それかも」有佳子が声を上げた。

「何？」

「ずっとモヤモヤしてたの」八杉に直接会っていないことが、有佳子独自の筋読みを阻んでいたようだ。悔しいが、育美のアドバイスは的確だ。

「組織の中のチームプレイをしていると、案外簡単なことがままならない。それに馴れていくのも処世術だけど、向き不向きがあるよね」と育美の疑問形のイントネーションは含み笑いの声だった。

「直感人間には向いてないってことでしょ」

「理詰めで動くタイプじゃないもの、有佳ちゃん」

有佳子のように直感で動くタイプの人間を上手に動かすのが、育美みたいな幹部だ。今のところ有佳子にはそんな芸当はできないし素養もないが、直感人間なりの意地もある。剣道を習い始めて三年が経ったある日、初めて育美から一本とったときの場面がふと蘇った。育美の面打ちに、何も考えず反応した小手だった。「直感で動いてみる」

「そうね。で、三品病院のヤングドクターは独り者？」

「何言ってるの」いつもなら育美の冷やかしにイラッとくるはずだった。なのになぜか、そうはならなかった。「それじゃ、切るね」

カップに少し残ったオーツミルクコーヒーを飲み干し、「木の葉の意地か」とひとりごちた。

「リフレッシュできたようやな」署の刑事課のオフィスで、有佳子の顔を見るなり豊丘が笑顔で言った。

「ブレーンと話して、いろいろ考えることができました」

「菖蒲か杜若か……本庁の警部殿はなんて？」豊丘が自分の席に着くと、いつものように椅子が悲鳴を上げた。

「私が、直接八杉と会うべきだと」有佳子はデスクの傍らで目を閉じ、すました顔で言った。

「本気か」豊丘の顔から笑みが消えた。「相手はプライドの高い、神さんやど」

「ダメ元で頼んでみます。その許可をください」

「いや、わしから頼んだほうがええような気がする」少し考えてから豊丘はスマホを取り出した。

「お願いします」

「ほんまにダメ元やぞ」そう念を押して、豊丘は神路のスマホ番号をタップした。つながると反動を付けて椅子から立ち、廊下のほうへ移動した。有佳子に、神路との交渉を聞かせたくないのだろう。

豊丘を待つ間、自分の席に戻り耳が全部出るようにカチューシャを付けた。夏の暑さ対策と動きやすさからショートヘアにした毛先が、中途半端に伸びて頬に触れ赤くなっているのを今朝発見したからだ。もう少し伸びるまで、今夏はこのスタイルでいくしかないだろう。

体を揺らしながら戻ってきた豊丘の巨体は、どうしたって目立つ。オフィスの係官たちが、彼に視線を投げ、そのまま有佳子に注がれる。上司を使いっ走りさせていると誤解を招きそうだ。

「今から神さんと合流することになった。訴える言うてた件で、神さんも話を聞かないとならなくなったそうや。弁護士が立ち会う場やから、人数が増えててもええやろって。ただし、わしは抜きな。暑苦しいさかい」豊丘は、タオル地のハンカチで顔を拭った。

「ありがとうございます。神さんの機嫌は……？」上目遣いで訊いた。

「気にせんでもええ」豊丘ができもしないウインクをした。「梅田駅近くの灰谷《はいたに》法律事務所に一〇時や、行く準備しとけ」と、住所と電話番号を有佳子に告げた。

11

君枝から院内ケータイに連絡が入った。「家入先生、ちょっと顔をかしてもらえません」

「顔？」陽太郎は、君枝の不良の呼び出しのような物言いにたじろいだ。バックに三品が控えているのが分かっているからだ。

「今じゃないといけませんか。いやダメですよね」午前中の外来患者の経過観察中なのだ。それは三品もよく分かっているはずだ。

七日前から三九度近く熱のある五〇代男性、田畠丈《たばたじょう》は、近くの内科医院でロキソニンと抗菌薬を処方されたが熱は下がらず、三日前にロセフィンを経口投与された。しかし改善するどころか手の甲がパンパンに腫れるほどの皮疹も現れ、朦朧《もうろう》として三品病院の外来にやってきた。発熱以外の全身状態は悪くない。眼瞼結膜《がんけんけつまく》蒼白なし、眼球結膜充血あり、咽頭後発赤なし、甲状腺《こうじょうせん》腫大なし。頸部、腋窩《えきか》、鼠径《そけい》それぞれリンパ節に腫脹もない。心臓や肺、腹部に雑音などもなかった。気になるのは手背部の散在性の紫斑《しはん》だ。検査でも炎症反応はあるものの解熱剤が効かない原因が分からなかったのだ。考えあぐね三品に相談すると、患者の行動と全身観察を徹底してやれ、としか言わない。

職業は公務員、渡航歴なし。根気よく暮らしぶりを聞くと、一週間前、淀川《よどがわ》河川敷のプラゴミ清掃ボランティアに出ていたという。それを踏まえ、再度全身観察を丹念に行ったところ、左下腿の内側にもう治りかけた極小の虫による咬傷《こうしょう》を見つけた。ダニ咬傷によるリケッチアを疑って、ミノマイシンの点滴を始め、シプロキサンを経口投与した。点滴を終えてから一時間経過して徐々に熱が下がり始めているが、もう少し処置室で経過を見たい。

「素直にハイって言ったほうが気持ちは楽ですよ、先生」笑い声が耳に痛い。

「で、どこへ？」

「検査ラボで待ってます」

「院長も一緒ですよね」

「待ってますから」きちんと答えないのは、むしろ陽太郎を思ってのことだ。側に三品がいて、「はい、院長もおられます」などと言えば、「私がいたらいけないのか」と電話の向こうから文句を差し挟むだろう。そうなると顔を合わせてから少なくとも数分間は嫌みを言われるのがオチだ。

「分かりました」電話を切ろうとした。

「あ、先生」君枝が彼女らしからぬ慌てた声を出した。

「なんですか」

「ＩＶＲの記録のことですけど」

「あ、いや、その件は」今度は陽太郎が慌てた。三品の聞こえるところで記録の話はしたくない。いまだ何の収穫もないからだ。

「私、もう一回天井カメラの映像で確認してみたんです」君枝は陽太郎の意に反し、続ける。「そしたら記録中を示すランプがチラッと映り込んでいたのを発見したんです。それも私のゴーグルのレンズにです。そやから記録は開始されていたんですよ」

「そうですか」天井カメラ映像は何度か見たが、気づかなかった。君枝の証言は、うっかりして記録しなかったのではなく、意図的に消去したことを決定づけるのだ。やはり何か問題があったのだろうか。考えてみれば、脾摘手術ならば天井カメラの映像だけでオペの全容は把握できた。問題はカテーテルで行われた塞栓術のほうなのだ。

「ありがとうございます」陽太郎は低い声で言って電話を切った。君枝の話を三品が聞いていると考えただけでも暗い気持ちになる。

医師が意図的に記録を消すのには明確な理由がある。それは医療ミスだ。それ以外に消す理由は思いつかない。しかし、陽太郎はその手技の一挙手一投足を見つめていたのだ。中尊寺をはじめ他の者はそれぞれの役割を担っていたが、自分だけはただの見学者だった。にもかかわらず、志原の手技を何の疑問も抱かず完璧だと称揚さえしていた。三品が問題視しているのは、志原のデータ消去はもちろん、陽太郎の目が節穴だったということに他ならない。それを思い知らせるためのスパイ行為なのか。

自分が気づかなかったミスって何なんだ――。

「先生、どうかなさったんですか」と声をかけられ振り返る。ベッドに横たわる田畠だ。彼は薬を飲んでベッドで安静にしていた。

「あ、いえ、すみません。田畠さん、気分はいかがですか」

「節々の痛みも和らいでいますし、だいぶん楽になった気がします」

「熱は三七度二分まで下がってきてますからね。もう少しここにいてください。美味しくはないですが、そこの経口補水液を少しずつ飲んでください。また様子を伺いにきますので」そう田畠に告げると陽太郎は処置室を出た。

いつも以上に病院一階の廊下は人流が多くなっている。入院患者やその家族、外来患者たちが売店や喫茶店でくつろげることに加え、やはりマスコミ関係者と思しき人間がうろついているように思う。病院周辺や駐車場で幾度か目にする若い男もきっと紛れ込んでいるにちがいない。

すでにこの世にいない夏帆の、いったい何を探り出したいというのだ。報道する者にだって死者への畏敬の念はあるだろうに——。

そんなことを考えていると知らず知らずに歩幅が広くなる。そのせいでいつもより早くラボの前に着いた。どのみち遅ければ遅いで嫌みを言われるが、早すぎるのも皮肉られるだろうと心構えして、受付カウンターのインターフォンを押す。

すぐに君枝が顔を見せた。「早かったですね、どうぞ中へ」

男性検査士を傍らに立たせたまま、分析モニターの前の椅子に座っている三品が、こちらを見た。「すでに回復に向かっている患者に付き添うほど、暇だったんだな」

「熱は下がり始めていますが、何が起こるか分からないんで」三品は実際に診察していない。当初の弱り果てた患者の姿を知らないから、投薬後簡単に見放せるのだ。

「咬傷を見つけ、ミノマイシンとシプロキサンを使ったのなら心配はいらない。自信を持て。もっと面白いことが分かったんだ。遠慮せず、こっちにこい」人差し指で呼ぶ。

「面白いって、僕が環境調査をした結果でしたら、殺人現場からのサンプルですよ」

不謹慎という言葉も使いたくなかった。無神経なのだ。そう思いながらも、モニターの前へと進む。

「面白さの定義が、狭過ぎるんだ。陽太郎坊ちゃんは」

「そんな言い方、やめてください」陽太郎は検査士の顔を見た。表情を変えず、聞かなかったことにしてくれているようだ。

「馬鹿笑いばかりのお笑いや、バラエティ番組でやっていることを面白いと勘違いしているんじゃないか。知的好奇心を満たそうとする、これこそが真の面白さだと私は思っている。まあ能書きはこの辺にして、お前が持ち帰った水に着目してみた」三品はキーボードを叩いた。

画面にはＡＢＣと色の違う三本の線がそれぞれ違う折れ線グラフとなって現れた。

「Ａは患者の着衣を濡らした水だ。Ｂは現場のラグに付着していた水で、Ｃは仕事場の窓際にあった水槽のものだ。グラフのＸ軸が示すのはレジオネラ属菌で、Ｙ軸は一〇〇ミリリットル中のコロニー形成単位《CFU》だ。どう思う？」ＣＦＵとは平板培地に菌が発育し形成したコロニーの数のことで、安全の基準値は一〇〇ミリリットルあたり一〇だ。

「Aは四七三で、Bは九一三なのに、Cは二四三二と基準値の二〇〇倍、直ちにとはいえないまでもレジオネラ属菌に感染する可能性のある値です。あのマコモダケの水槽が原因で……しかし」変色していない比較的青いマコモダケが入った水槽の水だけが異常に菌数が多いのが気になる。一番大きな水槽の水を浴びていたのは夏帆だ。彼女の着衣の水から検出されたレジオネラ属菌が、基準値の四〇倍とはいえ最も少ないのも不思議な現象といえる。

「ラグの水も、直ちにレジオネラ症になるほどの数値じゃない。つまり、大きな水槽にあった水と混ざり合ったものはレジオネラ属菌が少なかった。マコモダケの黒穂菌はレジオネラ属菌を確実に減少させるってことだ。黒穂菌が発生していない真菰の水はこの季節の窓際なら昼間は三五度から四〇度近くまで上昇し、夜でも二〇度以下にはならんだろう。レジオネラ属菌が繁殖するには好条件の水だった。それと同じような水槽も一緒に倒れたんだろう。どうだった？」

「大きな水槽と小振りの二つの水槽のフレームが残ってました」

「段階を踏んで、黒穂菌をいっぱい含んだ大きな水槽に移していく予定で、近くに置いていたんだな。倒れた水槽は窓際に置いてあったものの水と同じ成分だったと推測できる。見た感じはどうだった」

「水槽の下のほうに泥が沈殿してましたから、どこかで栽培した真菰を土ごと引き抜いて水槽に入れたんだと思いました。小川の畔《ほとり》のような匂いがしてましたし」

「天然水だろう。菌類以外の水質調査で塩素はなかったようだからな」

「疲れて免疫力が落ちていた五十嵐さんが、そのレジオネラ属菌に汚染された水に触れていたんです。しかも深爪で体内への侵入口があった。彼女が体調を崩していた原因はポンティアック熱ですね」

「結論を急ぐな。搬送時の検査の数値は感染症による炎症を示していない。むしろ黒穂菌によってレジオネラ属菌が減少した水に何かあるのかもしれない」

「黒穂菌が原因？」

「だから早まるなと言ってる。陽太郎、お前そんなにせっかちだったか。どうもあの女性刑事と接触してから結果を急ぐようになったな」

「彼女は関係ありません」反応が鈍ければお坊ちゃま扱いするくせに、と心の中で反論した。

「人間の脳をあそこまで破壊しておきながら、脳髄液を濁らせない。それが黒穂菌のはずないだろう。陽太郎の持ち帰ったサンプルに答えを導き出すヒントがあると私は確信しているんだ。だからお前にもこの結果を見てほしかった。以上だ。持ち場に戻れ」三品は、あたかも邪魔だと言わんばかりに、横の検査士と小声で話し出した。

「先生、行きましょう」君枝が声をかけてくれた。

ラボを出ると廊下で君枝が言った。「院長はすでに何かを摑んではりますね」

「かもしれませんし、全部はったりかも」つい本音が口をついて出た。

「そう思わせるのも手なのかもね」丸い目で陽太郎を見上げた。

「看護師長、腹の探り合い、疲れませんか」

「私は家入先生とちがって何も探らへんから、気楽です」

「僕も好き好んで……」

「ただし、スパイは別？」

「看護師長までスパイだなんて。やめてください」

「かんにん、かんにん、ごめんなさい。スパイ的な深読みのことが言いたかったんです」君枝は笑いながら訂正した。「患者を信じ切らない。検査を鵜呑みにしない。これが院長直伝の手法。それでいて病気を治そうっていうんですから、一筋縄では」

「ところでさっきのＩＶＲの記録の件ですが」

「あー、あれ。院長が先生に伝えろって、あの場で言わはったんです」

「えっ、院長が」

「そうです。映り込みを発見したの院長ですから」君枝は小さく肩をすくめた。

「看護師長まで巻き込んで、どうしてそんなことを」
「さあ。ほんまに変わってはります、院長は。常人には計り知れないところがありま
す」そこを尊敬しているという目で君枝は言った。
「看護師長も院長に感化されてますよ。僕は患者さんの声を素直に聞き、検査データ
もそのまま病気の鑑別診断に使う。もちろん例外はありますよ。でもそんな稀なケー
スはほとんどないから」オーソドックスな診断医として親父のクリニックで地域医療
の役に立てればそれでいいのだ。「特別な医者は、院長一人で十分だと思いませんか」
「院長は普通の医師では助けられない患者の命を救いたがってる。でもいつも身は一
つだからな、と嘆いていらっしゃるのよね。では、女性刑事さんによろしく」と君枝
がECUのほうへ小走りで立ち去った。
　みんな、なぜ有佳子を気にするのだ。三品が冷やかすのは茶飯事だからいいが、味
方だと思う君枝まで有佳子のことを口にするなんて、どうなっているんだ。有佳子は
魅力的だが、三品や君枝の前で、彼女への気持ちが分かるような明け透けな態度を取
った覚えはない。
　陽太郎は、自分が勘違いしやすい性質であることを知っている。周りが有佳子との
ことを意識すればするほど、冷静にならないといけない、と言い聞かせた。一時の気
の迷いで失恋したくないのだ。

処置室に田畠の様子を見に行くと、彼はベッドに体を起こしていた。

「いかがですか」

「ああ、先生ありがとうございます。楽です、ほんとうに楽になりました。さっき看護師さんが検温してくれたんですが、ジャスト三七度でした」と血色のいい顔で笑う。

「そうですか、念のため血液と尿検査をしますね。ダニ類の刺咬《しこう》によって感染したリケッチアです。これから河原に出るときは服装に注意してください。今回消化器系統に異常がなかったからよかったですが、重症熱性血小板減少症候群を引き起こすウイルスを持ったマダニに咬《か》まれれば、最悪の場合命を落とす危険性もあったんですよ」

「テレビで観たことがあります。恐ろしいんですよね。どこかで自分はそんな目に遭わない、なんて高をくくってるところがありました」

「後悔しないように気を付けてください」

「懲り懲りですよ、こんな辛い目は」

「とにかくよかったです、薬が効いてくれて。看護師さんが採血しにきますので、ここで待っていてください。では、お大事に」陽太郎は田畠の礼の言葉に会釈しながら処置室を後にした。

午後二時、遅い昼食を買いに院内コンビニエンスストアに立ち寄る。定番の卵サンドと炭酸水、そして栄養ドリンクの棚の前に行くと、背後から声をかけられた。

「先生もお疲れの様子ですね」

振り向くまでもなく志原の声だと分かった。「先生、この間はすみませんでした」と頭を下げた。

「いやいや、こちらも時間がとれずに申し訳ありませんでした」志原の目は栄養ドリンクを物色している。「ところで家入先生」栄養ドリンクを二本手でつかみ、陽太郎に目を向けてきた。

「はい、なんでしょう？」にわかに緊張が走り、背筋が伸びた。

「自分のオペを過信しているわけではないんですが、やはり五十嵐さんの死は気になります。感染症の件、進展はありましたか」志原は極力身を寄せ、小声で話す。周りへの配慮が行き届いていると感じた。

「いえ、まだ病原体は特定できていません」

「そうですか。判明したら、私にも教えてください。お願いします」志原が腰を折った。

「先生、顔を上げてください」三品も一目置く外科医が、半人前の内科医に頭を下げた。その清廉な態度、佇《たたず》まいに鳥肌さえ立った。すべては医の向上心からにちがいない。そしてそれはオペが完璧だったことへの確信によるものだ。志原にミスはなかった。あんな凄い手技を行い、人間的にも優れた志原を陽太郎は信じようと思った。そして、夏帆の死因の解明は、有佳子や志原にも大きく影響することがらになってきた。「分かりました。必ず」

「ありがとう。話ができてよかったよ」微笑みながら志原はレジに向かった。

すでに買う物は手にしていたけれど、志原が店を出るまで待ち、陽太郎もレジに並ぶ。

そこから病院の玄関が見通せた。このところマスコミ関係者らしき人間が看護師や職員に夏帆の最期の姿を聞こうとすることもなくなった。

ざわつくのは有佳子をはじめ、警察関係者が病院に訪れたときくらいだろう。

レジの順番がもうすぐのところで、陽太郎の目は通りを挟んで病院の向こう側にいるリュックを肩にかけた若い男性をとらえた。男はフラフラと千鳥足で車道に出たかと思うと、車のクラクションを気にする様子もなく病院に向かって歩いてくる。急ブレーキの音がして「アホ」「あほんだら、死にたいんけ」と怒号があちこちから飛ぶ。それでも男は一点を見詰めたまま、玄関に入った。そして二、三歩前に進み、ばったりと床に突っ伏した。

「どうしました！」近くにいた看護師が駆け寄った。

「これ、預かってください」そうコンビニの店員に告げると陽太郎は、「急患みたいなんで」と店を出て倒れた男性の元へ走った。

「しっかりしてください」と仰向けにして、男の目を見て脈を取る。

彼は自分が問いかけられていることが分からない様子で眼球を左右に動かす。意識ははっきりしているようだ。「ここは病院で僕は医者です。どうされたんですか」脈が速いけれど異常というほどではない。

「目がぼやけて、助けを呼ぼうとしたんですが、そこからは……気づくとあなたの眼鏡が見えて」

「僕は眼鏡してませんよ」

「えっ、あっ本当だ」男性は陽太郎の顔を撫でるしぐさをしたが、彼の指は一〇センチ以上離れていた。

「どこか痛むところは？」

「膝と腕、かな」男性は確かめようと体を起こしかけた。そのとき手の中から単眼鏡が転がり落ちた。それを慌てて隠し、黒色のリュックにしまう。

「あまり動かないでください。あなたのお名前は？」

「……言わないといけませんか」起こしていた頭を床に戻した男性の表情が曇る。

「できればね。ここは病院で、あなたは患者ですから」

「俺、患者なんですか」

「若いのに、突然転倒したんですよ、原因を調べましょう」陽太郎がそう言ったとき、看護師二人と研修医一人がストレッチャーを運んできた。

「先生、どんな状態ですか」研修医が訊いた。

「うん、とにかく処置室に」

一旦床まで下げた折りたたみ式ストレッチャーのマットレスに男性を乗せ、看護師が馴れた手つきでクランクハンドルをせわしく回して寝台を上げる。研修医は側で突っ立っているだけだ。三品なら怒鳴りつけるだろうが、陽太郎はぐっと我慢して男性に向き合う。

「これを見て」ストレッチャーの男性の目の前に人差し指を示す。「ぼやけているとおっしゃいましたが、今はどうですか」自発的に開眼し、眼鏡のこと以外は見当識の保たれた会話ができているので、脳震盪《のうしんとう》ではなさそうだ。しかし車道を渡る際の注意欠陥、突っ伏したときの足のもつれ方は脳からの命令が遮断されたときの症状に酷似している。

「ちゃんと見えますけど」

「けど？」陽太郎は仰向けに寝ている男性の目を覗き込む。

「ここ、ちょっと暗いから」男性は天井の照明に目をやった。

夜は節電でやや暗くしているが、いまはそうではなかった。「そうですか。検査が必要ですので、お時間は大丈夫ですか」と陽太郎が訊くと、男性は黙った。

何も話したくないようだ。

「とにかく処置室へ」と看護師たちに指示した。「ちょっと牧田《まきた》先生」研修医の胸にあるネームプレートで彼の名前を確認した。三品病院のすべての研修医を把握しているが、牧田の印象は薄かった。「念のため田代先生に状況を説明して、指示を仰いでください」

「はい、分かりました」牧田がストレッチャーの後を追った。

その緩慢な歩き方に、ため息をつきながら陽太郎はコンビニへ戻った。

12

六月八日土曜日

有佳子が梅田駅から徒歩四分の灰谷法律事務所の前に着いたのは、午前九時五五分だ。これまでいろいろな弁護士事務所を訪ねたが、灰谷事務所ほど外観が瀟洒《しょうしゃ》な建物を見たことがない。外国映画に出てこようかという白亜の邸宅だ。ビルが乱立するオフィス街にこれほどの敷地面積を有した戸建て住宅が存在すること自体あり得ない、と驚く。門扉から玄関まで芝生が敷き詰められ、そこに足を踏み入れていいものなのか迷っていると、門扉のカメラ付きインターフォンから男性の声がした。「刑事さん、そのまま入ってください。神路警部がお見えです」防犯カメラで監視しているようだ。

「失礼します」と返事し、敷地内に入った。

有佳子が入り口付近まで行くと、真っ白な玄関扉が開いた。神路だった。「ご苦労さん」

「我《わ》が儘《まま》を聞き入れていただいて、ありがとうございます」有佳子は深々と頭を下げた。

「結果オーライだ。さあ入って」

成果を出せば不問、という意味だろう。心地いい緊張感を神路は与えてくれているのだ、と有佳子は前向きに受け止めた。

豪華なのは外観だけではなかった。玄関からすぐ、通常の家屋ならリビングにあたる場所が、相談ルームになっていたのだが、三〇畳以上はあろうかという広さで、中央に六人掛けの応接セット、壁際には七〇インチを超える液晶テレビが大理石らしき台に置かれていた。灰谷の木製デスク、書棚や調度品はどれも重厚で上等そうな光沢を放っていた。民事専門の弁護士のほうが羽振りがいいものだと思っていたけれど、鍛治の事務所より明らかに儲《もう》かっていそうだ。

応接セットには初老の男性の隣に、大きく足を広げてふんぞり返って座る八杉がいた。夏帆に見せた写真よりも痩せた印象だ。長髪で日に焼けピンク色のシャツの第二ボタンを外し、そこに光るネックレス、わざと崩れた感じを演出しているように見える。有佳子の足許からせり上がる彼のねっとりとした視線が、値踏みをするようで不快だ。

有佳子は八杉を無視し、「初めまして成山と言います」ソファーに腰を下ろす前に灰谷に名刺を渡し、質問した。「先生のご専門は刑事事件ですか」

座るよう促す灰谷は、白髪交じりの短髪で細面に鼈甲色《べっこういろ》の太縁眼鏡をかけ、六〇代に見えた。彼は眼鏡の位置を直してから、「いいえ、刑事事件は苦手でして、普段は広告代理店の白新堂の顧問をしております」と口元をほころばせた。ハスキーで落ち着きのある声は、有佳子好みだった。祖父の声に似ているからだろう。

「そうですか」

有佳子の思案顔に気づいたのか、八杉が笑いながら言った。「白新堂と聞いて驚いたんでしょう？　おそらく斉田のことはすでに摑んでるんでしょうから」身を乗り出して神路と有佳子の顔を窺った。「斉田と夏帆が顔なじみになったきっかけを作ったのは俺ですよ。そいでもって各種イベントでお世話になって意気投合したのも俺のほうだった。つまり白新堂との付き合いは古いんです。で、先生とも懇意にさせてもらってます。先生が刑事事件で相談にのるのはたぶん俺だけでしょう。そうですよね、灰谷先生」親しげなアイコンタクトをしてみせた。

両者の表情からは、利害関係があることを匂わせ、およそ友情で結ばれた関係とは思えないいかがわしい雰囲気が漂う。しかし今のところ、殺人を犯した人間だという感じがしない。直感が働かないのだ。

それは神路も察知したようで、一瞬いやな顔を見せ、「我々の捜査について、ご不満があるということですが、具体的にはどういったことですか」と切り出す。

「俺は夏帆を心から愛していた。いや今だって夏帆以上の女はいない、と思ってる。ほんの小さな、よく言うだろう、ボタンの掛け違いが誤解を生んでただけなんだ。それでいったんは離婚が最善の策だと考えてしまった。俺も未熟だったんだ。それに気づいたから、やり直したい、と夏帆に近づいた」接近禁止などの命令に違反したことはすんなりと認める、と八杉は言った。「愛する人間の行動を監視したから、殺害したにちがいないというのはあまりに理不尽だよ。あんたらが俺の友人とか、得意先に話を聞き回っているのは迷惑だし、精神的に苦痛なんだ。だから名誉毀損で刑事告訴すると同時に、当然慰謝料を請求しようと考えた」

「警察は、あなたを犯人だと断定してはいません。捜査の過程において行き過ぎもなかった、と承知しています」神路は静かに言った。

「ここからは私が」灰谷が口を出した。「当初から、八杉さんを元妻殺害の犯人のような印象操作が行われたのではないか、そう思っています」

「それはありません。事情聴取はすべて任意ですから、強制したことはないし、関係者への聞き取りも慎重を期したつもりです」神路の話し方は、やはり穏やかだ。そんな彼が、告訴されるくらいなら、大阪府警の刑事はいなくなってしまうにちがいない。

「ストーカー行為が行き過ぎた果ての殺害だと決めつけて、捜査に当たってはいない、と言い切れるんですね」灰谷の目元が常に微笑んでいるように見えるのは、顔立ちによるものなのだろうか。

「予断を持って捜査をすることはありません、と断言したいところですが、八杉さんには悪いのですが、幾度かの迷惑行為、それに対して被害者が恐怖に感じている点を加味すると、真っ先に捜査線上に上がってきたのは事実です。それは否定しません。しかしながら許された捜査範囲だったと思いますが」

「なかなか正直な方だ。ただし、ここからが交渉です。刑事告訴する前に、私どもが神路警部に話し合いを持ちかけたのには、れっきとした理由がありましてね」

「是非伺いましょう」

そう言って神路が、有佳子を横目で見た。それを合図に、「灰谷先生、録音してもよろしいですか」と有佳子がＩＣレコーダーをテーブルの上に置く。

「いいですよ。こちらも録音しますので」灰谷は旧式のカセットレコーダーを四人の中間地点に滑らせた。

「どうぞ」有佳子がレコーダーのスイッチを入れると、灰谷も録音ボタンを押した。

「八杉さんが五十嵐夏帆さんにストーカーだと思われる行為を繰り返していたことは、ご本人も認めておられる。愛情ゆえのこととはいえ五十嵐さんに恐怖を与えたとすれば申し訳ないと反省もされている。その前提に立って、ある情報をあなた方に提供したい、と八杉さんから申し出がありました」

「情報？」神路が顎を撫で、吟味に値するものなのか、と訊いた。

「代理人として提案する以上、八杉さんに不利な申し出はしませんし、それが捜査に役立つはずだと確信しています」

「その情報が捜査に有益かつ、八杉さんを捜査圏内から外すに足るものだと、おっしゃるんですね」

「そういうことです」灰谷はクリアファイルから写真をＡ４サイズに引き伸ばしたものを一枚出し、神路に手渡した。

「この男性は誰ですか」神路が尋ね、写真を有佳子に回した。

た。

　写真にはニット帽を目深《まぶか》にかぶった男性が、単眼鏡を覗いている姿が写っていた。黒いリュックを背負い、黒いTシャツ、Gパンという出で立ちは、若い男性を思わせた。

「この男が単眼鏡で覗いているのは、五十嵐さんの自宅マンションの入り口付近です。このアングルのほうが分かりやすいでしょうね」灰谷は別の一枚を差し出した。

「これを撮ったのは誰ですか」と神路が写真を凝視してから、また有佳子に渡す。

　引いた画像なのだろう、人物は小さくなったが、見ている方向やその先にあるマンションの入り口までがフレームに入っていた。男性が窺っているのは角度から見て夏帆のマンションに間違いないだろう。

「俺なんだ」八杉は胸を張った。

「ほう。それでこの写真の人物は？」神路は八杉ではなく灰谷に尋ねた。

「誰なのかまでは調べていません。それは警察の仕事ではないですか」

「しかし、ただ被害者のマンションを単眼鏡で見ているだけの写真にそれほどの価値があるとは思えないんですがね」

「一度だけなら、価値のない写真だ。けれど複数回五十嵐さんの様子を窺っていたとすれば、少々事情が変わってきます。さらにある夜、自宅ではなく彼女の仕事場にもこの男性は現れ、今度は監視するだけではなく侵入し、逃げるように飛び出してきた。しかも非常階段から……ある夜とは六月二日午後九時三分です」灰谷がそう言った横で、八杉はにんまりとした顔を神路と有佳子に向けた。

「つまり俺は犯行時間、事件現場の周辺にいたってこと。当然アリバイもないし、ノーガードでフルボッコされると思って、先生に相談したって訳だ」訊いてもいないのに八杉が愉快げに話す。

「その写真もあるんですね」神路が低い声で、八杉にではなく灰谷に確かめた。

「もちろん。情報の価値、分かってもらえたようですね」

「それは写真を分析してみないとなんとも」

「いいでしょう。すべて提供するつもりでここにきてもらったんですからね」灰谷が八杉を見た。

「そうさ、俺が撮ったもんだからね。俺が許可すれば持ってって煮るなり焼くなりしてもらって結構。ただし、これ以上俺を探らないと約束してくれればな」

「今の段階では約束できないですね。言っているように真偽を確かめた上に、この写真の男性が事件に関係していると断定しないと」

「写真には日付も時間も入ってるんだ。そんなのいちいち偽装しないよ、面倒くさい。どうすればいい、先生」八杉は灰谷に助けを求めた。

八杉のどこか芝居じみた言い方に、有佳子は違和感を抱いた。これらは皆、灰谷の書いたシナリオなのだろうか。

「ではこうしましょう。今ここで写真を提供します。三日間だけお待ちしますので、その間に分析を終えてください。それまではあなた方も八杉さんに干渉しない、私どもも名誉毀損での告訴の手続きはしません。ちなみに手続きというのはメディア発表を含めた対応のことです」

灰谷は、名誉毀損で告訴したことを、マスコミに向かって喧伝するつもりでいることを暗に伝えているのだ。被疑者扱いした男性が警察を訴えたと、マスコミが騒いだとしても直接捜査に影響が及ぶことはない。けれど、この写真の存在を公表されるとさすがにまずい。被写体が実際に犯人だった場合、捜査の手が迫ることを知れば、証拠隠滅や逃亡の危険性がある。

「三日か……分かりました。ただ灰谷先生にお願いが」

「分かっています、神路警部。八杉さんには、いつでも連絡のつくところにいてもらいます。それは私が保証しましょう」

「お願いします。では残る写真を」そう神路は言い、有佳子に何か訊きたいことがあるか、と尋ねた。

「八杉さんは、五十嵐さんをストーカー、いえ失礼、監視していて偶然この男性に気づいたということですか」有佳子は八杉の目を見る。

「俺の復縁を阻んでいるのは、妙な入れ知恵をする鍛冶っていう弁護士と、聖人君子面してる斉田だと思っていたんだ。けど、夏帆の暮らしを見ていると、少なくともあと二人、夏帆を狙う男がいた。事件当夜のアリバイがない俺は、自力でこの男を調べて夏帆の敵《かたき》を討とうと思ったんだけど、あんたら警察が俺の周りをうろつくから……。非常階段を慌てて駆け下りるこいつが、夏帆を殺ったんだ。俺は確信してるよ、刑事さん」八杉は先ほどと同じ粘着質の目で言った。

「あなたは、夏帆さんに近づく男性をすべて写真に撮ってるんですか」

「すべてじゃないよ。俺もそこまで暇人じゃない。頻繁に夏帆に近づくか、こいつみたいにのぞき魔みたいな野郎だけをチョイスしてマークした」

「選ばれし男性ってことですね」有佳子は苦笑いを堪えた。八杉にのぞき魔などとは写真の男性も言われたくないだろう。

「俺にとっては招かれざる客だ」

「もう一人の男性の写真は見せてもらえないんですか」有佳子は夏帆の同級生前芝紀子の夫、謙也ではないかと思った。もしそうなら謙也の動きを思わぬ形で掌握することができる。

「もう一人の男か。何か摑んでるんだな?」八杉は右眉だけを上げた。

「消去できれば、それだけ早く犯人にたどりつけます」

「いや、その男は除外していい」

「断定ですか。その理由を教えてください」

「さっき言ったじゃないか、事件当夜、夏帆が刺された時間に非常階段から仕事場に入り、慌てて下りてきた男が犯人だと。写真を見れば分かるから、先生、早くこの人らに渡してくれ」八杉は苛ついた顔で灰谷のほうを向いた。

「そうだね」

「ちょっと待ってください。もう一人の男性はこの人ではありませんか」有佳子は灰谷を制して、八杉にスマホの画面を見せた。

「やっぱりそいつも……容疑者なんだな」もう一人は謙也だ、と認めたようなものだ。「さすが警察だ、敵に回したくないな」

「八杉さん、大変参考になりました」有佳子は深追いせず引き下がる。神路の厚意で同行させてもらっている身であることを忘れてはならない。まだ謙也の件は神路に話していなかったのだ。

「じゃあ写真を。全部で二一枚です。むろんプリントアウトですからデジタルデータはこちらで保管します。それでよろしいですね」灰谷がテーブルの上にあったクリアファイルを神路に渡した。

二人は改めて礼を述べて灰谷事務所を後にした。
「情報提供、感謝します」

神路と共に署に戻った有佳子は、豊丘に聴取の内容を報告した。その流れで神路が、一緒に写真を検証することを提案した。写真がA4サイズと大きいので、広げて見るのに長机が必要だと三人は会議室に向かった。

「警部、このたびは成山の無理を聞いていただきありがとうございました」会議室に入るなり、豊丘が改まった声で神路に言った。

「なかなかどうして、堂々としてた。さすが成山警部の血を引いていると思ったよ」神路が微笑みながら、灰谷から預かった写真の紙焼きを机に並べていく。

神路も祖父のことを知っているようだ。まだ祖父に見守られている気がして、ほんのり胸が温かくなった。

「この男、黒ずくめで気色悪い。ほんまにのぞきのプロみたいな格好ですな」豊丘が三月二六日午後一時四三分とクレジットされた写真を取り上げた。

「ずっと長袖だし、影に徹してるんだろう」神路が並べ終わった写真を見渡した。

「八杉は少し離れた場所から撮ってるんで気づかれなかったんでしょうが、被害者を監視する男と、それを撮るもうひとりのストーカーか。何だか滑稽だな」

「二枚目は同じ日付で午後一時四六分、わずか三分ですが、少しマンションの入り口のほうに近づいています。覗き込むような格好は、まさにマンションの様子というか、単眼鏡の焦点を住人に合わせている感じがしますね」有佳子は写真の中から一枚を手に取り感想を述べた。

「四月九日のなんか、玄関内に半分侵入してるような格好やで、成山見てみぃ」豊丘が画像をこちらに向けた。

「そこまで近づいているのに、単眼鏡まで使って何を見てる？」神路が豊丘が持つ写真に目を凝らす。

「この先には、あっ、メールボックス。そうです、住人たちのメールボックスがあるんですよ」有佳子が声を上げた。そして夏帆のメモ帳を出してページを繰る。「警部補が手にしたのは三月二六日と四月九日ですよね。警部の目の前にある画像の日付ですが、四月二三日ではないですか」と訊いた。

「そうだ、四月二三日午後二時三分と記されている、なぜ分かったんだ？」

「念のため、その次に撮られた写真の日付も見ていただけますか」有佳子はメモ帳に目を落とす。陽太郎には内容だけで投函されていたすべての日付は教えていないが、夏帆のメモにはきちんと記されているのだ。

「三〇日だ。全部言おうか。五月七日、一四、二一、二八、この二八日は仕事場だな」机の上を指さしながら神路が言った。

「やっぱりすべて符合します」有佳子は夏帆のメモにあった化粧品のクレームハガキの内容を神路に話した。「ちょうど本日の捜査会議でコピーを回し、報告しようと思っていたところです」医学的な整合性は三品病院の勤務医に確認済みであることを補足説明した。その上で夏帆が書き留めたクレームの内容を読み上げた。

「偏執的だな。それに、『このままにしておいてはいけない』というのは問題だ」神路は唸るようにつぶやき、「こいつ、女性になりすまして、ハガキを投函したってことか」写真の男を指で小突いた。

「けど、ＫＡＨＯは女性向きの商品やろ。なんでこいつがこないにリアリティあるクレームをつけることができるんや？」豊丘が訊いてきた。

「そうですね。実際に本人がアレルギーを持っているのか、それとも家族や恋人がＫＡＨＯの商品でひどい目に遭ったのか。そうでもなければここまで切実で、現実味のあるクレームはつけられません」

「八度も被害者の周辺をうろついていたことは確かだからな。そのうちの一つには『このままにしておいてはいけない』と記し、数日後実際に殺された。さらに時刻表示に細工がされていないのなら、犯行直後に現場の非常階段を下りてくるこの男が事件に無関係とは思えない。最重要参考人、いや第一容疑者と言ってもいいだろう」神路は事件当夜に撮られた写真に視線を移す。

「この写真で、八杉は自分の犯行ではないことの証しとし、ストーカーそのものを愛ゆえの行為として正当化してる節があります。それが癪ですけど」有佳子が下唇を嚙んだ。ストーカー事件が後を絶たないのは、女性にとってどれほど不愉快で怖いことかを大部分の男性が知らないからだ。事件に関係なく、八杉にはお灸を据えたい、という気持ちになる。

「とはいえ、いったんはこの写真の男の身元確認を急ぐ必要がありそうだ。この件、谷田管理官に報告しよう。灰谷弁護士にも返事しないといけないから」神路は、今日の捜査会議が重要局面になりそうだと言った。「クレームハガキの内容のコピーをよろしく、成山刑事」

「分かりました」

「しかしこの影男、ずっと見張ってるんですかね」豊丘が、八杉の執念もすごいが、影男もそうとう執拗だと呆《あき》れた声を出した。

「八杉が四六時中被害者をストーキングしていたのは、前芝謙也さんを知っていたことで分かります。でもこの影男は毎日五十嵐さんを監視しているわけでもありません。三月二六日から五月二八日までに八度ですからね」有佳子は、灰谷たちの前では説明できなかった前芝謙也が夏帆に執心だったことを神路に話した。

「この男は普段は仕事をしていて、八度しか時間がとれなかったんだろう」神路はスマホのカレンダーを見て、すべて火曜日で、その日が勤務先の定休日の可能性があると指摘した。

「毎週火曜日が休み、か。理美容関係やったら月曜が休みが多いですけどね」豊丘は短い自分の頭髪をさすった。

「不動産関係は水曜定休が多いな」

「職種や業種に、こだわらないほうがいいんじゃないですか。ただ時間がとれるのが火曜日ぐらいに」

「成山の言う通りかもな。写真から何かつかめんか」神路が写真を一枚一枚手に取り始める。

「耳も帽子で隠れてますね」有佳子は育美との会話で話題になった耳紋を思い出した。豊丘が影男と形容したとおり黒ずくめという以外の特徴は見当たらない。リュックもメーカーが分かるようなエンブレムはついていないし、単眼鏡も手の中に収まりメーカーは判別不能だ。

「八杉が見つけよったくらいやから、周辺住民にこの写真見せたら、目撃情報を得られる可能性が高いんやないですか」カルタの札を探すような格好で、豊丘が言った。

「地取りに集中するか」と、神路が写真から顔を上げた。

13

陽太郎は名無しの患者を、どうすべきか悩んでいた。院内で転倒し、意識はあるものの様子が変で、このまま帰していいものか迷っていた。牧田では要領を得ず、結局陽太郎が検査のオーダーをし、田代に相談しようとしていたのだけれど、患者が断固検査を拒否したのだ。

「先生、すみません。どうにも言うことを聞いてくれないんです」陽太郎は処置室の控え室で準備をしていた田代に言った。

「まったく検査に応じないんだね」

「ええ。家に帰りたいの一点張りなんです。FASTのT以外は問題ないんですが、でも立ち上がろうとするたびふらつき、支えがないとまた転倒しそうなんで、やっぱり脳の写真をとらないとまずいですよね」FASTは脳梗塞《のうこうそく》などの疾患を簡易的に見る項目の頭文字だ。FはFACE、顔の歪みがないか、AはARM、腕に麻痺がないか、SはSPEECH、呂律《ろれつ》が回らないとか、思ったことを言葉にできるかなどをみる。最後のTはTIMEのことで、どれだけ早く治療を始めるかだ。いままさに時間を争っている状態だった。

「転倒やふらつきはめまいが原因じゃないのか」

「初めの転倒では目がぼやけたと言ってましたし、僕が眼鏡をしていると思っていたようなんです。それはすぐに見間違いだと気づいたみたいですが」

「かすみ目と見間違い、か。良性発作性頭位めまい症ではなさそうだ。内耳か頸椎《けいつい》、脳血管、脳腫瘍、注意すべき病気は多いからね。とにかく血液検査、頸椎から脳までのMRIで鑑別したほうがいい。でも、それを拒むんだよね。お金の問題なら大丈夫だと説得すれば？」

「僕もそうじゃないかなと思って、検査費はなんとかなるから、いまは心配しないで、と言ったんですがダメでした」

「いずれにしても救急患者ではないから、検査の説得をして疾患の原因を突き止めるのは家入先生の役目ということになる。総合内科の仕事だね」田代は陽太郎を見た。

「そうですね。すみません、お手を煩わせてしまって」

「気にしない、気にしない」田代は笑い、部屋を出ようとして立ち止まった。「若年性の脳梗塞だったら、帰宅させるのはまずいね。手こずるようなら、室田看護師長の手を借りたほうがいいよ」どうせ氏名を含め身元調査を行わないといけないだろうから、と言い残しドアの向こうへ消えた。

「君さ、もしかしたら病気に罹ってるかもしれないのよ」処置室の向かいにあるカンファレンスルームで、君枝が男性にいつもよりさらに優しい口調で話しかける。

陽太郎は田代の助言に従い、君枝に事情を話すと彼女はすぐに駆けつけ、男性をカンファレンスルームに移動させた。

「もう治ったし……」男性は帰ろうとしているのか、黒いリュックを引き寄せる。

「検査を受けて大丈夫だって分からない限り、病院としては帰すわけにはいかないんやわ。どうしてなんか、分かる？」

「家に帰った後に悪くなるかもしれないからだろ」言葉を放り投げるような言い方だ。

椅子に座っていると、ベッドで仰臥《ぎょうが》しているときより幼く見える。前髪が目に入りそうなくらい長いせいもあるのだろうけれど、実際に未成年ではないだろうか。

「そういうこと。そんなことになったら君自身、辛いし困るでしょ」

「それは嫌だけど、元気になったから大丈夫だと思う」男性は右手のひらを気にしながら言った。

「手、どうしたの？」君枝が尋ねた。

「何でもない、ちょっと切っただけ」

「見せて」君枝は有無を言わせず手を引き寄せ、色の変わった絆創膏《ばんそうこう》を剝がす。「あら、ちょっと化膿《かのう》してるわ。ダメよ放っておいたら」素早くアルコールを浸した脱脂綿で消毒し化膿止めを塗ると、新しい絆創膏を貼ってやった。

「君、彼女いるの？」君枝は明るく訊く。

「……う、うん、いる、いるよ」狼狽《ろうばい》しているのが見て取れた。

「家であなたについててくれるやろか。彼女だって忙しいんやろし、彼氏としてあんまり心配かけたくないいんとちがう？」君枝は男性の彼女を知っているような訊き方をする。

「忙しいよ、そりゃあ。彼女に迷惑はかけられない……自分で何とかするから、帰らせてよ」仏頂面で男性は言った。

君枝の質問に対し、一度も両親や兄弟の話が出てこず、それによって男性が一人暮らしである公算が大きいと分かった。さすが君枝だ。

「聞いたと思うけど、費用については心配しないでいいから」

「お金の問題じゃなく、いやなんだ。強制できないよね、いくら検査って言っても」

「もちろんや。あなたの自由。ただ、こちらも医療関係者として、君を放置できないことになってる。保護責任者って言葉聞いたことあるでしょ」

「そんなこと言っても……いやなものはいや……なにも電気を消すことないじゃないか、こんなの酷いよ、嫌がらせだ」男性が部屋中をぐるぐると見回し始めた。

「君、どうしたの？　電気なんて消してないわ。先生」君枝がさっと体を移動させ、陽太郎と入れ替わった。

「これを目で追って」陽太郎は男性の顎を軽く手で支えてペンライトを左右に振る。瞳孔反応は正常なのに、彼は光源を追わない。「光を追うんだ」

「光ってどこ？　真っ暗じゃないか」男性は泣き声を出した。

「君、目が見えていないんだ。すぐに検査だ。いいね」陽太郎は、ねじ伏せるような口調で言った。「看護師長、至急血液検査とＭＲＩ検査を行います」

「分かりました」

「どうなってるんだ。俺は死んじゃうの？　先生、助けて」男性は陽太郎の手を強く握った。その力はどんどん強くなっていく。

「落ち着いて。僕たちがついている。君は運がいいぞ。病院で倒れたんだ。そしてここは日本でも有数の医療機器とハイレベルな医療体制が整っている。なおかつ日本一の医者がいるんだ」

「ほんとうに？」男性の握ってくる力が弱まった。

「嘘を言っても仕方ないだろう」

「先生がそんな医者だったなんて、知らなかったんで俺……」

「僕はそれほどじゃないけど」

「先生、謙遜しなくていいじゃありませんか」内線で検査のオーダーをしていた君枝が、大きく丸い目で睨み付けてきた。いらぬ謙遜は患者を不安にさせる、ということらしい。

「とにかく君は、安心して検査を受ければいい」

「私がここでバイタルサイン測定と採血を行います。それが終わったら、画像検査室にお連れしますので。それから、まもなく院長がこちらにこられます」と君枝が陽太郎にウインクした。事情は報告してあるという意味だ。

「ありがとうございます」礼を言って陽太郎は、椅子を引き寄せ男性の前に座る。

「さて、深呼吸してみて。目のほうはどうかな」指を男性に見せる。

「さっきよりも周りが明るくなった。人差し指だろ、いま俺の目の前に出したの」

「正解だ。パニックを起こすと余計に見えなくなることがあるんだ。もう明かしてくれてもいいよね。君の名前は？」

「橋詰斗真《はしづめとうま》」やはり言葉を吐き捨てる感じだ。

「字は？」

彼は淀《よど》みなく漢字を説明した。

「格好いい名前ね」君枝が、彼の手を取って血圧を測る。「斗真君はいくつ？」

「…………」

「言いたくないの？」君枝が陽太郎を見る。

陽太郎はそっぽを向く斗真を見てふと感じた。彼とは顔を合わせている。

「君、この病院にきたことあるんじゃないか」陽太郎が言った。

「ないです」斗真はすばやく返答する。

「一度も？」

「はい、一度も」

これまでの態度とあまりに違う即答ぶりに陽太郎は、斗真は偽りを言っていると確信した。外来でなければ患者の付き添いか、入院患者の家族か。それとも——。

「君は、記者か」言葉にしたとたん記憶の糸が、病院を監視するように立つ男の姿をたぐり寄せた。間違いない、夏帆が亡くなった後、何度か病院の駐車場や道路を挟んだ向こう側の歩道に立って院内を窺っていた若者だ。「何度となく病院の周りにいたのを僕は見てるよ」

「記者なんかじゃないです。ここにもきてない」斗真は言葉では激しく否定したけれど、陽太郎の視線を避けるようにうつむく。

「今度は採血ね」と斗真と陽太郎との会話を気にせず、君枝は採血の準備をする。

「その前に血糖値を調べるね。指先にチクッとするけど辛抱してね」斗真の左手の人差し指にワンタッチペンランセットを突き刺した。

「痛っ」

「大丈夫よ」君枝は指先からの少量の血液を血糖測定器に吸収させる。五秒ほどで測定完了の電子音がした。「九八です」

「低血糖じゃなかったんだね。君ね、病院の駐車場には防犯カメラがあるんだ。いくらでも確認できるよ」陽太郎は突き放すように言った。

「カメラ、か……正直に言うよ。何度かここにきたことがある。だけど記者じゃない」と斗真は首を振った。

「じゃあなぜここにきて、何を探ってたんだ？」

「探ってなんかないよ、何も」斗真はさらに深く頭を垂れた。

「不審者として、警察に報告してもいいんだよ」

「不審者なんかじゃないから、警察には通報しないでください。お願い、この通りです」にわかに丁寧な言葉遣いになり、手を合わせて懇願した。

いまは斗真に検査を受けさせることが先決だが、彼の目的も気になる。

「なら本当のことを話してほしい。この病院に刺された女性が搬送されてきた事件とは無関係なんだね？」

「五十嵐夏帆さんのことですよね。化粧品の宣伝に出てるから顔は知ってるけど、ただそれだけ。興味ないし」

「興味があったのは何？」

「それは言いたくありません」

「でも五十嵐さんの事件後に、君を見かけるようになったんだけどな」陽太郎はあいまいな言い方しかできない。ただそんな気がしただけだからだ。

「……先生、本当に五十嵐さんとは関係ないです」

斗真の必死の形相に、彼が病院周辺を訪れたのは夏帆の事件後だったのだと確信した。

いけない。いつの間にか鎌をかける、という三品の得意な手法で患者と向き合っていた。

採血を終えた君枝が、陽太郎にメモを手渡した。

「ありがとうございます」とメモを見る。

体温三七度六分、呼吸回数一八回／分、血圧一二四ｍｍＨｇ（収縮期）七九ｍｍＨｇ（拡張期）、脈拍八五回／分。体温以外は正常範囲だ。

「分かった、信じるよ」取材以外で夏帆が亡くなった後にここにくる目的はなんだろう。彼自身が白状しない限り想像もつかない。いまそんなことに時間を費やしている暇はないし、医師としてそれほど重要なことでもなさそうだ。気持ちを切り替えて、陽太郎は質問した。「それじゃ君自身のことを訊くね。斗真君はいくつ？」

「一九歳です」観念したように斗真は答えた。

「仕事は何を？」

「学生です。ＯＴ大学の二年生」斗真は市内の大学名を口にした。ここまでの会話に破綻はない。視神経のみに影響が出ていたのだろうか。

「学生か。連絡先の住所と電話番号を教えてくれるかな」

「番号は〇九〇×××……。住所は中央区瓦屋町《かわらやまち》〇〇アパートＴＥＮＪＩＮです」住所は病院から徒歩で四〇分程の場所だ。

「そこは実家なの？」

「いえ、ワンルームなんで」

「じゃあ、ご家族は？」

「それは……勘弁してください」斗真は渋い表情をした。

「それも答えたくない、か」

「うちの親、心配性なんで、俺が病気したって聞いたらびっくりして卒倒しかねないから」斗真は、優しさの片鱗《へんりん》を見せた。同時に、どこを見ているのか分からなかった黒目が、きちんと陽太郎の顔に定まってきた。視神経への影響もどうやら改善されつつあるようだ。

「病気が悪化したら、もっと心配させることになるよ。それに学生なら健康保険証は保護者の扶養になっているんだろ？」

「はい。大阪に引っ越す前に手続きとって、保険証を俺に持たせたから」

「それなら国保のマル学だね」

「それ、それです」

「今回の検査には保険を適用するものもあるから、出身地は分かるよ。その上、君は未成年なんで検査によっては同意書が要るんだ。そのときは連絡しないといけなくなる。頼むから親御さんの連絡先だけでも教えてくれよ。君の年齢であんな風に転倒するのは珍しいんだ。原因を突き止めておいたほうが、君の将来のためだ」

「分かりました。俺の実家は金沢で和菓子屋をやってます」父親は和菓子職人で、母親と三つ上の姉が店を手伝っているという。ゆくゆくは金沢市に戻って、少しでも店を大きくしたいと大学では経営コースを専攻しているのだそうだ。

「親思いだわ」君枝が斗真の傍らに寄り添っていた。

「そんなことないっす」斗真は初めて照れ笑いを浮かべた。

「病歴があったら教えてほしい。とくにてんかん発作とか」陽太郎は、テーブルに設置されている初診カードを一枚抜き取り、ペンを持つ。

「てんかん発作はないです。でも……」

「腹部を見たよ」オペの痕跡から想像はつくが、病歴の聞き取りは本人の口から言わせないといけない。

「……実は、中三のとき、原付きに撥《は》ねられたんです。そのとき脾臓破裂で摘出手術をしました」斗真は左手で中腹部を押さえ、「もしかして、それが今日こけた原因でしょうか」と訊いた。

「そうだね、可能性はある。免疫を司る人体最大のリンパ組織だからね。感染症が原因で朦朧としたのかもしれない。でも術後のワクチンはきちんと受けてるよね」

通常なら術前にもワクチンを接種するが、事故の場合はそうはいかない。それは夏帆の場合も同様だ。彼女は命を落としたから必要ないが、重要なのは術後のワクチン接種なのだ。肺炎球菌、インフルエンザ桿《かんきん》菌、髄膜炎菌のワクチンを年齢に応じて接種する必要がある。斗真の場合、摘出が一五歳だとすると肺炎球菌と髄膜炎菌については、五年ごとに打たなければならない。医師ができる感染予防はワクチンだけだが、患者はかなり神経質な暮らしを強いられる。脾臓では古くなった赤血球を壊したり、リンパ球と形質細胞で、病原菌などとたたかう抗体を作っているのだ。微生物への備えは人一倍必要になる。致死的な重症感染症のリスクが生涯続くと考えてもいい。

「お医者さんに言われた通りに打ってきましたし、来年も打つつもりです」

「うん。渡航歴は?」

「医者に相談しないといけないんで、面倒ですから」

「海外へは行ってないんだね」

「海外どころか、国内旅行もしてないです。何かに感染したのかな」

「家族や友人で海外へ行った人はいる？」

「家族は俺が感染症に弱いって知ってるし、て言うか、うちのような家内制手工業的な和菓子屋って、そんな暇ないです。友達に留学したやつはいますけど、そいつはまだ一度も日本に戻ってきてません」

「ご家族の病歴だけど、重い病気に罹られたことある？」

「朝早くから夜遅くまで働きっぱなしで、病気をする暇ない、というのがうちの家族みんなの口癖なんで、俺の知る限り大病はないと思います」

「常用している薬は？　言いにくいかもしれないけど、もし覚醒剤《かくせいざい》の類いとかの経験があるなら、正直に言ってほしい」

「絶対ないです。変なものに手を出すなと膵臓の手術をした後に散々言われましたし」

「アルコールとタバコは？」

「タバコは舌が鈍ると親父がうるさいし、アルコールは酒粕《さけかす》も苦手です」金沢名物の酒酒《ささ》うどんも食べられない、と不満を口にした。

「それじゃね、ここにくるまでに、何か症状はなかったかい？」

「三日くらい前の夜に、とても熱っぽくて体温測ったら三八度七分もあったんで、市販の鎮痛解熱剤を飲んだんです。そしたら朝に三七度まで下がりました。雨に濡れたことがあったんで風邪かなとその日から今日の朝まで市販の風邪薬をずっと飲んでました」

「市販薬か。それから熱は？」

「測ってません」

「脾臓を取った患者にしては不注意だね。病院に行かなかったの？　今までただの風邪であってももっと注意してきたはずだよね」

「このところ俺、おかしいんです。なんか常に頭が混乱してて、実は大学にも三月くらいから行けてないんです。それなのに病気だなんて言ったら、お袋、泣いちゃいます。でも自分ではどうにもできないんですよ、先生。俺、ここがおかしくなったんだ、きっと」斗真は自分の側頭部を拳で叩いた。

「これ、やめなさい」君枝が、背後から斗真の腕を取った。「どうにかなったのなら、先生に治療してもらいましょ。ねっ、斗真君」

斗真は抵抗せず、「ＭＲＩですよね」と小声で言った。

「おしっこの検査してからね」君枝が言うと検査という言葉も優しく聞こえる。

「はい」斗真が大きくうなずいた。

と、そのときカンファレンスルームの扉が勢いよく開いた。

「おお、君が若いのに転倒しちまった、かっこ悪い患者か」そこには、白衣ではなくワイシャツに蝶ネクタイ姿の三品が立っていた。

「誰？」斗真が機嫌の悪い声で陽太郎に訊いた。

「この病院のストレッチャーの乗り心地はどうだった？」三品はそう言いながら近寄り、人差し指を斗真の眉間に突き立てそうなくらい近づける。

「この方はこの病院の院長、三品先生です」斗真の恐怖を和らげるために、陽太郎は三品の身分を彼に伝えた。

「院長さん……」斗真は奇異の目を三品に向けた。いきなり現れ、かっこ悪いとか、ストレッチャーの乗り心地がどうだ、とかいう言葉と院長が結びつかないのは当然だ。

三品がわざと白衣を羽織らず、何者か分からない格好をするのは、初対面の人間の戸惑いを誘いたいからだ。どうしてそんなことをするのか尋ねたことがある。それに対して三品は、患者のブランド志向の程度を測りたい、と答えた。しかし今どき白衣にそれほどの権威があるとも思えない。ただ単に相手の困る顔が見たいという悪趣味なだけだと陽太郎は解釈している。

「そう、君の転倒した廊下もストレッチャーも、病院の備品だ。つまり、ここに座るまでにすでに君の治療は始まっている。ルールには従ってもらうぞ、いいね」三品は、まだ斗真が身元を明かさず検査を拒んでいる、と思っているらしい。

「あの院長、彼は橋詰斗真君。氏名も、住所も病歴も話してくれました。むろん検査にも応じると」陽太郎は斗真を一瞥して、三品に言った。

「そうか。子供を手懐けるのはうまいな。ちょっと見せてくれ」三品は言い終わるより早く、斗真の前に座ると、彼の頸部を触診していた。つづいて君枝の聴診器で胸の音を聴く。そして腕や足を動かして運動機能をみた。

「四年前に交通事故で脾摘しています。それに三日ほど前から三八度以上の発熱に頭痛があったとのことです。バイタルはこれを」陽太郎はメモを三品に見せた。「転倒時一時的に意識障害あり。外傷がないようでしたので意識障害の程度はJCSを用いました。結果一から二の間くらいです。不整脈、血糖値に問題なし。採血は終わっていますので血算、生化学、凝固、Vガスをオーダーしています。これから検尿してもらってMRIを行うところです。その後、心電図と胸部X線もやろうと思っています」

意識障害の指標は大きく二つある。外傷性の場合はGCSを使うことが多い。JCSは上限が三〇〇で数字が大きくなるほど重症、GCSは一五が正常で八以下、つまり小さくなるほど重症とややこしい。

「うん。君、頭痛だが、そのとき吐き気を伴わなかったか」三品が斗真に訊いた。

「鎮痛剤が効くまでは水も気持ち悪かった、です」斗真の声は微かに震えている。三品の高圧的な態度にびくついているようだ。

「転倒したとき、めまいを起こしたのか」

「めまいというより、視界がぼやけて自分がどこにいるのか分からなくなって、気がついたら家入先生の顔があったって感じです」斗真が怯えた目で三品を見て、助けをもとめるように陽太郎へ視線を向けた。

「僕が話しかけたとき、一瞬だけごく軽い譫妄《せんもう》がありました。僕が眼鏡を着けているように見えたようです。ですが、すぐに正常に戻りました」

「私は彼に訊いている」

「すみません」陽太郎の卑屈な態度は、斗真を余計に緊張させてしまうと思ったけれど、悪い癖で即座に謝ってしまった。君枝を見ると「あらま」という表情をした。

三品はペンライトで瞳孔を見ながら、「今回のようなことは初めてなんだな」と尋ねた。

「初めてです、こんなこと。脾臓の手術後にも何度か発熱したり怠かったりしたけど、どこにいるのか分からなくなって倒れたことはありません」

「血圧の上昇、脈圧の差も大きくないし、頭の痛みも鎮痛剤で治るレベルだから、大動脈解離の可能性は低いな」

「怖そうな病名ですね」弱々しく斗真が反応する。

「可能性が低い、と言ったんだ。吐き気も痛みもそれほどじゃないから、くも膜下出血も除外しよう」

「く、くも膜下……」

「いちいち復唱するな」

「ごめんなさい」

「謝る必要もない。家入先生の性質がうつったのか」三品はニヤニヤしながら続ける。「胸の痛み、背中に痛みは?」

「ありません」

「今、呼吸はどうかな、息苦しいとか息切れがするとか」

「ないです」自分で呼吸を確かめてから斗真は答え、陽太郎を見た。

「最近、体だけじゃなく、気持ちの面でおかしかったんだよね」陽太郎がまた代弁した。

「どうしても斗真君の保護者になりたいようだな。まあいい。どんな風におかしかったんだ?」

「いえ、それは……自分でも心当たりがあるんで、大丈夫です」苦笑しながら斗真は言った。

「何を照れてる？」三品が斗真を睨み付けたが、それ以上の質問はしなかった。その代わりカンファレンスルームに備え付けてあるコーヒーメーカーへ行き、カップにコーヒーを注ぐと砂糖を入れてかきまぜた。三品は甘い物が好きだけれどコーヒーはブラック派だったはずだ。

「これをご馳走しよう」三品が斗真に差し出す。

「えっ？　検査前なのにいいんですか」困惑の声で訊いた。

「血液は採ってるし、バイタルも見た。少しぐらいなら許可してくれるさ、家入先生が」三品が横目でこちらを見た。

「斗真君、どうぞ」陽太郎がギクシャクした笑顔で勧めた。

恐縮しつつ斗真が紙コップに口を付けた。

「どうだ、やっぱりコーヒーはブラックに限るだろう？」三品が感想を聞く。「ここの豆は香りがいいからな」

「そうですね。好みの香りです」と答えつつ、斗真が小首をかしげた。

「砂糖、入れるか。疲れただろうから」

「はい。俺、普段はブラックだけど、今日は甘い物が欲しい気分なんで」

「いや、やっぱり検査前だからそれくらいにしておこう」

「えっ、まだ一口しか飲んでないのに……」

三品が君枝に目配せした。

「じゃあ検査に行きましょうか」君枝が声をかける。

「ああ」と三品は片隅に置いてある車椅子に目をやった。

視線に気づいた君枝が、斗真を車椅子に乗せてカンファレンスルームを出て行く。

「陽太郎、彼には注意しろ。脾摘患者だからな」

陽太郎も真っ先に脾臓摘出後重症感染症は懸念していた。

「転倒の原因は、やはり感染症ですか」

「脾臓摘出後重症感染症なら一番多い原因菌は肺炎球菌だ。ついでインフルエンザ髄膜炎菌。それにとらわれることなく少しニュートラルに考えてみよう。厳密に言えば不明熱と言い難いが、不明熱だとすれば何を疑う?」

「感染症、腫瘍、自己免疫疾患ですね」

「転倒し、ごくわずかだが意識障害を起こした。むしろ一過性の意識消失だと考えたほうがいいだろう。薬物中毒以外で意識消失させる病名を挙げてみろ」三品は立ったまま腰に手を当てた。

こういう質問のときは、緊急性と重症度の高い順に挙げる。

「院長が彼に言ったのと重複するものもありますが、大動脈解離、徐脈性不整脈、急性硬膜外血腫、心筋梗塞、大動脈弁狭窄症《だいどうみゃくべんきょうさくしょう》、閉塞性肥大型心筋症《へいそくせいひだいがたしんきんしょう》、鎖骨下動脈盗血症候群、迷走神経反射、起立性低血圧、てんかん発作、低血糖、それに……ナルコレプシー」

「心雑音がなかったから心筋梗塞、大動脈弁狭窄症、閉塞性肥大型心筋症は除外していいだろう。脈診から徐脈性不整脈も消去。その他は検査を待つしかない。だが、いま最も疑わしいのは、感染症による頭痛と発熱だろう。ただし、意識消失させるほどの高熱じゃないのが気になる。つまり免疫が機能してないってことだ。それが脾摘によるものなら、一気に重症化する恐れもある。さっきのコーヒーは、普段ブラックで飲む人間なら甘すぎるはずだ。なのに砂糖を追加しようとした。味覚に障害が出ているんだ。それに長く保温状態だったここのコーヒーにはもう香りはない。べんちゃらにしても好みだとは言えないだろう。嗅覚もおかしくなっているかもな」

「ウイルスによるものですか」味覚も嗅覚も脳に近いため、防衛本能で末梢《まっしょう》神経をアポトーシスする。自滅させて脳を守っているのだ。

「よく観察してやれ。単純じゃないかもしれん。急変したらすぐに、私のスマホに連絡してくれ」三品は、顧問を務める三軒の高齢者施設を巡回する日で、それがすむのは午後八時を回るからと言い添えた。

ＭＲＩ、胸部Ｘ線でもこれといった病変は見つからなかった。血液検査の数値はいずれも問題がないにもかかわらず、検査を終えて二時間ほど経った午後五時過ぎ、斗真は三九度五分の高熱と激しい頭痛を訴えた。そしてやはり軽い意識障害を起こし始めたのだ。三品の読みが当たった。

感染症患者であろうことから、あらかじめ陰圧設備の整った個室を使ったため、院内感染予防と容態の悪化に対応できるのだが、肝心の急変の原因が分からない。三品に容態を知らせると、解熱剤の投与とグラム染色を急がせ、腰椎穿刺を行い髄液検査をしろ、と言っただけだった。

容態の急変を聞きつけた田代が、モニターにつながれた斗真の様子を見て言った。

「意識障害の程度は、ＪＣＳで二〇くらいだな」

田代の見立ては、ＪＣＳでいうところの刺激すると覚醒する状態・刺激をやめると眠り込むという項目の『大きな声またはゆさぶりにより開眼』レベルのことだ。

「時折、刺激しても覚醒しない状態になることもありますし、覚醒後は暗い、暗いと訴えるばかりで、会話になりません。熱自体は座薬の解熱剤で少し下がったんですがね」

「院長の見立ては感染症だろ」

「画像検査では特に何も見当たらなかったから、感染症が最有力になります。ただ正体が見えない」念のため胸部のCTを撮ったがマイコプラズマなどによる異型肺炎、ニューモシスチスやアスペルギルスが引き起こす真菌感染、ウイルス性肺炎で見られる磨りガラス陰影は確認できなかった。

「髄液はどうだった？」

「それがきれいなもんでした」

「……血液も髄液も健康な人間のものだってことだね」

「そうなんです。いまの彼がこんな状態にあることが理解できません」

「院長からの薬剤投与の指示はないんだよね」確かめるように田代が言った。

「ええ、解熱剤の他の指示はありません」

「うーん、何だか、いやな感じだ」田代は大きく深呼吸すると、後頸部に手を当て宙を仰ぐ。

「いやな感じ……？」非科学的な言葉なのに、陽太郎も田代に共鳴できた。「この間の五十嵐夏帆さんの件ですね」夏帆も検査と容態に大きな差があったからだ。

「まあ、彼女の場合は外傷で、感染症だとしても合併症だろうから」

「そうですね」

田代の院内ケータイに、救急搬送を知らせる呼び出し音が鳴った。

「院長が戻ってくるのを待つしかないね、家入先生」と田代は陽太郎の腰の辺りを軽く叩き、足早にＥＲに向かった。

陽太郎はベッドサイドの椅子に腰掛ける。バイタルは安定しているし、斗真はすやすやと眠っていた。健康な一九歳の学生にしか見えない。

まだ幼さが残る口元を見ていると、陽太郎自身今どきの若者という言い方をするほどの年齢ではないけれど、斗真は若くして脾摘手術を受け、感染症には人一倍警戒しながら勉学に励み家業を継ごうとしている、まれに見る孝行息子だと思う。

何とかして病気を治し、店を継がせてやりたい。

君枝が入ってきた。「斗真君、どうです？」

「解熱剤が効いてるんでしょう、眠ってます」陽太郎は椅子から立ち上がった。

「院長の指示、妙だと思いません？」

「グラム染色、髄液検査を急がせろ、でしょう」君枝も違和感を抱いていたようだ。

「血液検査は問題なかったのに。どっちにしてもグラム染色は大事だと思うけど、この段階で強調されるのがね」

微生物検査は三日から七日は必要だ。その一日目に行うのが「グラム染色」だ。赤と紫の二色に染色し、それを顕微鏡で見る。これで細胞壁の構造の違いによって細菌を染め分けられ、細菌の形態や配列を見ることで菌種や菌属を推定することができる。ただ推定で抗菌薬を使うのは危険だから、確定のために培地で培養するのだが、それには数日の時間を要するのだ。

「もしかして、顕微鏡検査だけで原因を突き止めろということなのかな。それとも薬剤感受性試験は必要ないってこと？」陽太郎は斗真の顔を見ながら言った。

薬剤感受性試験は、薬剤の入ったパネルで病気の原因である微生物を培養することで、菌に効果のある抗菌薬を調べる検査だ。ここで得られた結果から治療に使用する薬剤を決定することになる。

「どの抗菌薬が有効かを調べる時間がもったいない……」

「院長も焦ってるんですかね」と言ってから陽太郎は後悔した。患者の前でするべき話ではない。「いや、院長に限ってそれはないか」苦笑いを斗真に感づかれないように君枝のほうを向いた。

「それはそうやね。うん？」君枝は斗真に目をやり、「斗真君、目を覚ましたみたい」と斗真の頭部のほうへ移動した。「斗真君、橋詰斗真君、分かりますか」

「うん。けど、この部屋、明るすぎて目を開けてられないですよ」言葉は明瞭だ。聴覚も問題がなさそうだ。

「ついさっきまで暗い暗いと言ってたんだよ」

「いまは目が痛いくらい眩しいです」

「ちょっと、目を」陽太郎はペンライトは使わず目を見た。瞳孔が散大している。

「動かしてみて」眼球を動かすよう指示した。「痛みはある？」

「それはないです。けど頭が痛くて」眉間にしわを寄せた。

「両手で後頭部を支えて頭を上げ、お臍《へそ》を見るようにして顎を胸に付けてみてくれ」

「付かないし、痛いよ」

「無理しないでいいよ。今度は膝を曲げ伸ばししてみて」

斗真が指示に従おうとしていることは分かるが、膝がうまく曲がらないようだ。それでも懸命に力を込め、ようやく膝を立てた。けれどそこから膝が伸びない。

「おかしいな、関節に何かが挟まって、それが引っかかる感じがして……」まだ膝を伸ばそうとしていた。

陽太郎はそっと手を添えてゆっくり足を元の位置に戻してやった。

「先生、院長が言っていた意味が分かりましたね」と君枝が乱れた掛け布団をなおした。

頸部硬直とケルニッヒ徴候で、斗真が脳髄膜炎である可能性が高くなったのだ。ただそれが、細菌性のものか、それ以外の無菌性なのかが重要になる。細菌性なら死亡率が高く、一秒でも早く有効な抗菌薬で治療を始めないとならない。それには時間がかかる培養などやっている暇はないのだ。グラム染色で推定した菌に対する抗菌薬を始めろ、という指示だったようだ。

「血算、生化学にも細菌に感染したことを示す数値は出てないんですよね」陽太郎の逡巡は、過去に安易な抗菌薬の投与によって耐性菌を発生させてしまい、患者を重症化させたことが頭をよぎったからだ。

「どうしますか」君枝が斗真の顔を見て言った。

斗真が声のする方向を向く。「俺、このまま死んじゃうんですか」

「君を、金沢で有数の和菓子屋の社長にするために、僕たちは全力を注ぐ。だから心配しないで」

「何か、体の自由が失われていく感じがして……怖いんです」

陽太郎は居ずまいを正して言った。「僕を信じるんだ。いいね」

「分かった」斗真がうなずき目を閉じると、目尻から涙がこぼれ落ちた。

「院長に電話してきます」

「分かりました。ここは任せてください」

陽太郎は病室を出てすぐの看護師ステーションに入った。そこにいる看護スタッフにざっと斗真の病状を告げ、デスクの電話の受話器を手に取る。

「おう、陽太郎、斗真君に広域抗生剤は効いたか」スマホに出た三品が言った。

「いえ、投与を始めてもいいのかを伺おうと電話したんです」

「何をしてる。私の指示を聞いて、すぐに脾摘を行った病院からペニシリン系抗生物質に対し過敏症の既往歴がないか確かめ、アンピシリンナトリウムの静注点滴を始めているもの、とばかり思ったぞ」

「カルテはメールしてもらってますが、少し迷いがあったもので」

金沢の病院の脾摘執刀医から送ってもらったカルテには、皮膚と経口内服チャレンジテストとも陰性だったと記載されていた。

「判断が遅すぎる。過去をどれほど引きずっているのか試したんだが……まだリハビリが必要だな。とにかく早く投与を始めろ。すぐ戻る」と電話が切れた。

陽太郎は唇を嚙み、病室へ戻ると、念のために斗真にペニシリンでアレルギーを起こしたことがあるかを訊いた。テストをした事実は覚えていたけれど、結果については彼の返事は曖昧だった。

陽太郎は意を決するように君枝に言った。「アンピシリンナトリウム二・〇グラムを三〇〇ミリリットル、二時間かけて点滴静注してください」

14

六月八日土曜日

夏帆の自宅と仕事場を監視する黒ずくめの男性、通称「影男」の目撃情報は意外に多かった。ことに犯行時刻前、仕事場のあったオフィスビル周辺で、雨の中傘も差さずに立っている男性の姿に奇異を感じた、という証言は有力視された。

「これ、こんな感じで気色悪いやろ。ＫＡＨＯの社長さんが殺されはったってテレビのニュースで観たとき、よっぽど警察に連絡しよかと思たんやけど、なよっとしてて、そんな凶暴そうにも感じなかったんや。間違ってたらあかんし、通報しなかったんですわ。けど、やっぱりこの男が犯人なんですか」オフィスビルの車道を挟んで斜め向かいの喫茶店の女性店主は、通報しなかったことを悔やんでいた。またそこの客で、食事をしていたカップルは、雨に濡れるフード付きパーカーが防水なのか、と心配しながら男の様子を見ていたという。女性のほうが、直感的に「のぞき」だと感じ、「心配してやる必要ない」と彼氏に言ったのだそうだ。

「怪しいけど、通報するほどやないっちゅうことやな」豊丘が汗をタオルで拭った。

有佳子と豊丘は、影男と話したというコンビニエンスストアの店長に会いに行く途中だ。

その店があるのが、なぜか三品病院内であることに、有佳子は不思議なものを感じずにはいられなかった。

「影男、線が細い感じはありますからね。正面の写真はないですが、顔も大人しそうですし」

「顔で得しとるな。八杉みたいな、にやけ顔やったら、即通報されたのに」

「そういう容姿に関する言い方、よくないと思いますよ、警部補」有佳子は目一杯豊丘を睨んだ。

「こんなんも、あかんか」

「ダメです。そういう時代です」

「ややこしい時代やな。ややこしいといえば、悪化の速度が速いとかいうて、三品院長のお弟子さんが現場やら被害者の自宅調査してたけど、あれどうなった？」三品病院の近くまできたとき、豊丘が訊いてきた。

「結果は聞いてないです。まあ聞いても警部補が言うようにややこしいんで、さっぱり分からないでしょうけど。それに死因とは関係ないし、事件に影響はないと思いますよ。何か気になることでもあるんですか」午後五時を回ってもなお強い日差しを、手のひさしでさえぎりながら隣の豊丘を見上げた。

「気にしてるのはわしやない。合原さんや」

「京子さんが？」すでに鑑識が持ち帰った化粧品や、その原材料の毒物検査結果を教えてもらっている。その際、家入が夏帆の環境調査をしたことを伝えたが、何も言っていなかった。

「その件で、合原さんが知り合いの法医学者と話をしたのは今朝や。法医学者のほうから、三品院長のことを持ち出したんやそうや」

その法医学者は剖検した古柳の門下生で、師である古柳がわざわざ三品病院を訪問したことを知ったのだという。それも夏帆の剖検についての話をするためだったそうだ。

「それが問題なんですか」

「古柳教授は何かを見つけた。それを確認しに三品院長に会いに行ったんとちゃうか、と法医学者は思った」

「何を見つけたというんです？」

「それは、法医学者も合原さんも分からへん。けど、感染症が専門の医師に、法医学者が剖検で相談することは滅多にないらしい。つまり生前の病気に起因するなにかを古柳教授が発見したと」

「でも私たちには関係ないですよ。死因が鋭利な刃物で刺された刺創によるものであることに変わりはないと三品院長もおっしゃってますから」

「そこや。その法医学者が、三品院長が環境調査をさせたとなると、ことは単純じゃないと言ったらしい。裏に何かあるというんや」

「裏ってどういうことですか」

「簡単に言えば銭儲けや。利益につながる鉱脈を見つけたんとちゃうか」

「商売については私たち刑事課不介入ですよ」

「それはそうやけどな、成山。利益が絡むと、前提を覆される危険が伴うのも事実や」

「殺意の認定に関わる部分で、はしごを外されるかもしれないとおっしゃるんですか」

「成山は、合原さんに被害者の環境調査に立ち会ったことを言うたやろ。そのときから合原さんも何か変やなとは思っていたらしい。直接ちゃんと話したほうがええんやないか」

豊丘の言い方では、家入を現場に入れたことに京子が疑問を感じているように聞こえた。だから有佳子本人より先に上司に当たる豊丘に報告したにちがいない。

「警部補は、被害者の環境調査に応じたことについて、間違っていたと思いますか」

「それはない。ただ想像以上に三品院長は食えない人物やな。病院の人間に接触するときは注意せなあかんちゅうだけのことや」

「そうですか……」有佳子には陽太郎が利益中心主義の考え方をしているようには思えなかった。「コンビニの店長も、要注意ですか」院内に入らなくても、病院の駐車場から直で入店できる入り口の前で、豊丘を一瞥した。

二人が店に入ると、店長が出迎えてくれた。「こちらへどうぞ。狭いところですが」

招き入れられたのはバックヤードで、店長室はパーティションで六畳ほどの広さに仕切られているだけだった。そこにデスクが二脚と来客用のテーブル、パイプ椅子が二つあった。

店長は自分の椅子を来客用のテーブルに寄せ、パイプ椅子を勧めた。名刺交換と挨拶をすませ、有佳子は影男の写真をテーブルの上に出す。四〇代と思しき柏田勇《かしわだいさむ》の肩書きは、天王寺方面営業統括部長だった。彼は豊丘に匹敵するほどがたいが大きい。

「この男です」柏田は写真を見たとき笑みを浮かべたように見えた。「巡回のおまわりさんが、持ってこられた写真を見た瞬間、思い出しました」

周辺の防犯カメラ設置店への情報提供を募るために、交番勤務の警察官に影男の写真を配り歩いてもらっていた。それを見て柏田が通報してきたのだった。

「言葉をかわしたときのことを、話していただけませんか」有佳子は前と横から、巨体の圧力を感じながら言った。冷房の効きもよくない感じがする。

「通報してから、店内外に設置された防犯カメラの映像を片っ端から見ました。そうしたらちゃんと映ってましたよ、黒ずくめの男が。それを見ながらのほうがいいのではないか、と思って用意しています」柏田はノートパソコンをテーブルの三人が見える位置に置き、さらに有佳子たちに見やすい角度に調整した。「ビデオ映像は約七日で上書きされていくんで、残っているのは六月四日の午前九時三一分のです。駐車場側の入り口から入ってきます」と前置きして再生ボタンを押した。

フード付きパーカーではないが、やはり黒いトレーナーで黒いキャップの男はうつむき背を丸めて、レジ前を歩き、奥の棚の前で立ち止まった。

影男の動く姿を見て、やっとその存在を確かなものとして受け止められた気がする。情報提供者が八杉だけに、でっち上げではと警戒していた。

「ドリンク剤を並べた冷蔵庫です。彼は疲労回復のドリンクを二本、買いました。こちらがレジの映像です」切り替わった映像は、店長とレジスター、そして男を斜め上から撮った映像だ。

男がドリンク剤を二本、カウンターに置き、財布から千円札を出して店長に手渡す。「このときですよ、左手に単眼鏡が見えたんです。私はバードウオッチングが趣味でしてね。単なる単眼鏡じゃなくてデジカメになってるものだと分かったんで、気になったんです」

「それで声をかけたんですね」有佳子が訊いた。

「ええ。ズームは何倍ですかって」すると男は、「九・六倍」とぶっきらぼうに言ってそそくさと出口に向かったそうだ。「返事もしない若者もいますからね。でも尋ねた倍率を、多分正確に教えてくれたと思ったので印象に残ったんです」

「やはり若かったですか」

「そうですね、かなり若いんじゃないですか。うちにくる学生バイトと同じくらいかな」

「変わった様子は？」

「ありませんでした」

「ここの患者だったかもしれないですね」有佳子が尋ねる。

「ええ。この他にも彼が映っているところがあるんです」柏田がパソコンの映像を早送りした。「これ、入り口にあるカメラです。駐車場が映ってますでしょう。白い軽自動車の横を見てください」

「いました、これですね」有佳子が画面を指さし、柏田を見た。

「それです。手に持ってるの分かりますか。この映像にも映ってる、間違いなく私の見たものですよ」とテーブルに置かれた写真の、男の手にある単眼鏡に目を落とした。

映像の日付は、六月八日午前一〇時四七分となっている。

「今日の午前中の映像ですね」

「そうです。ただ今日は店にはきていません」柏田はまた早送りして、男が映っていない証しを見せた。

そのうち有佳子の知っている人間の姿が画面に映し出された。「あっちょっと止めてください」と何も考えず声を発してしまった。

「はい、何か映ってました？」映像を止めた柏田が有佳子を見る。

「いえ、知っている人に似た人が、慌てた様子でレジの列から外れたんで、どうしたんだろうと思っただけです。すみません、影男には関係ないです」しどろもどろの説明になった。

「ああ、これですか。家入先生とお知り合いですか」

「ええ、まあ」有佳子はなぜか豊丘の顔を窺いながら返事した。

「従業員の話では、院内で男性が倒れたようなんです。それに気づいた先生が走って出て行かれたそうです」

「そうですか。素早く列を離れられたみたいだったので」

「店から院内が見えますけど、サッと動けるのはさすがです。若いですから家入先生。優秀で気さくで、ほんとうにいい先生ですよね」

「それで、その男性はどうなったんですか」

「そのままここの処置室に運ばれたそうですよ」レジに戻った家入は、サンドウィッチも買うはずだったがキャンセルして栄養ドリンクだけを店内で飲んでいったという。「昼食も食べていられないなんて」と従業員が心配していたらしい。

静止した映像の時間は午後二時一四分となっていた。現在五時四〇分、彼は何か食べられただろうか。刑事の仕事も食事を不規則にする。だから難問を前にしたときの冷静な判断に、いかに食事がもたらす精神の安定が不可欠であるか、よく知っている。

「倒れた方、病院内でよかったですな」豊丘が口を挟み、「事件の夜ですが、ここにも報道陣がぎょうさんきたんとちがいますか」と話題を変えた。

「そりゃもう、えらい騒ぎでした。雨が降って蒸し暑かったんで冷たい飲み物がかなり売れました。徹夜組もいましたし、おにぎりなんかもね」

「そこにはこの男はいなかったんですね」

「確認しましたけど、うちの防犯カメラには映ってませんでした」

「成山、病院の救急搬入口と正面玄関のビデオ映像を、病院のほうから提供してもらおう」豊丘が有佳子に言った。

「そうですね」と返事して、「柏田さん、貴重な情報をありがとうございました。この映像ですが、提供していただけないですか」提供書類を出した。「あくまで任意ですが」

「そのつもりで、用意したんです。どうぞ」柏田はプレーヤーからディスクを取り出した。

ディスクを受け取った二人は店を出て、病院の受付で身分を名乗ると事件当夜のビデオ映像の提供を願い出た。すると村越《むらこし》という事務長が現れ、院長の許可を得ないといけないので、少し待ってほしいと言った。

「院長はいまどちらにいらっしゃるんですか。院内におられるなら」有佳子が訊いた。いるのなら直談判したほうが早いだろう。

「いえ、いません。一五分ほどで戻るはずですが。ただ重篤な患者さんの治療がありますのですぐに対応できるかどうか。とにかく今、院長のスマホに連絡を入れますので」受話器を耳に当てながら村越は頭を下げた。

三品が出たのだろう、「警察の方がお見えになって……」と説明したところで、激しくうなずきながら村越は奥に消えた。怖ず怖ずした態度に、彼も自分が叱責されるのを見せたくないのだ、と感じた。事務長という立場であっても三品は怖い存在なのだろう。

村越はホッとした表情で受付カウンターに戻ってきた。「刑事さん、院長が話を聞くそうですので、感染症科の病室で待っていてくれということです。家入先生が迎えにきますので、少々お待ちください」

陽太郎はすぐにきてくれた。

「先日はありがとうございました」有佳子が挨拶すると、彼も同じことを口にしてお辞儀した。

「お忙しいときに、すまんことです」豊丘は大きな手を差し出し、握手を求めた。手の感触で相手の気持ちを推し量るのだそうだ。協力的かどうかは、握り返す力で分かるという。初対面でもないのに、そんなことをしたのは、有佳子が好意をもっているのではないか、と彼が変に気を回しているからにちがいないのだ。余計なお世話だと、後で文句を言っておく必要がある。有佳子は豊丘を横目で睨んだ。

豊丘が手を離すと、「とんでもないです。では、こちらです。どうぞ」陽太郎は歩き出した。

救急搬入口と処置室を通過し、さらに廊下の奥へと進む。

「お昼に院内で急患が出ました。予断を許さない状態なのでモニターできる病室の隣にお連れするようにとの院長の指示です。狭苦しい場所で申し訳ありません」陽太郎が豊丘に話しかけた。灰色の大きな背中と白衣のスマートな背中を有佳子が追いかける。

「いえ、こちらこそ恐縮です。今コンビニの店長にその患者さんのことを伺いました。先生がレジに並んでいるとき倒れたんやそうですな」

「店長って柏田さん？」

「そうです。防犯ビデオの映像を見せてもろてたら、偶然、成山が見つけたんですわ。家入先生やって」そう言ってから豊丘が陽太郎と距離を空けた。「そやな、成山」

二人の間に有佳子が入り、「お昼も食べていないそうですね」と尋ねた。

「食べそびれてしまいました。よくあることです」

「それだけ、その患者さんの容態がよくないんですね」

「ええ、芳しくありません……」陽太郎は守秘義務上、詳しくは言わない。「病院のビデオ映像を確認されているのは、ここに犯人がきていたということですか」と反対に訊いてきた。

「可能性の問題です。被害者がここに搬送されたことを知り、容態を確かめにきた」

有佳子も詳しくは話せない。

「うちの病院に……」

「今月四日の午前九時三一分に院内コンビニで買い物をしている人物は以前、被害者の周辺で目撃されているんです」それで事件当夜の救急搬入口付近に設置してある防犯カメラの映像を提供してほしいのだ、と有佳子が言った。

陽太郎は一〇三と記された病室の前で立ち止まった。「なぜ病院にやってきたんでしょうね」と有佳子を見る。

「ですから、容態を」

陽太郎が有佳子の言葉を遮り、「いや、僕が疑問に感じたのは二日後にここにきて買い物をした点です」一〇三号室の入り口は二つあった。通常のストレッチャーや車椅子が通れる広口と、普通のマンションにあるような幅の入り口だ。陽太郎は狭いほうのドアを開いた。「事件当夜については、被害者がどうなったのか気になって、うちにやってきてもおかしくないんですが、二日後というのが、ね」明くる日には夏帆の死亡は報道された。自分が殺した相手が運ばれた病院に再びやってきて悠長に買い物などするものなのか、と言いながら部屋の電気を点けた。「患者になりすまして、五十嵐さんの最期の様子を聞き出そうとした記者はいましたけどね。どうぞ、中へ」

「おじゃまします」有佳子が部屋に入った。

「殺人を犯す連中いうのは、変わった人間が多いんですわ」と豊丘が有佳子に次いで部屋へ入る。

六畳くらいの部屋の中央に楕円形のデスクがあって、その上には大画面のデスクトップパソコンが四台置かれていた。ディスプレイにはバイタルサインと呼ばれるものが表示されており、それが刻一刻と変化している。一方の壁には、隣の病室の様子を見ることができるように大きなガラス窓があった。ただ、いまはカーテンが引かれ病室は見えないようにされていた。

「奥のほうに詰めて座ってください。すぐ院長がくると思います」陽太郎が患者の家族用の席に座るよう促した。

陽太郎がコーヒーを出してくれて、その半分も飲まないうちに入り口のドアが開いた。上着を脱ぎ手に持った三品だった。薄いブルーのシャツに黒い蝶ネクタイ姿は、道化的でどうしても緊迫感を削ぐ。

有佳子と豊丘は立ち上がり挨拶する。

有佳子がビデオのことを切り出そうとした瞬間、「ちょっと待ってくれ」と三品は手で遮った。そして陽太郎を見る。「広域抗生剤を始めて、坊やに変化は？」

「……反応が悪くなっています」辛そうな顔で陽太郎が言った。

「効いてないんだな」

「もう少し様子をみないと」

「よし、私が診察しよう。刑事さんたち、防犯カメラの件はちょっと待っていてください」三品は陽太郎を伴って、隣の病室へ移動していった。

「どうなんや、ビデオ映像は見せてもらえるんやろか」ドアが閉まると、豊丘は椅子を軋ませて腰を下ろした。

「大丈夫だと思いますよ。ダメなら待たせるようなことはしないと思います、院長は」有佳子は、三品は結構誠実だ、と印象を話した。

「さよか。待ってなしゃあないいんやな」コーヒーを啜ると立ち上がり、窓に近づき顔を寄せてカーテンの隙間を探しているようだ。「患者さん、だいぶん悪いんやろか」

「警部補、ダメですよ覗いちゃ。患者さんのプライバシーですから」

「分かってるけど、三品院長がどんなふうに診察するのか気にならへんか」

「それでもダメです。興味本位が一番問題です」それではマスコミの連中と変わらない、と有佳子は苦言を呈した。

「マスコミと一緒にせんといてんか」豊丘はおどけた言い方をした。

「警部補、いま思ったんですけど、家入先生の疑問点ですが」

「なんで事件後もここに買い物しにきたんか、やな」豊丘はチラチラとカーテンの向こうを気にしている。

「マスコミから依頼されたカメラマンだったらどうです」

「それならデジカメ付きの単眼鏡を持っていてもおかしくないな」

「生前から被害者を監視してても変じゃないということになります」八杉からの提供ということで、初めから彼と同様のストーカーだと思い込んでいた節がある。美人経営者としても話題を集め、競合他社からも注目されている夏帆だけに、マスコミの取材対象となり得る。「もしかして八杉と弁護士に誘導されてしまったのかも……」

「自宅、仕事場、この病院を張っていたのもうなずける。犯人やと決めつけられへんいうことか。不審者としてマークするけど、少し距離取ったほうがええな」

「そうですね」

「サツ回りに影男の写真渡して情報提供を求めたけど回答ないから、報道カメラマンの可能性は低いな」

「雑誌か夕刊紙から依頼されたフリーランス」

「雑誌関係でフリー、か」豊丘は参った、という顔つきをした。

フリーランスの場合、捜査上の報道規制が効きにくく、情報源を特定するのは難しいからだ。影男は、確定的でないけれど、現場を目撃しているかもしれないのだ。少なくとも殺人があった時刻に非常階段を使用している。

「でも警部補、影男がフリーカメラマンだとしてもすでに事件から二日経って病院を出入りするのは、家入先生の言う通り、やっぱり妙ですね」取材対象が死亡した病院で何を撮ろうとしているのだろうか。

「病院にいるのは、医者と看護師、病院職員に出入り業者、ほんで患者さん。この中に被害者と関係のある人間がいるいうんか。いったい何を探ってる？」

「病院関係者……いくら被害者と関係が深い人物がいたとしても、監視する意味が分かりません」夏帆本人が死んでいるのだ。「あっ」折からの病院内の消毒の香りが、有佳子の脳を刺激したのか、危篤状態の夏帆の言葉が浮かんできた。

「どないした？」

「被害者に事情を訊きに駆けつけたときに、集中治療室で室田という看護師さんがこんなことを言ってたんです。『明瞭ではありません。よく分からないんですが、たぶん黒い、黒いと言っているように聞こえます』と」

「黒い、黒ずくめの影男のことか」

「室田さんが何が黒いのかを尋ねたら、それには答えず今度は『おうな』と言ったそうです。それは『追うな』か『媼』か、という話になったんですが分かりませんでした」

「黒いやつを、追うな。よう分からんな」

「でもそれなら被害者は影男を見てる、ということになるんじゃないですか」

「ほな八杉に感謝せなあかんのか。釈然とせん」豊丘は太い首を回した。

「被害者は刺されたとき母親と話していました。朦朧とする意識の中で、そこに母親がいるような錯覚に陥ったのかもしれません。犯人は黒ずくめの男で、彼は危険だから追うなと」

「母親の身を案じたちゅうことか」

入り口で人の気配がし、「すまない」とモニター室に三品が戻ってきた。

「お忙しいのにすみません」豊丘も席に戻る。

「事件当夜の、搬入口付近にある防犯カメラ映像が見たいんだって？」三品が近くの椅子に座った。

豊丘が黒ずくめの男性が夏帆の自宅マンション、事件のあった仕事場を監視していたことを話し、事件当夜に夏帆の様子を見に病院に姿を見せていないか、防犯カメラ映像を確認させてほしいのだ、と頼んだ。「それというのも、その男性が事件の二日後に、この病院にきていたことが分かりまして」

「なるほど。いいでしょう、すぐ村越に用意させよう。明日の九時頃には受付で受け取れるようにしておく」

「ありがとうございます。急患で大変なときに、ご協力感謝します」豊丘が礼を言った。

15

「抗生剤が効いてません。ますます覚醒している時間が短くなってます」薬を投与して三時間あまりが過ぎた頃、陽太郎は病室からモニター室に移動すると、コンピュータのディスプレイを熱心に見詰める三品に報告した。「譫言《うわごと》も増えてきました」

「うん、そうだろうな」三品の口調には驚きも、落胆の色もなかった。

「髄膜炎に間違いないはずなんですが」

「ラボからのグラム染色の結果を見てるが、主立った原因菌は見つかっていない」

「無菌性髄膜炎ですか」無菌性といえば原因になる微生物がいないように思えるが、細菌ではなく主にウイルスによる髄膜炎ということだ。「患者は幼児ではありませんが、脾摘者ですので、エンテロ属もありえます。それならいいんですが」特効薬はないが、水分と栄養、そして出てきた症状への対症療法で比較的回復しやすいウイルス感染症なのだ。

「羞明《しゅうめい》の症状は合うし、一般血液検査、生化学検査で異常を認めず、グラム染色で微生物が出なかったことも合致する。おそらく髄液にも問題はないだろう。気になるのは中枢神経障害だが」こんなときも、三品は質疑応答形式だ。

「マイコプラズマなら中枢神経合併症を起こすことがあります」

「肺炎の症状はまったくない」

「なら、アルボウイルス症では？」

「身体観察を入念に行った。節足動物の咬み痕はなかった」アルボウイルス症は、蚊やダニなど特定の吸血節足動物が媒介するウイルス感染症だ。

「お前が予後のいいウイルスだと思いたいのは分かる。しかし意識レベルの悪い時間のほうが増えている現状を直視する必要がある。このままでは斗真君は死ぬ」

「そこまで……」抗生剤が効いていないとはいえ、そこまで重篤には思えない。対症療法は消極的に見えるが、原因となるウイルスが増殖するのを抑制すれば体外に排出されるはずだ。

「薬を変えるぞ」三品は柄にもなく決意表明のような言い方をした。

「はい……？」生返事になった。

「斗真の覚醒時、嚥下《えんげ》障害はどの程度だ」

「障害というほど、まだ弱っていません」水を飲ませたり、ゼリー状の栄養補助食品は咳き込むことなしに飲み込めている。

「よし、砕いてゼリーに混ぜて、ミルテホシン一〇〇ミリグラムとパロモマイシン硫酸塩五〇〇ミリグラムをいますぐ経口投与、四時間ほど空けてアムホテリシンBを体重一キログラムあたり一ミリグラム静注する」三品が言い放った。

「ミルテホシン？　貧血も白血球の減少もなく、血小板数も正常範囲でした。それにインドはもちろん海外渡航歴もないんですよ」

「誰が内臓リーシュマニア症だと言った」

「では悪性腫瘍」

「四の五の言わずにまずは薬を与えるんだ。話はその後だ」三品が窓から見える斗真を顎で指した。

陽太郎は急いで薬剤師に連絡をとって、三品の言った薬剤を粉末にし、ゼリーに混ぜるよう指示した。薬剤を持ってきたのは君枝だ。

彼女は声かけと頰への刺激で斗真を一時的に覚醒させると、慣れた手つきで彼の口に運ぶ。優しくゆっくり時間をかけ、薬を飲ませ終わったのは二〇分後だった。

「珍しいお薬ですね」君枝が斗真の顔を拭い、ベッドサイドモニターを点検しながらつぶやく。

「そうですよね。二つともこれまで使用されたことないんじゃないかな」

「アムホテリシンBはカンジダ症でよく使いますけどね。先生は納得してないんですか」

「話は後だって」陽太郎は首をすくめた。

「院長は隣に？」君枝がこちら側からは見えないモニター室を、横目で見た。

陽太郎はうなずき、深呼吸をした。「コーヒーでも取ってくるよ」

陽太郎はカップを二つ持って、モニター室に入った。

「斗真君の病気は何ですか」研修生のように、我見など持ち合わせていないという体で質問した。多くの年長者同様、三品も素直な者を好むはずだ。

「うん。まあ座れ」ちらっと陽太郎を見た三品が、自分の隣の椅子を引いた。

陽太郎はカップをテーブルに置き腰を下ろす。三品の体に染みついたアルコールの匂いがした。それは父と同じものだった。

「お前の頭の片隅に、五十嵐夏帆の最期の様子は残存してるはずだ」

「ええ、もちろん」

「いまラボからお前が採取した脳組織の検査結果が届いた。これを見てみろ」ディスプレイを陽太郎が見やすい角度に向けた。

光学顕微鏡の画像のようだ。それはカリフラワーの一房を縦にスライスしたような形で、さらに外へ向かって不規則に広がろうとしているかに見えた。

「あっ、もしやこれは……」

「そうだ、この形状はフォーラーネグレリアだ。アメーバの遺伝物質の有無を調べるPCRなどせずとも明白だ。ただ、家入先生は論文でしか見たことないだろうがな」

三品は河川や湖、沼などに自然に生息しているアメーバの名を口にした。

「そんな」テーブルに陽太郎のみぞおちが当たり、パソコンのディスプレイが微かに揺れた。

「つまり、五十嵐夏帆は原発性アメーバ性髄膜脳炎《PAM》だった」三品の顔が険しくなった。それはアメーバが体内に侵入して脳を食べる最悪の感染症で、致死率は九〇から九七パーセントとされているからだ。

「それなら、彼女は刺されなくても亡くなっていたかもしれないんですね」

「かもではなく、刺された時点で投薬していなければ、何をやっても助からない病気だった。死亡時、あそこまで脳が破壊されていたのは、刺されたことで急激に抵抗力を失ったからだろうが、こいつが脳に侵入していなければ、あれくらいの刺創で死ぬことはなかったということだ」

「となれば本当の死因は？」

「刺創でも出血性ショックでもない。当然、志原先生の脾臓温存オペでもないってことになる」

「じゃあやはり志原先生にミスはなかったんですね」陽太郎はほっとした。

「そういうことになるな」

三品の返事で、スパイの任務から解放されると思った。「これで志原先生のオペの検証をしなくてもよくなりました」と陽太郎が明るく言うと、三品は陽太郎を睨み付けた。

「お前は馬鹿か」

「えっ」

「いったい何を見ていた。志原先生のオペを間近で見ていたんだろう？　ミスの有無などはじめから分かるはずだ。やっぱり節穴だな」

「それは……」案の定、節穴だと言われてしまった。「僕なんかでは判断ができない志原先生レベルでの問題があった可能性があると思って」

「そもそもオペの検証などするつもりはない。なぜ自らスイッチを入れ記録したものを消したかが問題なんだ」

「確かにミスを隠すためなら分かりますが、理由がますます分からなくなりました」

「消去した理由、それを探れ。いいな」

黙ってうなずくしかなかった。軽くなりかけた肩にまた、重圧を感じる。志原にミスがなかったとはっきりした今、謎は深まった。つまり任務はより難しい局面になったということだ。

「いずれにしても、志原先生に隠すべきミスはないことが明らかになったのは、我々がフォーラーネグレリアを見つけたからだ。法医学では、脳組織の染色も顕微鏡観察も、ＰＣＲ法で分析することもないからな」それは暗に、古柳教授の剖検を尊重するとの宣言でもあるように聞こえた。「いや、臨床でもＰＡＭを疑わなければやらん検査だ」

「感染したとすれば、やはり夏帆さんの仕事場ですよね。そして、あの水槽の水が一番怪しい。でも僕がやった環境調査ではフォーラーネグレリアは見つかってません」

アメーバの大きさは二〇マイクロメートルくらいだ。花粉が三〇マイクロメートル余りだから、現場から採取した液体を光学顕微鏡で見ればすぐに分かるはずだ。二から五マイクロメートルのレジオネラ属は確認できているのだ。「水槽の水以外で、彼女は感染したんでしょうか」

「いや、それはないだろう。マコモダケがあそこまで変色するには二、三週間はかかる。もっとはやく症状が出ているはずだ。刺される少し前に体内に侵入させたんだろう。そこで思い出すのが、彼女の日記にあった先月の三〇日の記述だ。『ＤＶＤのビニールフィルムを剝がそうとすると人差し指の先に痛みを感じる。深爪をしたせいかしら。マコモダケの様子をチェックするときも染みた。人間というのは敏感なもので、こんな小さな傷でも気分が晴れない』。これどう思う？」

「深爪をした指の爪で無理にフィルムを剝がそうとしたときに、皮膚に傷を負った……そこからこいつが侵入した」陽太郎は画面のフォーラーフォーネグレリアに目をやる。

「口や鼻からの侵入が通常だが、可能性はある」約三日でフォーラーフォーネグレリアが夏帆の脳に達して、そのタイミングで犯人の刃によって脾臓を損傷した。「免疫システムを破壊するに十分なストレスがかかったんだ。だから汚染源は水槽の水で間違いない。なのに床にぶちまけられた水にフォーラーフォーネグレリアがいなかったのは、偶然が重なったからだ」

「偶然って、そんなことがあるんですか」

「いや偶然も重なれば必然になる。それなりに因果関係はあるもんだ。そこで鍵になるのが、検出されたレジオネラ属とマコモダケの黒穂菌の関係ということになる。ある仮説を立てよう。そこで確認なんだが、あの仕事場にはマコモダケの変化に伴う三種類の水があったと思ってもいいな」

「窓際の水槽の水、ラグから採取した水、患者の着衣の水という意味なら、三種類と言えます」

「私はこう見ている。現場の窓際にあった小振りの水槽で、ある程度マコモダケを成長させる。その後、水の成分の変化によって太陽光から離すんだ。それによって黒穂菌の成長を促す。最終的に黒穂菌に満ちた水から殺菌成分を取りだし化粧品に使っていた」

「現場にぶちまけられた水は一番大きな水槽のものと、すぐ側にあった小振りの水槽の水です」それら二つの水が混ざった状態で床や夏帆をずぶ濡れにした。

「三種類の水が確かにあった。この前提は押さえておかなければならん」

「そうですね、窓際にあった水槽のマコモダケはまだ少し青かったですから、それと濁った水の水槽にあった変色し始めたもの、そして、真っ黒になったものが入っていたであろう大きな水槽……間違いないです」陽太郎は頭の中で夏帆の仕事場を見回し確かめ、大きくうなずいた。

「窓際は三五度から四〇度くらいまで水温が上がる。だからマコモダケに付着していたさまざまな微生物が増殖し始めた」塩素を含まない天然水の頼りは黒穂菌の殺菌力だ。しかし、この時点ではまだ黒穂菌の数が少なく殺菌力は発揮されていない、と三品は言った。

「僕が採取した窓際の水槽の水から、二四三二と基準値の二〇〇倍のレジオネラ属菌が検出されたのは、黒穂菌が作用していない、つまり単なる天然の水だったから。レジオネラ属が支配していたんですね」この水槽に夏帆が深爪で傷ついた指を入れていたら、レジオネラ症に罹っていた。

「しかし彼女の触れた水はそれじゃなかった。まあそのほうがよかったんだが」

「やはり一番大きな水槽の黒い水に？」

「違う。多分徐々にマコモダケの黒穂菌が増え出し、黒くなる前の変色しかかった水槽の水に、五十嵐夏帆は指を浸けたんだ。そのときの水槽内の状態だが、自然の土中か、元々の生息地の湿地にいたのかは不明だが、フォーラーネグレリアとレジオネラが共存していた。しかし黒穂菌の殺菌作用でレジオネラが減少し始める」

「その水が多く含まれていたラグの数値が九一三でした」

「おそらく、黒い水にはほとんどレジオネラがいなかったにちがいない。そこまで黒穂菌に力があるとは私も思わなかった」

「混在したから衣服の水にもレジオネラがいた」数値的には四七三とラグの約半分だ

った。「しかし、先生はいまフォーラーネグレリアとレジオネラが共存していたとおっしゃいました。それなら黒い水でのフォーラーネグレリア感染もあり得るのではないですか」黒くなる前の水に触れていた、と三品が断言したことに疑問を感じた。

「いい質問だ。レジオネラ属が多いということはフォーラーネグレリアも比較的多く存在していることは知られている。なぜならレジオネラはフォーラーネグレリアに限らずアメーバにパラサイトして増殖するからだ。いわばアメーバは、レジオネラ属の増殖装置の役割を担っているといってもいい」

「レジオネラ属がアメーバを宿主として利用するんですね」

「そうだ。その理由は今言った増殖を助ける以外に三つある。レジオネラの感染力を維持、向上させることが一つ。さらに外敵から守ること、そしてレジオネラの運び屋となることとだ。要はアメーバがレジオネラに感染したってことだな」三品はアメーバを生き物としてとらえ、病に罹患したと言った。「それでだ、最大の利用価値は何にあると思う？」と目を細めてこちらを見る。

「自分を守ってくれるところですか」一瞬考え、そう答えた。

「いや。奴らも別天地への憧れを抱く」

「移動させてほしい？」陽太郎も細菌を擬人化した。

「その上恩知らずときている。アメーバの体内に寄生して、ある時点でレジオネラ菌はアメーバの体を破って出てくる」

「ではアメーバは死ぬんですか」

「そういうことになる。だからかなり時間が経過した黒い水の環境下では、大量放出されたレジオネラの天下だったはずだ。しかしその天下は長くは続かず、こんどは黒穂菌に無毒化されてしまった。だから黒い水にはフォーラーネグレリアもレジオネラ菌もいない状態だったと思われる。指をつけても安全だった。化粧品に使われるほどな」

「なるほど、それでレジオネラに寄生される前の水、まだ黒穂菌が育たない過渡期にあった水槽の水には一時的にフォーラーネグレリアの優位な状態が生まれたと推理できるわけですね」

「フォーラーネグレリアはそれ自体が抗原ではない。だからこそ夏帆の脳をあそこまで蹂躙《じゅうりん》していながら抗体反応も起こらず、それゆえ免疫細胞が攻撃しなかった。攻撃がされなければ炎症もない。それらを示す各種の検査に異常を示さなかった訳だ」

「あの水槽に、アメーバ、フォーラーネグレリアが」陽太郎は夏帆の仕事場の床にあった小ぶりの水槽の残骸を思い出した。

「さて、話を生きている患者に戻そう。斗真の上腕の内側に、五十嵐夏帆にも認められた蜂窩織炎があるのを見逃したか」三品の口調は、いつものように責めてはいない。

「あっ、いえ、気づきませんでした」

「彼女ほど顕著じゃないが、あると思って観察すれば、たとえ小さく薄くとも見えてくる。予断を持って見るのと、仮説を踏まえて見るのとでは違うぞ。血液検査、血算、生化学に問題がなかった。それは抗原がなかったからだ。髄液はどうだ?」

「濁りはありませんでした」

「五十嵐夏帆とそっくりだと思わなかったか」

「実は田代先生が、そのようなことを……」いやな感じ、という言葉を使った田代の顔を思い出す。

「蜂窩織炎まで現出したとなれば、躊躇が命取りだ。だから仮説に基づく治療を開始した」

「そうだったんですか」陽太郎はうなだれた。経験と知識不足、未熟さを感じずにはいられなかった。

四時間後、再びミルテホシンとパロモマイシン硫酸塩を飲ませ、さらにアムホテリシンBを静脈へ注射した。飲み込む力がさっきより力強くなったと感じる。

午後一〇時前、三品が病室に入ってきた。「どうだ?」

「眠っています。譫言はなくなりました。それに熱が三七度台の後半で安定しています」その他のバイタルサインも良好だと報告した。「先生」

「なんだ」

「ちょっと引っかかっていることがあるんですが。日本では数例しか報告されてない感染症が、この狭い地域で短い期間に二例も出ることがあるもんなんでしょうか」アメリカのCDCでもそれほど把握できていないばかりか、定まった治療法も確立されていない稀な感染症なのだ。陽太郎も完全に腑に落ちてはいない。

「気になるか」三品は斗真を見詰めたまま、訊いた。

「確率的に言えば、奇跡のようなもんです」

「もっと単純な話だ」

「単純……」

「ああ。フォーラーネグレリアに汚染された水が、その二例の間にあった。そう考えるのが普通じゃないか。そして一人は高ストレスを抱え、もう一人は脾摘によって、両者とも著しく免疫力が弱っていた。それゆえ体内への侵入を許した」三品は口ひげに手を当てた。

「二人が同じ汚染水に接触したとおっしゃるんですか。そ、それじゃ二人が事件現場にいたということになります」夏帆はともかく、もし斗真が汚染水に接触したとすれば、水槽が倒壊したときだ。

「ここであれやこれやと話すと、患者が気を揉むぞ」三品はそう言いながら、病室の中にあるロッカールームに移動した。そこには患者の持ち物や備品が保管されている。シャッターカーテンだが、ここなら小声で話せば、たとえベッドまで聞こえたとしても内容は聞き取れないだろう。

三品はロッカーの前で立ち止まると口を開いた。「いま、村越が刑事たちに提供した救急搬入口の防犯カメラ映像を見てきた」

「何か映ってたんですか」陽太郎もロッカーに向かって質問する格好になった。

「救急車両のロータリーの向こう側の道路までカメラはとらえていた。数人の警察官とそれほど多くない野次馬の中に、傘も差さず黒ずくめの男が呆然と自転車に跨がっていたよ。遠目だが斗真を知る者ならはっきり分かる。間違いなく斗真だった。ここにある彼のリュックを見てみろ」斗真の衣服や持ち物は、滅菌ロッカーに保管してある。あくまで病床はクリーンに保つのが三品病院の方針だった。

「事件の翌日、僕も斗真君らしき若者を見ています」と言いながら陽太郎はロッカーを開き、斗真の黒いリュックサックの中を見るためにしゃがんだ。

「単眼鏡があるだろ？」頭上から三品の声がした。

「はい。高機能のもののようですね」遠くを見る以外にもカメラ機能が付いていることが複数のスイッチで分かる。

「コンビニの柏田店長のところに警察から配布された写真があった。手配写真みたいなものだ。そこに黒いパーカーを着た若い男が映っていた。そいつが持っていたのも、そんな単眼鏡だ」

「斗真君が、殺人を」

「断定はできない。けれども彼にとって、五十嵐夏帆は覗き見る対象だった」

「人殺しまで」ロッカーに吐き捨てた。

「おい」三品が人差し指を立てて唇に当てた。

「すみません」

「だからって、重篤な患者を警察に売ることなどできない。我々は医者で、目の前にいる患者の命が最優先だからな」

「でも五十嵐夏帆さんは救えなかった」声をひそめる。

「だから何だ。何度も言わせるな、患者が大事なんだ、私には。それに勝るものなどない」

「では治療して命を救えたら……」警察にすべてを話すんですね、という言葉は呑み込んだ。

「彼が回復したら？　退院させる」

「それだけ……」夏帆の無念を晴らそうと奔走している有佳子の姿が頭に浮かぶ。

「不満か」

「僕の個人的な感情ではなく、社会的な責任という意味で、犯罪者だと分かったのであれば、警察に通報、すべきではないでしょうか」言葉を選んで話すあまりたどたどしくなり、自分でももどかしい。

「彼がほんとうに殺人犯なら、少しは考えてもいいな」三品はたいして重大なことではない、と言わんばかりに後頭部の髪を撫でつけた。

「違うとおっしゃるんですか」二人の間にフォーラーネグレリアに汚染された水があった、と言ったのは三品だ。つまりそのような水があったとすれば、あのマコモダケを生育していた水槽しかない。犯行現場を見れば、夏帆と犯人がもみ合い、大きな水槽と二つの小ぶりな水槽が床に倒れ、木っ端みじんに破壊されたと分かる。二人が同じ水を浴びたとすれば、その瞬間をおいてないではないか。疑う余地はない。

「刺した人間が救急搬送されたなら、その結末を確認したいという気持ちはよく分かる。しかしその後にここにやってくるのは危険すぎるだろう。それに、いま現在は、誰を単眼鏡で追ってるんだ？　ターゲットは殺害していなくなった。そのすぐ後に新しいターゲットを見つけたとすれば、彼は異常者だ。私にはそうは見えんがな」三品は一つ咳払いをしてから体を近づけ、耳元で続けた。「汚染水は五十嵐夏帆の仕事場にあった。しかし斗真が接触したのが現場だと決めつけるのは危険だ」

「二ヵ所にあったと」

「可能性を否定するな。汚染水が決め手になるかもしれないんだ」

「…………」

「斗真の部屋の、環境調査をしろ」三品はロッカーから目を離さず言った。

「調査……彼が同意しますか」疑われていると知って、部屋を調査することを許可するはずがない。殺人犯ならなおさらだ。

「感染症で命が危ないんだ。患者が死ぬか生きるかの瀬戸際なのに、なにを杓子定規なことを言っている。鑑別診断の決定打を探してこい。何もお前にピッキングのまねごとをしろと言ってるんじゃない。彼の財布の中に、自宅の鍵が入っている」三品は斗真のリュックサックに目をやる。

「本人の許可なく自宅を調べろとおっしゃるんですか」常識を逸脱した医師であることは承知している。しかしそれは医学的な常識にとらわれていては、救える命も救えないことがあるからだ。病気のメカニズムには、分かっていることより、分からないことのほうが多く、時には常識外れの治療が功を奏することもある。

　だが家宅侵入は、医療の常識云々の問題ではない。すでに三品の胸中で鑑別診断されている病に対して、今更環境調査の必然性もないのだ。無断で他人の家に入れば明確な法律違反であり、見つかれば陽太郎の手が後ろに回る。

何のために医療過誤のリハビリをしてきたのか。逮捕を知った母の悲しむ声が聞こえてきそうだ。殺人犯かもしれない患者のために、医師としての人生を棒に振りたくはない。

「陽太郎」三品がこっちを向いた。「時間がないんだ」

「薬が効かない、と言われるんですか」始めたばかりの治療だ。判断を下すにはもう少し時間が必要ではないのか。

「斗真のことではない！」三品が強い口調で言い放った。

16

三品病院の聞き込みの後、複数の目撃証言を確認して九時過ぎに署に戻った。気になったのは、夏帆の自宅や仕事場周辺よりも天王寺区の一角、上之宮町《うえのみやちょう》での目撃情報が多かったことだ。

冷えた番茶を飲んでいると、近鉄の大阪上本町駅に近い居酒屋の店長から、アルバイトの女の子が、警察の手配写真を見て同じ大学の男性に似ていると言っている、と通報があった。他の証言と違うのは、単に黒ずくめの男を見たというだけでなく、もし事実なら身元につながる情報だったということだ。すぐに有佳子は、腰のつらそうな豊丘をおいて単独で話を聞きにいくことにした。

「ＯＴ大学社会学部の学生？　そう言っているんですね」四〇がらみの店長に、下駄箱の側の受付で名刺交換して、すぐ有佳子が念を押す。

「その子と同じ学部、同じコースやと言うてますよ」店長は自信ありげに答えた。

「分かりました。それでご本人は？」混雑している店内を覗いた。雑居ビルのテナントだけれど、奥は相当広いようだ。『ゆったり四〇席、宴会も受け付けます』カウンターにはそんな張り紙もある。

「警察の方がくる言うたら、怖がってしもて。やっぱり本人のほうがいいですよね」

店長は極細の眉毛を八の字にした。

「そうですね。今お店にいるんですか」大事な証言だ。伝聞は意味をなさない。

「奥の控え室にいます。ここに呼んできましょか」

「いえ、よろしければ私が」次から次に訪れる客を一瞥した。

「ほな、こちらへ。靴脱いで下駄箱に入れてください」

靴を入れ下足札を持って、店長の後に付いた。厨房《ちゅうぼう》を通ったその奥に従業員の控え室があった。

店長はノックして中からの返事を聞き、引き戸を開けた。控え室は部活で使うようなロッカーが壁際に並び、その前に長机があった。

「おう、鈴田《すずた》」声をかける。数人の女性がスマホを見ていたが、そのうちの一人だけが顔を上げた。他の女性は我関せずとスマホの画面に釘付《くぎづ》けだ。

「刑事さんや。あのことで話がしたいって言うてはる」

「えっ……」茶髪で女子大生とは思えない派手なメイクをしていた鈴田が、怯《おび》えたような目で有佳子を見た。

有佳子は、店長の横を進み出て、彼女の前に立った。「天王寺署の成山と言います。鈴田さんが似ていると言った男性について、お話を伺いたいんです。あなたに迷惑をおかけすることはありません」と前の席に座る。

「私の友達にも、これを見せたんです」鈴田は壁に貼られた手配写真に目をやる。

「そうしたら彼、あいつ何かやったのか、って言ったんです」興奮気味に喋った。彼女は警察を怖がっていたのではなく、自分の証言が正しいのかどうか自信がなかったのだろう。友人への確認で自信をもったようだ。

「鈴田さんは、OT大学社会学部の学生さんですね」冷静さを取り戻させる質問をする。

「はい」

「お友達も同じ学部で、この写真の男性と面識があるということですね」有佳子はメモを取り出す。

「プロジェクトチームが一緒なんです。私は違うチームですけど」経営コースはいくつかのチームに分かれ、自分たちで立案したプロジェクトを推進していくのだそうだ。その過程で行き詰まると各専門分野の教授が助言をし、とにかくプロジェクトを完遂する。「五人から一〇人までのチームで、結構濃厚なディスカッションが必要になるんで、見間違えることはないと思います。それに」

「それに、何です？」

「乙丸《おとまる》くんが、単眼鏡はあいつの自慢の品だからって」鈴田が友達の名は乙丸貴久《たかひさ》だと教えてくれた。

「乙丸さんの連絡先を教えてください」

「どうしようかな。彼を巻き込んじゃ悪いし」

「では、いま、連絡して訊いてください。もし彼が了解してくれれば電話を替わってください」

「分かりました」鈴田が電話すると、刑事が若い女性だと言ったとたん許可してくれたようだ。「はい、刑事さん」と、キャラクターが目立つケースに入ったスマホを差し出した。

「ありがとう」

有佳子は鈴田への質問と同じことを乙丸に訊いた。すると横顔だけでも、少し猫背の感じとかで分かると言った。さらに単眼鏡を持ち歩いていて、倍率やカメラ機能を自慢していたという。

「俺たち、やばいんじゃないかと思ってたんです。だってあいつ、ある女の子をずっと追いかけてたんすよ。ついに見つけた。上手くいったら、キャンパスに連れてくる、なんて言ってたけど」乙丸が鼻で笑ったのが電話越しでも伝わった。

「その単眼鏡ですけど、写真のものと似てるんですね」

「あれは斗真の持ってたもんですよ。あんなの俺らの間では珍しいから」写真を撮るならスマホで十分だし、望遠機能などいかにも盗撮しています、と思われるようなものは持たない、と乙丸は断言した。

「斗真さんというんですか」

「橋詰斗真です。あいつ、その女の子にしつこく付きまとって、訴えられたんすか」嘲《あざけ》る口調だ。

「いいえ、訴えが出ている訳ではありません。参考人というだけです」手配写真については、院内コンビニ以外、ある事件の事情を知り得る人物としか説明していない。殺人がらみの情報を求めると、多くの人がかかわり合いたくないと敬遠するからだ。

「そうなんすか。それじゃ野々花《ののか》もそんなに神経質にならなくてもよかったんだ」鈴田野々花は、斗真のことを告げ口したことで彼の人生を狂わせたかもしれないと後悔している、と乙丸が話した。

「そうなんですね」有佳子は前に座ってこちらの様子を窺う野々花を見た。「橋詰さんの住所は分かりますか」

「連絡先も分かりますよ、同じチームなんで」乙丸は、住所と電話番号を野々花のスマホに送ると約束してくれた。

「感謝します。最後にもう一つ伺います」

「はあ」

「橋詰さんはどのような性格の方ですか」

「俺らの中では一番真面目で、大人しいと思う。故郷の金沢に戻って家業を継ぐんだって経営を勉強してるくらいだから親思いだし。でもそんなんだから執念深いところあるんじゃないかな」

「人に危害を加えたりするような方じゃないってことですね」

「ないと思うけどな。女の子のことだって、本当に声かけられるのかな、と心配したくらい。なよなよしてるってことじゃなく、昔に大きな手術をしてるから病気を恐れて生きてるみたいなところがありました」

「手術……どんなものか聞いてますか」

「それは聞いてません。何年ごとだか忘れましたけど、金沢の医者に診せないといけないって言ってました」

「それで余計に内向的になっていたのかもしれないですね」水浸しの現場は、一見粗暴犯のような手口だけれど、刺創が一ヵ所である点や夏帆の母が怒鳴り声などを聞いていない点が少しちがうと感じていた。大人しく内向的な男性なら、夏帆を刺した際の水槽が倒れる音で逃げ出したとしてもおかしくない。「ご協力ありがとうございました」と言って、有佳子は野々花にスマホを返した。「彼があなたのスマホに橋詰さんの住所と電話番号を送るそうです。届いたら私に」そう言い終わったとたんに、野々花が声を上げた。

「あっ、送ってきました」

「橋詰斗真、一九歳。OT大学社会学部経営コース二年生。住所は中央区瓦屋町〇〇アパートTENJIN二〇四号室だと判明しました」居酒屋を出てすぐ豊丘に連絡した。

「そうか、分かったか。その住所なら、犯行現場も三品病院も歩いて四〇分くらいの距離やな。二ヵ所とも自転車やったら半分弱で行ける。身近な場所におったちゅうことか」

「ええ。私、アパートの前を通って署に戻ろうと思うんですが」住所から判断して徒歩で三〇分かからない。豊丘と一緒だと警察関係者だと勘ぐられかねない。

「けど、もう午後一一時前やぞ、一人は危ない」

「まさか踏み込みませんよ」明るく笑った。「外から様子を見るだけです」それでも何となくターゲットの生活臭が嗅げる。生活感がなかったとすれば、家に戻らず逃亡を図った可能性もあるのだ。もしそうなら捜査本部をあげて対処しなければならない。

「くれぐれも気ぃつけてな。絶対無理はするな。いつでも緊急連絡ができるようにするんやぞ」

「腰の疲れ、とっておいてくださいね」

急ぎ足で二〇分、汗が噴き出してきたころ、斗真のアパートが見えてきた。二階建てのアパートで、さほど大きくない建物だ。ざっと見る限り、一、二階に五部屋ずつ、一〇部屋、最近では珍しくなった、一階の端の外階段で二階へ上がるタイプのアパートだった。二階の左から二番目の部屋が二〇四号室だ。

有佳子はゆっくりとアパートに近づいて行く。二〇四号室を除いて、他の部屋には明かりが点いていた。時計を見ると午後一一時一〇分だった。

まだ帰宅していないのか、と真っ暗な窓を恨めしそうに睨む。

するとき暗い部屋の中で何かが光ったような気がした。数歩前に歩み、目を凝らす。今度は丸い光がゆらゆらしているのをしっかりとらえた。

誰か、いる。いや斗真本人にちがいない。

確かめようと有佳子は外階段に足をかけた。そのとき、窓が開く音がした。彼女は急いで、アパートの正面に移動して、二〇四号室の窓を見た。

17

不法侵入といういやな言葉が、何度も何度も陽太郎の頭の中をちらつく。

斗真の命を守るために本人の家を調査しなければならない、一刻の猶予もならぬと強い口調で三品に迫られたのだったが、これでは本当にスパイだ。

せめて親の了解を得たほうが、と粘ったが、「お前の息子は殺人者だ、とでも言うのか」と一蹴された。「それなら、ご自分で調査してください」という言葉が喉元まで出かかったけれど、まるで殺し屋のような三品の半眼の前に屈してしまった。結局、ミスでもないのになぜ志原が記録を消したかという問題もいまだ結論が出ないいま、また大きな荷物を背負い込んだだけだ。

どこまで試練を与えるつもりなんだ。大きく息を吐き陽太郎は手袋をはめた。ますます犯罪者になった気分になり、脈拍数が増えたのを感じた。鍵を鍵穴に差し込む音がやたら大きく、鉄製のドアは陽太郎を拒絶するかのように重い。開いたドアから生暖かく湿気を含んだ空気が、生ゴミの臭いを鼻孔にねじ込んできた。慌ててポケットから医療用マスクを出して装着する。

臭気はマスクがブロックしたが、まとわりつく熱気はどうにもならない。何とかしたい。靴を脱いで玄関を上がるとすぐが台所で、流しの上に小窓があった。しかし、道路に面した窓を開けることはできない。

奥の部屋の壁をペンライトで照らすと、そこにエアコンがあった。すり足で前に進み、リモコンを探す。テーブルの上には何部もの新聞が広げられ、卓上を覆っていた。それらをめくったがリモコンは見当たらない。

ちゃんとした懐中電灯は外からもよく見えると思って、いつも患者の瞳孔反射を見るライトにしたのが、失敗だった。三品は時間がないから急げと言うが、これでは環境調査にならない。自分が置いた検査キットケースにさえつまずきそうなのだ。

暑苦しさの限界だ。額の汗を拭うとすぐに、タオル地のハンカチが吸収力を失う。

陽太郎は、やはり台所の窓を開くことにした。外の気配に耳をすまし、ゆっくりと窓のクレセントを外しアルミサッシに手をかける。そしてそろりと窓を開いた。

幸い格子のない小窓で、シンクの縁に手を突き身を乗り出すと、顔だけを突き出して深呼吸ができた。実際には外の気温も低くはなかったのだろうが、陽太郎には心地よい涼風だった。

お陰で気持ちが楽になった。患者の命を救うためなのだ、と自分に言い聞かせながら、再び部屋の中をライトで照らす。

暗さにも、光輪の小ささにも目が慣れると、斗真の暮らしが見えてきた。目の前のシンクはカップ麺の容器が埋め尽くしていたし、足許には丸く膨らんだゴミ袋が散乱している。これらが悪臭の原因だ。手袋をした手で、マスクの位置を直す。

水回りとゴミ袋の中身をサンプリングしないと、三品は怒るにちがいない。状態を見る段にはいいが、サンプルを採取するには暗すぎる。やはり明かりが必要だ。そうだ、新聞紙で窓を覆い、電気を点けよう。

陽太郎はテーブルにあった新聞紙を手に取った。四大紙の他に、夕刊紙が二部あった。幸い窓は新聞を開いたくらいの大きさだ。その中の何枚かを台所に運び、重ねて厚みのある新聞カーテンを作ればいい。

床に新聞紙を広げたとき、背にしていた玄関のドアが開く音がした。

心臓麻痺は、びっくりすることで起こるのだ、と実感した瞬間だ。飲み込んだ息が詰まり、思考が停止してしまった。

「家宅侵入の現行犯で逮捕します」

聞き覚えのある声だ。まさかと思いつつ、陽太郎はこわごわ振り返る。

女性が立っていた。廊下の蛍光灯が逆光となって顔は見えないけれど、声とシルエットで有佳子だとすぐに分かった。「成山さん」そう言うのがやっとだった。

「家入先生、ここでなにを？」有佳子が電灯のスイッチを点ける。二度ほど点滅して屋内が明るくなった。

「驚きました」ここに自分がいることも妙な感じなのに、そこに有佳子がやってきたのはもっと不思議な感覚だった。尾行されていたのかもしれないと訝った。「成山さんこそ、どうしてここに」

「そんなことより、先生に伺います。橋詰さんの留守宅に入る許可を得たのかどうか」有佳子は靴の上にカバーをはめると、そのまま家に上がった。

「許可は……得られる状態ではなかったので」言い繕った。

「状態ではない？　橋詰さんは先生の病院にいるんですか」

「ええ、今日院内で倒れたと言っていた男性が、橋詰斗真さんです」三品の言いつけを破った。しかし三品の言うように斗真を警察に売ったのとは違う。この段階で斗真のことを隠匿しても意味はない。知っていながら黙っていれば、病院ぐるみの犯罪者隠しと思われてしまうのだ。

「そんな」有佳子が拳で太ももの辺りを叩いた。

「警察は、斗真君の犯行だとみているんですね」手配写真、救急搬入口の防犯カメラ映像、そしてリュックの中の単眼鏡によって、警察が追っている人物が病床の斗真であることを察した、と陽太郎は推測を口にした。斗真の置かれた立場は理解していると言いたかった。

「重要参考人であることは否定しません。五十嵐さんの自宅や仕事場を監視していたんですから。昼間三品先生も深刻そうな顔をされてましたが、橋詰斗真はいまも危ない状態なんですか」有佳子が質問するとき、目がくりくりと動く。考えを整理するときの癖のようだ。

陽太郎は黙って、そして大きくうなずいた。

「病名は」

「まだはっきりしたことは……病気の候補はいくつかあるんですが。それを鑑別診断するために、僕はこの家にきたんです」

「それにしてもあのとき隣に橋詰斗真が寝ていただなんて……」また有佳子が拳を握った。

「それについてはどうしようもなかったんです」

「医師の守秘義務ですか」有佳子の表情は厳しかった。

「そうじゃありません。彼と手配中の写真とが結びついたのは、成山さんたちが帰られた後だったんです。本当です」

「なら結びついた時点で一報いただいてもよかったんじゃないですか。そうしていただけたら、先生は不法侵入などしなくてよかったんです」これまでの証拠と斗真の状況から令状がとれたはずだ、と言った。

「……それを言われると」

「先生の行為は刑事として容認できかねます。署で話を伺うことになります」

「待ってください。切羽詰まった状態なんです。彼の命がかかってるんです。一刻も早く病気を特定し、適切な薬を投与しないと助かるものも助からない。今こうして議論しているうちに斗真君の命のリミットがやってきます。お願いです、環境調査をさせてください。終われば出頭しますから」陽太郎は頭を下げた。

「命……」有佳子の目がくりくり動いた。「私を信頼してもらってなかったのは残念ですが、人の命には替えられません。どうぞ調査を続けてください。ただし。五十嵐夏帆さんの刺殺現場と同じように、私が立ち会いますが、いいですね」

「はい、ありがとうございます」再度、腰を折った。

陽太郎が、シンクにつまれたカップ麺の容器を用意してきたゴミ袋に入れて片付ける。見えてきた排水口の菊割《きくわり》シリコンカバーを外すと、悪臭がマスク越しでも鼻をついた。排水パイプの壁面を綿棒で擦り取りサンプル袋に綿棒ごと放り込んだ。

　次に七個あったゴミ袋を開き中身を見る必要がある。陽太郎は換気扇を回した。

「臭いがしますが、これをつければましになりますので」陽太郎は予備の医療用マスクを差し出した。

「悪臭には馴れてます。でも頂戴します。ありがとう」有佳子がマスクをつけながら続ける。「では、こうしましょう。私は先生の依頼でここにいるんです。警察官が立ち会ったとなれば、ギリギリ不法侵入にはならないと思います」有佳子の目が微笑んだ。

「よかった。助かります」

「命、最優先で考えないと……それで、橋詰斗真も感染症なんですか」と有佳子が改まった口調で訊いてきた。

「そうだと院長はみています。彼、子供の頃に脾臓摘出しているんで、感染症には注意を払わないといけないんですよ」有佳子を見上げて言った。

「彼の友人もそんなことを言ってましたね……私いま、デジャブに襲われました」彼女が眉を寄せた。

「どういうことです」ゴミ袋をひとつ開く。おおかたが印刷された紙類で、後は菓子の包装紙だ。丸められたティッシュペーパーだけ採取した。鼻汁や唾液から微生物を見つけることもできるからだ。

「一刻を争う感染症だということですよね。五十嵐夏帆さんも急激に悪化したのは感染症だったからかもしれないと、おっしゃいませんでした？」

「ええ、まあ」平静を装い、次のゴミ袋を開く。これも紙ばかりだ。とくに採取すべきものはなさそうなので閉じた。

「そんな恐ろしい感染症の患者を先生方は、わずか一週間の間に二人も治療されたことになります。そんなことってあるもんなんですか」

やはり有佳子は、陽太郎と同じところに疑問を感じた。医学用語を多用して煙《けむ》に巻くことはできる。しかし、犯罪捜査の観点からも、夏帆と斗真とが罹患した病が、国内でも珍しい原発性アメーバ性髄膜脳炎だということがキーポイントになるはずだ。そしてその原因が、この部屋から発見できなければ、夏帆との直接的な接触を証明することになる。ここで茶を濁せば、事件解決の糸口を隠蔽《いんぺい》することと同じだ。ただどこまで、どう話せばいいのか迷った。

「成山さんの疑問はもっともです」と、陽太郎は無造作にポリ袋の結び目に手をかけて引っ張った。そのとたんじわじわと赤黒い水があふれ出した。「なんだこれ」声を上げ、水を避けるために身を引いた。

「それ、シャツじゃないですか」有佳子が体勢を低くして袋の中を覗く。「黒ずみは、血痕ですよ」と素早く中身を引っ張り出した。そのとき床に光るものが転げ落ちた。

「包丁」陽太郎はそう言いながら、有佳子から濡れたシャツを取り上げた。

「何するんですか。証拠品です！」

「危険なんです、この水が」陽太郎はシャツを自分が持ってきたサンプル袋に放り込む。

「危険って、この水に病原体が？」有佳子が後ろへ飛び退いた。手袋以外が濡れていないかスーツの袖やズボンの裾を確かめる。

「目や鼻、口を触らないでください。手を出して」陽太郎は消毒液を取り出し、有佳子の手袋の上から手指に噴霧《ふんむ》した。その手で交換用の手袋を渡す。

「ではやっぱりこの水に……ということは」有佳子は新しい手袋をはめながら、サンプル袋から視線を陽太郎に向ける。

「すべてお話しします。座りましょう」

陽太郎が奥の部屋に移動した。エアコンのリモコンを座椅子の側で見つけると、冷房を入れた。台所以上に蒸していたからだ。

陽太郎は、三品に電話をかけ、斗真の部屋からマコモダケの一部と黒穂菌を含んだ水を発見したことを報告した。「それと、包丁と血液の付着した衣服も……」

「そうか。ご苦労」

「もう一つ、成山刑事が立ち会ってくれました。それで患者の病気のことを」

「話したのか」

「はい」

「仕方ないな」と電話は冷たく切れた。

切れた電話に頭を下げて、陽太郎は有佳子に向き直った。そして座椅子をどかし、二人が座れるスペースをつくった。あぐらをかいて、「座ってください」と畳を叩く。

「調査を続けなくていいんですか」有佳子が正座した。

「マコモダケを栽培していた水が見つかれば、これ以上の調査は必要ないんです」陽太郎は、夏帆の死期を早めたのが、すでに彼女の体を蝕んでいたフォーラーネグレリアという自由生活性のアメーバであると話した。「仕事場の水槽には様々な条件が重なり、恐ろしいアメーバが生息していて五十嵐さんはそれに触れたんです。フォーラーネグレリアが彼女の脳を破壊した。原発性アメーバ性髄膜脳炎を発症して死に至らしめた。院長は、刺されていなくてもいずれは命を落としていただろうと」

「刺されなくても……」

「ですが、法医学的には刺殺で間違いない、という見解です」

「橋詰斗真も五十嵐さんと同じ病、えーと」

「原発性アメーバ性髄膜脳炎の症状、五十嵐さんと検査結果、症状も似ています。まず同じ病気だと思っていいでしょう」

「やはり二人がアメーバのいる水に接触したんですね」

「ただしアメーバがいたのは、五十嵐さんの水槽だけではない可能性もあります。確率は低いでしょうが斗真君も同じように汚染された水に晒されたのかもしれない」

「それを確かめるために、ここへ」

「ですが、血痕のついたシャツと包丁が出てきたんです。もはや疑いようがありませんよ」台所の濡れた床に目をやった。

「橋詰斗真が五十嵐夏帆さんを殺害した。その犯行時に浴びた水槽の水の中にいたアメーバによって同じ病気になった。そういうことですね。五十嵐さんのところに投函したハガキも橋詰斗真が書いたものである公算が高くなります」斗真が写った写真がいくつもあり、日付がクレームハガキの投函日と重なっていたという。

「そうですか、日付が……斗真君が五十嵐さんを監視し、その挙げ句に殺害しようとしたことを裏付ける訳ですね」

「橋詰斗真にアレルギーの痕跡はありましたか」

「ああ、クレームハガキの。そういえばそうですね。湿疹が酷くて仕事にも支障が出ていたとあった……あれ、斗真君は学生ですよ。それに湿疹の痕跡も見当たらなかった」

「ハガキの内容は、まったくのフィクションか、あるいは彼自身のことでクレームをつけていたのではない、ということですか」有佳子の正座は凛《りん》として美しい。

「斗真君はなぜそんなことをしたんでしょうね。フィクションで人を刺すのも変だ。考えられるとすれば大切な女性がＫＡＨＯの製品の被害者だったとか、でしょうか」

「彼の友人の話では、好きな女性がいるそうです。私は、その女性を五十嵐さんだと思っていましたが、違うかもしれない」有佳子が前髪を掻き上げ、額に手を当てて言った。「五十嵐さんは一〇歳以上年上の女性です。橋詰の友人が『女の子』と言ったとき違和感がありました」

「斗真君には、将来家業の和菓子屋さんを大きくするという夢があるそうです。それを棒に振るような真似を、その女性のためにやったとなると、相当な熱の上げようです。それが誰なのか、彼の所持品を調べれば分かるんじゃないですか」陽太郎は書棚、小振りのチェストを見回した。

「それはできません」有佳子が小刻みに首を振る。「先生は病原体特定のための環境調査でここにおられる。その立ち会いを私はしているわけです。あくまで私の立場はそれ以上でも以下でもありません。ここにあるものを調べるには令状が必要なんです。違法に入手した証拠は公判で認められません」有佳子はいっそう眉を寄せた。

「令状ですか」

「ええ、捜索差押許可状です。裁判所が橋詰斗真の家屋を捜索対象にしてもいい、と判断する材料が必要です」

「斗真君が写った写真とクレームハガキ投函の日付の一致、それにあの包丁ではダメですか」

「包丁は物的証拠になり得ます。そこに橋詰斗真の指紋でも付着していれば第一級の証拠に間違いありません」

「指紋なら僕でも採取できますよ」病院に戻れば、採取に必要なマグネシウム粉末くらいあるし、病床の斗真の指紋と照合できる。

「それでも難しいんです」

「なぜですか」

「もし包丁そのものが凶器だと断定できても、その発見の過程に問題あり、とされます。令状なしの捜索だと見なされるからです。公判になれば弁護人はそこを追及してくるはず」

「そうなんですか」陽太郎が今度は拳を握った。「成山さんはここを調べられないんですね」

「調べても証拠にできないんです」たとえ犯行を裏付けるものが見つかっても、と有佳子は部屋を見渡した。「あ、これ」テーブルの上に重なる新聞を手に取った。

「どうしました？」

「これ犯行の翌日のものです。五十嵐夏帆さんが何者かに刺されたという一報が大きく掲載されています」有佳子は新聞を次々と確認していく。「これも、これもそうです。今時の学生が新聞をとっているなんて珍しい、と思ってたんです。購読しているのではなく、事件を報じるものだけをコンビニかどこかで買い求めたに違いありません」

それを聞いて陽太郎は、さっきカーテンにしようとした新聞を台所からとってきた。「どうやら、その通りです。こっちの日付も同じだ。彼が夏帆さんの事件を気にしていたのは明らかです……それよりこれを見てください」陽太郎は写真立てを手渡した。

「これは」

「台所の棚にありました。さっきは気づかなかったけど明かりをつけたので見つけたんです。夏帆さんより若いですよね。この女性なら斗真君の友人が女の子と言ったのも分かります。学生のように見えます」その写真の女性は、長い髪を後ろに束ね、色白の瓜実顔で大きな目、幼さが残る親しみのある顔をしていた。いわゆる大人の女性の魅力をたたえた夏帆とは正反対だった。上半身しか写っていないが、どこかの制服を着ているようだ。「あれも同じ女性ですね」机の前にかかっているのは、カレンダーではなく、女性の写真を引き伸ばしたものだった。二人は机の前に立った。

「この女性のために橋詰斗真は人を刺した。ハガキにあれだけ詳しく症状や行動、心情などを綴れたということは、それなりに親しい間柄のはずですよね」写真の人物の視点がカメラマンに向いておらず、ツーショット写真でもない点を妙だと有佳子は言った。

「確かに不自然な写真ですね。なのに文面は、とくにアレルギー症状の描写なんか院長が診断を下せるほど克明でした」三品がリーキーガット症候群だと断じた経緯を話した。

「五十嵐さんが書き留めたハガキの文面だけで？」

「院長はそういう人です。引き出しを開けてみます」薬物等を探す環境調査の一環ということになるので、とわざわざ有佳子に断った。

中には夥しい数の写真があった。一〇〇枚近くはある。ざっと見ても被写体はすべて同じ女性で、カメラ目線ではないようだった。「これは盗撮ですね」

「盗撮だとすればハガキの文面は、この女性になりきって書いた妄想？　いえ、それにしてはリアル過ぎる。それに妄想なら殺人の動機は何」

「分かっていることを整理しましょう。斗真君は、この実在の女性に好意をもっていた」陽太郎が机の前に座った。有佳子もすぐ側にまた正座する。

「執着していたと言ったほうがよくないですか」

「ええ、それでこれだけの写真を撮った」

「盗撮ですね」有佳子が反射的に言葉を挟んできた。

斗真への嫌悪感が有佳子の言葉の端々に出ている。盗撮されることの気持ち悪さは、女性のほうが強いのだろう。

「好意があってもままならない仲だった。実際には手の届かない存在だったと仮定します。その彼女がKAHOのユーザーだった。いや、無理があるか」陽太郎は頭を振って自分の考えを掻き消す。「病状を知るほど親しくないんですから……そうなると、夏帆さんに対して恨みを抱いていることも分からない」

「ハガキの日付と、橋詰斗真が五十嵐さんの周辺に姿をみせた日が重なったのは、まったくの偶然だった。クレームはクレームで実際に存在するとしたらどうなります?」

「この女性とは関係なく?」陽太郎が数多くの写真の束をすくい上げた。

「一旦切り離したいんです」斗真は別の目的で夏帆を監視していた。そして殺害を企てたのではないか、と有佳子は事件を振り出しにもどした。「はっきりしているのは、事件当夜、橋詰斗真が、あのオフィスビルの非常階段から出入りした、ということです」

「斗真君が夏帆さんの監視を続けていたのは、殺害のチャンスを窺っていたから」

「そして実行した。いったい何の恨みがあって……ああ、犯人がそこにいるっていうのに。やっぱり橋詰斗真から話を訊かなければならない。彼はまったく話せないんですか」

「意識レベルが安定していません」隠し事なしに斗真の容態を話した。「夏帆さんにもみられた蜂窩織炎が出てるので、同じような悪化のスピードだったら、もって数時間でしょう」

「でも病名は特定できてるんですよね。その上で治療が行われているはずではないんですか」

「成山さん、この原発性アメーバ性髄膜脳炎は治療法が確立してないんです。ある程度進行した場合、治すことは……できません」悔しいが事実だ。「しかし、いま治療に当たっているのは、三品院長です。そこに一縷《いちる》の希望を持ってます」

「もし話せないなら、五十嵐さんのように瞬きで意思の疎通を図るしかありません」

「成山さんの立場なら、それもそうでしょう。病院に確かめてみましょう」陽太郎は病室で斗真につききりの君枝に電話をかけた。

18

奇《く》しくも口にしたデジャブが、現実として有佳子の目の前で起ころうとしている。斗真のアパートからタクシーを飛ばして三品病院に向かった。そしていま斗真と対面しようとしている。

病室の前の廊下で待っていると、三品の許可を得にいった陽太郎が、隣のモニター室から出てきた。

「まだですか」有佳子は焦る気持ちをどうすることもできなかった。

「院長が自分が立ち会うことを条件に許可しました」陽太郎の頬が紅潮しているように見える。

「助かります。上司もまもなく着きますので、到着次第、橋詰斗真の聴取を始めます」有佳子は玄関のほうを見遣った。事の次第を報告したとき、署の柔道場で腰を伸ばしていた豊丘だったが、大きな音を立てて起き上がり、光の速さで向かうと興奮していた。

「準備ができたら、声をかけてください。僕はモニター室にいます」

「院長の機嫌はいかがですか」

「とてもいいですよ。院長は院長でいろいろ調べていたみたいで、何やら結論を出したようです」

「結論？　それじゃ、いい治療法を思いつかれたんですね」

「いえ治療法は、いまのままの投薬を継続しろ、と言ってます。思いのほか効いてますのでね。たぶん五十嵐さんの事件についてだと思います」

「院長が事件を？」有佳子の声が廊下の壁に反響した。「ごめんなさい」

「院長は斗真君は犯人じゃない、と言ってます」

「何か証拠でも見つけられたんですか。それともすでに当人と話したとか」

「いえ、室田看護師長の話では、院内の医師などと連絡をとったり、データベースを調べたりしていて、患者のことはもっぱら看護師長に任せっきりだったみたいです」

「そうですか」過去に贈収賄事件を解決したことは陽太郎から聞いている。着想や推理力に長けていることは認めるが、病院に閉じこもって解決できるほど犯罪捜査は甘くない。

「あっ、豊丘さんがお見えになったようですよ」

陽太郎の言葉通り、背広を手に持った豊丘が体を揺らして廊下を走ってくる。もちろん光の速さにはほど遠い小走りだった。

「院長に知らせてきます」陽太郎が再びモニター室へ入った。

「すまん、すまん、これでも若い巡査に送らせたんやけど」豊丘が息を整え、ネクタイを緩めながら扇子で扇《あお》ぐ。「しかし、外は蒸し暑かった。ここはエアコンが効いてええわ。ちょっと待ってくれよ、直に汗引かすから」

午前〇時を過ぎても、不快指数は下がらなかった。

「院長も家入先生も準備してくれています」

有佳子はモニター室のドアをノックした。

昼間の礼と、聴取許可の感謝の言葉を言い終わらないうちに、三品は病院のロゴマークが印刷された大判の封筒を有佳子に差し出した。

「これは何ですか」

「上司に渡したほうがよかったか」

「いえ、私が受け取ります。伺っているのは封筒の中身です」

「君らにとって重要な書類だ」

「事件に関係が？」有佳子は封筒を開こうとしたが、丁寧に糊付《のりづ》けされていた。

「斗真に話を訊くのは君か？」三品の唐突な質問にも動じなくなった。

「ええ」斗真の友人への聞き込みをしたことと、実際彼の部屋を見ていることから、自分のほうがいいだろうと有佳子は思っていた。念のため豊丘を見ると、彼は黙ってうなずいた。

「なら事情聴取の後で封を切れ。事件解決には先入観こそが敵だからな」三品が片方の目を大きく見開いて有佳子を見る。「さあ、始めようか」

その声をきっかけに有佳子たちは隣の病室へと移動した。

ベッドサイドの一番前に有佳子、その隣に三品が座った。斗真の足許から顔を窺うのが豊丘と陽太郎、さらに君枝と並ぶ。

「先生この人たちは？」三品の声で起こされた斗真の、ベッドに群がる人の顔を見回す声はあきらかに怯えていた。人を刺すような大胆さはないように見うけられる。しかし、大人しい顔で平然と殺人を犯す犯人も少なからずいる。三品の言ったように先入観はまさに敵となる。

「斗真君、君に聞きたいことがあるんだ」先に三品が話しかけた。

「…………」斗真は三品の顔を凝視した。

顔色は優れないけれど、表情も分かるし、陽太郎が言っていた重篤な容態とは遠い印象だ。彼が嘘をついていたとは思えない。三品の治療が功を奏しているのかもしれない。真相が聞き出せるという期待を有佳子は抱いた。

「いいか、斗真君。私は君の病気を治すため、この女性はある事件の捜査のためだ。病気と事件、一見関係ない事柄だが、君の病気の原因を究明することが、事件の解決に結びついていると判断した」

た。


「じゃあ警察の人」斗真が有佳子を見た。

「成山と言います。天王寺署の刑事です。こちらは豊丘警部補」豊丘を手で指し示した。

それを受けて豊丘は斗真に見えるように頭を下げた。「しんどいときにすまないと思てます。けど、橋詰さんの協力が不可欠なんですわ」

「俺、そんなに悪いことをしたんですか」斗真は息苦しそうな声で訊いた。

「大丈夫だ、怖がらんでもいい」三品が口を挟んだ。「ここにいる限り、私が君を守ってやる。そこらのへぼ弁護士なんかよりよほど頼りになるぞ」

「院長、質問させてください」こうして邪魔をするために立ち会いを条件にしたのか、と言いたいのを抑えて三品を睨む。

「おお怖っ。質問に答えやすくしてやったんだぞ、感謝してほしいくらいだ」

有佳子は三品の挑発を無視することにした。こちらは犯罪捜査のプロなのだ。

「私たちが捜査しているのは、美白化粧品会社『ＫＡＨＯ』の代表、五十嵐夏帆さんが、仕事場で何者かに刺殺された事件です」

バイタルサインの脈拍と血圧に急激な変化が現れた。それは医療関係者でなくても分かる。動揺しているとみていいだろう。

「それが、どうして俺と関係あるんですか」斗真が言葉を発すると、さらに脈拍数が増加した。

「ほう、関係ないの？」突き放した言い方をした。

「ないよ。そんな人知らないんだから」

「知らない人の、自宅マンションや、仕事場であるオフィスビルに行くんですか」

「三品先生、この人、何を言ってるのか俺にはさっぱり分からない」案の定斗真が、三品にすがるような目を向ける。

「君は五十嵐夏帆なんて知らない。ただその知らないという意味だが、会ったことはない、ということだよな」

「そ、そうです、会ったことないって意味です。だから関係ない」

「今月六月二日の夜九時頃、どこにいました？」父親の敏夫が、夏帆と母親の菜摘との通話中に異変を感じ、通報したのが八時五四分、同じ日に非常階段から逃げ去る斗真らしき人物が撮られた時刻は午後九時三分だ。

「覚えてないですよ。そんなこと急に言われても」斗真の言い方は怒気を含んでいた。

憤るだけの力が出てきている証拠ではないか。

「じゃあ思い出させてあげます」有佳子は、夏帆の仕事場のあるオフィスビルの非常階段から立ち去る黒い人影の写真を、彼に見えるように顔に近づける。「これ誰だか分かりますか」

「よく見えないんです。目がチカチカして」斗真が瞬きを繰り返す。

「ちゃんと見て」プリントアウトした紙を持つ手に力が入った。

「本当に視力が悪くなってて」

「じゃあこれは？」紙芝居のように、有佳子は素早く別の写真に差し替えた。単眼鏡を持った斗真の横顔が写ったものだ。

「……それは」

「さあ、誰の横顔かしら。誰かさんの自慢の単眼鏡も写ってる」

「俺が持っているのに似てるけど、ちょっと違うかな」

「これは？」さらに写真を差し替える。夏帆のマンションの入り口を見ているものだ。

「分かりません」斗真が首を振ると、血圧が一九〇ｍｍＨｇの値を示した。

「待て。成山刑事、少し休ませろ」三品が、次の写真に差し替えようとした有佳子の手を制止した。「若く、高血圧症でもない彼にしては、血圧が上がり過ぎている。薬が効いているとはいえ、重病人なんだ。配慮を頼む」

「ですが」いつまた容態が変化するか分からない。夏帆の最期の姿を思い重ねずにはいられなかった。彼女にも、もっと訊けることがあったはずなのだ。

「焦るな。こいつはまだ死なん」三品が断言した。

「信じても？」

「ああ」

二人のやり取りを聞いていた斗真が、三品に尋ねた。「俺、死ぬんですか」

「そうだ」いとも簡単に三品は答えた。

「何の、何の病気ですか」斗真が掛け布団の中で左の腹部を押さえる音がした。

「いまは何も聞かんほうがいい。病気のことより刑事の質問に答えろ。濡れ衣を着せられたまま死にたくはないだろう？　それに気が紛れるぞ。さあ、深呼吸して水を飲め」

三品の言葉が終わる頃には、すでに君枝が「吸いのみ」を持って有佳子の側に立っていた。彼女が呼吸を整えさせ、ゆっくり水の入った容器を傾け、斗真に飲ませた。みるみるうちにモニターの心拍数が一三〇程から九〇に減り、血圧も一六〇まで下がった。

「落ち着いたようだな」三品が続ける。「君の黒ずくめの姿は、いくつかのカメラに撮られているようだ。誰かを監視してたんだろう？」

「そんなことしてません」

「この刑事が持っている写真やうちの防犯カメラに、君が映っていなかったら、私も全面的に君の味方となれたんだがな」

「もし俺が撮られてるとすれば、たまたまです。五十嵐さんなんて、興味ない」

「そうか、分かった」三品が有佳子に向き直った。「たまたまだそうだ。世の中には偶然というものがあるからな。私は斗真と五十嵐夏帆とは無関係だと思う」

「それは院長の考えで、私たち刑事は、彼の主張をそのまま受け入れることはできません」

「斗真が嘘を言っているというのか」

「それをはっきりとさせたいんです」と三品に言い、有佳子は斗真に顔を近づける。

「橋詰さん、あなたの言うことを信じさせて」

斗真は明らかに戸惑いの表情をみせ、幾度となく唇を舌で湿らせるしぐさを繰り返した。

「ここにある写真は五十嵐夏帆さんの自宅マンション付近で撮られたもの。当然、目撃証言も複数あります。五月二八日は五十嵐さんの仕事場のあるビル。そして六月二日事件当日、そのビルの非常階段の写真にあなたが写ってる。日付も時間も分かるのよ」

「…………」斗真は嘔吐《えず》くような咳をした。

「大丈夫？」君枝が逆サイドから斗真に尋ねた。

「少し疲れました」

「橋詰さん、逃げないで。今逃げると立場が悪くなりますよ。これらの写真に写っているのはあなたたね」無念の死を遂げた被害者のためにここで逃すわけにはいかない。少なくともいま、斗真は生きているのだ。ものも言えるし、反省もできる。

「それは、たぶん……」斗真がごく小さくうなずいた。

「どうして五十嵐さんを監視していたの？」

「監視なんてしてない」

「単眼鏡は何のため、何を見るため？」

「言いたくない」斗真は、有佳子から三品へ視線を移す。

「ダメだって言ってるでしょ。院長の助けがないと、あなたは自分のことを話せないんですか。ちゃんと私の目を見て。これは五十嵐さんが刺されたビルからあなたが出てきたところ」有佳子は再び非常階段を後にする写真を斗真に示す。「何をしにこのオフィスビルに入ったのか説明しなさい」きつい言い方だと思ったけれど、犯行につながる大事な質問なのだ。

「俺だと認める。けど、何もしてない」斗真は泣きそうな顔だ。

「オフィスビルには何か用があったのよね、だから入ったんでしょ。それで何もしてないなんて、そんな言い草が通用するとでも思っているの。これは犯罪の捜査で、あなたは最重要参考人。いえ警察は五十嵐夏帆さん殺害の被疑者とみてる。現場には足跡が残ってた。あなたの靴底と照合させてもらっていいかしら」

「ダメだ、そんなこと」また斗真の脈拍数が増加した。

「なぜ？」

「いやだ」

「指紋は提供してもらえますよね」

「絶対にいやだ」駄々っ子のように首を振る。

「分かった、分かりました。法的な手続きをとります。ここにある写真と目撃証言で裁判所に差し押さえの令状も請求できるし、むろん逮捕状もとれます」有佳子が豊丘に目配せした。「警部補、いいですね」

「ああ」豊丘が椅子から立ち上がった。

「おーい、そんなことして、本当にいいのか」三品が大きな声で言った。腕組みをした顔が笑っているように見える。

「院長、捜査に口を挟まんでください」豊丘の叩きつけるような声が、病室の空気を緊張させた。座っている三品を見下ろす視線が鋭い。何かと口を挟み、斗真を擁護する三品に我慢がならなかったのだろう。

「私の病院の中で、みすみす誤認逮捕される患者を見過ごせ、と言うのか」三品はべッドに両肘をつき、手のひらに顎を乗せた。授業中に怠惰な学生がみせる反抗的な態度のようだ。院長としての威厳の欠片もない姿だった。

「誤認逮捕とは、聞き捨てなりませんな」豊丘の巨体が三品に迫り、ベッドが揺れた。

「犯人ではない人間を逮捕しようとしてるんだ。他にどう言えばいい？」三品が、今度は両手を広げて肩をすくめた。「人権蹂躙、甚だしい」

「院長、いくらなんでもその言い方は酷い」有佳子は豊丘の爆発を止めるために声を上げた。「何を根拠にそんなことをおっしゃるんですか」

「そうだな、まずあんたが持っている写真の日付が気になる」

「日付に細工でもしたとおっしゃりたいんですか」

「いいや、至極正確なものだろうな。ただクレームハガキが投函された日のものばかり、というのが不自然なんだ」

「不自然って、どういうことです？」

「ストーカーならそんな飛び飛びに接近するのはおかしい。しかも都合よくハガキ投函日とはな。その他の日は何してたんだ」三品が斗真に訊く。

「えっ、俺には何のことか分かりません。ハガキって何ですか」

「そうだな、いまは気にするな」

「ハガキは重要ですよ。少なくとも警察はハガキを書いたのが彼の可能性もあると考えています。軽々に扱わないでください」三品の独壇場にしてはならない。

「重要だ、と私も思っているよ。だが話には順序がある。斗真が夏帆のストーカーなら夏帆が行く他のところでも目撃情報があるはずだ。それはどうなんだ」

痛いところをついてきた。

「ないことはありません」天王寺区の一角、上之宮町での目撃情報が多いことを有佳子は話した。捜査情報を民間人に教えることは禁じられているが、収まりがつかない。具体的データではない、と自分に言い聞かせた。

「天王寺区上之宮町……なるほど。私の推理の正しさがどんどん証明されていくようなもんだな。あんたらに礼が言いたいくらいだ」

「あの、やっぱり気になるんだけど、ハガキって何？」斗真が有佳子に言った。

「君が書いたハガキのことよ」目だけで斗真を見た。

「覚えはない」

「じゃあ思い出してもらおうじゃない」有佳子は夏帆のメモ帳を出し、五月二八日のハガキの文面を選んだ。「『眠れない日が続いている。体重が一七キロ減った。ますます醜くなっていく。たぶんもう取り返しがつかない。醜女をからかわないでよ。綺麗だ、自信を持てなんて。この惨めさを味わいなさい、夏帆。自分だけ幸せになれると高をくってるんでしょう。高笑いしているんでしょう。このままにしておいてはいけない、子供の頃のように私を急かすの、はよしね、はよしねと』。どう？　思い出した」斗真に迫る。

「はよしね……」

「何なのよ。自分で書いた言葉でしょう」

「やっぱり、そういうことか」斗真が独り言のようにつぶやいた。

「やっぱりって、あなたが書いて、五十嵐さんの仕事場に投函した。今さら知らないふりをしても無駄よ」

「違う、違います。俺じゃない」

「なら何が、やっぱり、なのかしら？」ここは大きなポイントとなる。ハガキと斗真を結びつけられれば、動機の自白を誘う糸口になる。動機が解明されれば、足跡、指紋の物的証拠と防犯カメラ画像、周辺での目撃情報などから犯行を立証できる。

「いえ、それは」

「はっきりしなさい！　クレームハガキを書いたの、書かなかったの」詰問口調だが、自分では抑えたほうだ。

「他にはどんなのがあるんですか」

「何それ？　そういう白の切り方する訳？　いいわ、こんなのもある」有佳子は適当にメモ帳のページを開き読み上げた。「『仕事もできなくなってきた。視線が突き刺さってとてもカウンターになんて出ていられないのよ。マスクをしていても赤いブツブツが分かるから。変な病気にでもかかっていると思ったのかも。あの男の子は、めずらしい動物でも見るような目を向けてくるし、あのおばさんは汚らしい肌だと笑っている。私のやりがいを返せ。元の体に戻せ。こんな毎日、もういや』。本当に上手く女性になりきってるよね。さあこれで何もかも思い出したでしょ？」とムキになって訊いても、斗真は天井を見詰め、返事をしない。

「おい斗真、黙ってたら殺人犯にされてしまうぞ」またしても三品が割り込む。

「先生、もういいんです。俺が書いたもんだし、五十嵐さんを刺したのも……俺だから」途中から斗真の言葉は涙声になった。

「まず、ハガキの件を認めてもらいます」

「俺が書いて、投函したものに間違いありません」斗真はそっぽを向いたまま言った。

「よっしゃ、これで決まりや。橋詰斗真、退院次第、五十嵐夏帆殺害容疑で逮捕する」

「馬鹿げてる」三品が立ち上がった。「もう聞いてられん。警察が無能なのは分かっていたが、斗真、お前のナルシシストぶりにはうんざりだ。美学を気取るのも大概にしろ」斗真へ大声で言い放った。

「先生、言い過ぎです」陽太郎が離れた場所から声を発した。斗真が貝のように口を閉ざす
彼がそうしなかったら有佳子が戒めようとしていた。斗真が貝のように口を閉ざす心配もあったし、豊丘の顔もさらに険しくなっていた。

「言い過ぎ？　こいつは自分に酔っているだけなんだぞ。一時の陶酔で、人生を台無しにしようとしている。それを止めるのに、言い過ぎもへったくれもあるか。陽太郎、お前もここにいる刑事たちと同じくらい薄情な人間になったか」言葉は乱暴だったけれど、口調には嘆きのようなニュアンスが含まれていた。

「きちんと説明してください、私たち刑事にも分かるように」有佳子は下手に出た。ここは三品病院の病室で、斗真は彼の患者なのだ。事を荒立てることは避けたかった。怒りのコントロール、それは祖父の話に何度となく登場する言葉だった。犯人の非道に対して腸《はらわた》が煮えくりかえるほど憤りを覚えたとき、その感情をいかに知恵を絞るエネルギーに変えられるかが勝負だ、と微笑んだ祖父の顔を思い出す。

「私たちはただ犯人を逮捕し、五十嵐さんの無念を晴らしたいだけです。そのためには、自分たちが間違っていたら非を認めます。ご教示ください」有佳子は立ち上がって三品に頭を下げた。

「僕からもお願いします」陽太郎も助力してくれた。

「いいだろう、まずみんな座れ」三品は腰を下ろすと、有佳子に言った。「クレームハガキの内容には破綻はない。それは陽太郎も分かるな」

陽太郎が返事する。

「つまりハガキの内容は、実際に化粧品を使いアレルギー反応を示した者か、でなければよほど勉強した者によって書かれたものだ。きちんと順序立てて、症状を説明し、なぜ夏帆を恨んでいるのかを訴えている。斗真がＫＡＨＯの製品を使ったとは思えない。どこにもアレルギー反応の痕跡はない。皮膚だけではなく血液検査でもその徴候はなかった。なら、誰かの代弁者なのか。それも違う。こいつが代弁者なら、その相手の素性がバレるような言葉は避ける」

「そんな言葉がありましたか」有佳子はメモ帳を繰る。

「なあ斗真」三品がベッドに片肘をついた。

「は、はい」怯えからか斗真の声は掠れていた。

「君の故郷石川県では、早くしなさいと言うとき、どう言うんだ。みんなに教えてやってくれ」三品は有佳子と豊丘とに視線を飛ばした。

「……はよしね」

「えっ、はよしね」驚きの声を発したのは有佳子だけではなかった。陽太郎も息を飲んだ気配がした。急いで夏帆のメモを確かめる。

『子供の頃のように私を急かすの、はよしね、はよしねと』

「早く死ね、だと思ったんだろう、君たちは。金沢や福井方面ではよく使う言葉で、早くしなさい、という意味だ。私たちには分からないが、よく使う方言だと地元ではみんな認識している。それだけに、もし斗真が誰かになりすましているとすれば、まず避けるだろう。わざわざ出身地のヒントを与えてしまっているようなもんだからな。現に斗真は、私の意図を理解した。ハガキを書いた人物は、事実金沢方面の出身者だということだ。これで斗真自身が化粧品の被害者ではなく、被害者になりすましたのでもない確率が、高くなった」

「じゃあ、橋詰さんとハガキは無関係なんですか。それは変です、院長ご自身が指摘されたように、投函日と写真の日付が合致しているのも事実なんですから」有佳子は、ハガキは誰か別の女性のために書き、夏帆は恋愛対象ではなく、敵として見張っていた、とこれまで入手したデータを基にした筋読みを口にした。

「だから警察はバカだと言っている」

「なんやて！」声を張り上げる豊丘を、陽太郎が片手で合掌するようにして頭を下げてなだめた。

「血圧があがるぞ、豊丘さん。陽太郎はあんたの血管を守ろうとしてるんだ、感謝しろ」

「くそ……」歯ぎしりが聞こえそうなくらい豊丘が顔を歪めた。やはり陽太郎が謝っている。

「ハガキを投函した日に夏帆を監視する目的は何だ。夏帆がそれを手に取って驚く様を見るのか。そんなことのために単眼鏡を使ったとでも？　シンプルに考えろ。こいつが追っていたのはハガキを書いた実在の女性だ。彼女のことが気になって仕方がなく、のぞき見する日々が続いていた。その女性については陽太郎。お前は知ってるな」

「いえ……」陽太郎がこちらを見た。

警察が令状なしに斗真宅に侵入したことを、当人に知られる訳にはいかない。伏せておく旨を有佳子は陽太郎と確認していた。

「いや、お前は顔だって見てる」

「あの先生、僕のことは置いておいて……」彼が誤魔化そうとしてくれているのがひしひしと伝わってくる。有佳子との約束を守ろうとしているのだ。

「お前は、自分が診察した患者の顔をそう簡単に忘れるのか。私は数年に遡っても、顔は忘れんぞ」

「お言葉ですが、僕も患者の顔は忘れません」

と言い切った陽太郎を有佳子は見た。彼は小さくうなずいた。

「そうか。なら診察時、よほど顔が変わっていたんだろう」

「そう、かもしれません」陽太郎はまた有佳子を見た。彼は三品の言うことが分かったようだ。斗真の所持していた写真の女性を診察したことがあるのか。

豊丘は、三品が何を言っているのか分からない、お手上げだと言わんばかりに、両手を後頭部で組んだ。

「先生、ほんとうにもう」斗真が三品に懇願するような目を向けた。

「ほうやっぱり、そうきたか。君は死ぬんだから、罪をかぶってやってもいいか。それほど愛する人なんだな」

「そんな人、どこにもいません」と、斗真は目をそらした。

「それならいい。お前はかばっているつもりでも実際は見殺しにしようとしてる。その人は刻一刻と死に向かって歩いているんだからな」

「うそだ」三品の顔を見ようとしない。

「そうだな、そんな女性はいないし、いたとしても赤の他人だから、君の知ったことじゃないいな」

「なぜ死ぬなんて言うんだ」ようやく斗真は頭を三品のほうに向けた。

「それははっきりしている。お前と同じ病気だからだ」

「俺と同じ……」

「ああ。お前の脳はアメーバに食われて死ぬ。五十嵐夏帆も刺される前に人喰いアメーバが体内に侵入していたんだ。彼女は刺されなくても死ぬ運命だったとも言える。どうしてそんなことになったか。原因は水槽の水だ。うん？　顔色が変わったな。いや顔色の変化が分かるということは、薬が効いてきたか？」

「あの、水が」

やはり斗真は現場の様子を知っている。現場に足を踏み入れているということだ。そしてそこでアメーバのいる水に接触した。三品は斗真が犯人だと言っているようなものではないか。警察の考えと何が違うというのだ。混乱してきた頭を有佳子は手のひらで二度ほど叩いた。

「ようやく飲み込めてきたみたいだな。私の推理では、あの水を浴びた者が三人。そのうち二人は同じ場所で同時に水に接触した。一人は大怪我を負って死んだ。もう一人は大怪我を負わせた人間だ。さて、この女性はどうなっていると思う？」

「その女性がどうなっているか……」有佳子が半信半疑のまま口にした。

「そうだ。クレームハガキの女がだ。その女性の職場も家も知っているヤツがこいつだ」三品は斗真に目を落とす。「その可哀想な女性は、熱と中枢神経麻痺で苦しんでいる。斗真、お前のように。一刻も早く私の治療を受けさせないと、五十嵐夏帆のように急変し確実に死ぬ。それでいいのか。それなら、お前がかばっても意味のないことになる。さあ言え、その女の名前を」

「……けど、いや、そうすると」斗真は言葉にならない声を上げた。

「死んでもいいのか」

「そんなのいやだ」斗真はベッドの上でもだえた。

「彼女を殺人犯にしたくない気持ちは分からんでもない。だが刑務所に入るか、柩に入るか、お前の胸三寸で決まる。表現が古かったか、お前の気持ち次第だってことだ。夏帆の運命は変えてやれなかったが、その女の宿命はお前の勇気で変えられるかもしれんのだ」

「……分かったよ、言う。彼女は、円山美結」

「円山美結」声を出したのは陽太郎だった。やはり彼は、美結を知っていた。

そんなことには構わず、三品が有佳子に言った。「そうだ円山美結。彼女の住所はさっき渡した封筒に入っている」

「何ですって」有佳子は封筒を見つめ、慌てて封を切ろうとした。

「待て。中を見る前に約束してほしい。まずここに連れてくるんだ。逃亡などさせんし、証拠隠滅のしようがないことは、あんたがよく知っているはずだ。約束できるか」三品が言っているのは斗真のアパートで見たポリ袋に入っていた血に染まったシャツと包丁のことだ。

「逮捕せずここに連行するなんて、本人にどう告げれば」有佳子が尋ねる。

「自分で考えろ。私は診察がしたい。私は医師で、ここは病院だからな」

「なるほど、円山美結も救急搬送しないといけない」有佳子は焦る気持ちを抑えながら封を切った。

中には一枚の問診票が入っていた。そこには住所、氏名、年齢、職業、症状などが書き込まれていた。問診担当医の欄には家入とサインされていた。「これは……」

「警察相手じゃないから嘘じゃないだろう」

「院長には守秘義務があるのでは？」だまされまい、と有佳子がつっこんだ。

「それは問診した家入先生に聞いてくれ。私は診察してないからな」と三品が笑った。

「そんな」陽太郎は苦笑した。

有佳子は問診票の住所に目をやり、「パトカーで身柄の確保をしたほうが早いですね」と豊丘に言った。

「そやな、至急パトカーを病院に回してくれるよう手配する」豊丘はスマホを耳に当てながら、病室のドアへ向かう。

「おっと言い忘れた。円山美結はおそらくピンピンしてる」

病室から出ようとしていた豊丘の足が止まって振り向き、一同が三品を見た。

「そりゃそうだろう、人喰いアメーバなんていうが、実はどこにでもいる生物だ。接触したくらいで罹患していたら人類は滅亡してるさ。罹患するほうが珍しい。斗真の場合は脾摘していて、なおかつ手のひらの傷から体内にアメーバが侵入したと考えられる稀なケースだ」

「だ、騙《だま》したな」と叫んだが、斗真の声に力はなかった。

「人聞きが悪い。お前の大切な人のためだ。それに本当に治療してやらなきゃ、彼女はいずれ死を選ぶだろう」

「また騙すつもりだ。信じるもんか」

「なら信じるな。お前の愛した女が人を殺すのを楽しむ殺人鬼だと思うのならな」と突き放す。これが三品の戦略なのか。

「違う、そんな人じゃない」そっぽを向こうとしていた斗真だったが、美結への悪口にはやはり反応した。

「なら、人を刺すには理由があるんじゃないのか。彼女は追い詰められていた。そして将来に絶望して凶行に走ったんだ。その根本を解決してやらんと、今後も苦しみ続けることになる」

「根本の解決」

「ああ。だから大事なことを訊くぞ。彼女が出したゴミを持って帰ったな」

斗真がゆっくりうなずいた。

「それは歪んだ性癖か、それとも彼女の手助けのつもりか」

「分からない」

「正直になってきたな。いい傾向だぞ。お前は彼女のゴミまで愛おしくなっていたのか」

「そんなんじゃない。けどそのままにしておいてはいけないと思った」

「その理由を聞かせろ」三品は腕組みをして、話を聞いてやるという態度をとる。

「おっと、豊丘警部補。ピンピンしているとはいえ自殺の危険性もある。できるだけ早く連れてきてくれ」足止め状態の豊丘に声をかけた。

「成山、わしが確保してくるさかい」そう言うと豊丘は、嫌みを言われながらも三品の話に聞き入ってしまったのを恥じるように背を丸めて、病室を出て行った。

残った三人は、斗真を見つめる。

「俺、後をつけたのは美結さんのことが知りたかったからなんだ。あるときから美結さんが何度か天王寺のマンションに入っていくのを見た。でもすぐ出てくるし、誰かに会いに行っている様子じゃなかったから安心してた。念のため住人を調べたら、メールボックスに五十嵐夏帆とあった。ＫＡＨＯなら知っている。近鉄デパートの美麗化粧品のブースで、美結さんがＫＡＨＯの化粧品を買っているのを見たから。五月二八日は、違うビルに行った。そこにＫＡＨＯの仕事場があるのを知った。そして事件の夜、またこのビルに行った美結さんはすぐには出てこなかった」どうしたのかと考えていたら、血相を変えて非常階段を下りていく姿を目撃したのだという。

「それで夏帆の仕事場に行ったのか」

「美結さん、泣いていたし、何かあったと思って非常階段を逆に上ってみた」半開きになっていたドアは、やっぱりＫＡＨＯの仕事場で、中に入って奥に進むと、水浸しの床に散乱するガラス片の中で、痙攣を起こしている血まみれの夏帆の姿があった。救急車とパトカーのサイレンが聞こえ、怖くなって斗真も外へ飛び出したという。

「美結がやった、と思ったんだな」

「分からない。だけど、救急車がどこの病院に行くのかを確かめたんだ。死んじゃったら殺人犯になると思って。警察官が大勢いたけど、亡くなったかどうかは分からなかった」

「私が、お前を犯人ではない、と直感したのもそこだ。殺人犯なら、いち早く現場から逃げたいはずだ。なのにお前は、警官が大勢いる場所に、ぼうっと自転車に跨る姿を防犯カメラにさらしていた。そこから、美結のアパートに様子を見に行ったんだろう」三品は斗真の行動をまるで見ていたかのような言い方をした。

「うん」何か力になりたかった、と斗真は目を潤ませた。

「美結の様子は？」

「ずっと明かりが点いたままだった……」思った通りどうすることもできず、ただ夜通し美結を見守っていたのだそうだ。朝早く、アパートのゴミ捨て場にポリ袋を持って出てきた美結の顔は、むくんでいたという。「泣き腫らしたんだ、きっと」

「どうして、そのポリ袋が重大な意味を持つと思った？」

「時間が普段より早くて、周りを気にしていたんだ。分かるよ、いつもの彼女じゃないから」

「中を見たときは、さすがに驚いただろう」

「俺、ずっと寝てなかったし、血まみれの人も見てるし、どこか違う世界の出来事のようで、実感が湧かなかった。けど、中に手を突っ込んで包丁で手を切ったとたん、痛さで現実に戻された。そうしたら恐ろしくなって……ガクガク震えた」

「汚染水を口や喉、鼻に浴びていないとすれば、傷だろうと踏んだ。アメーバが侵入したのはそこからだろう。いくら脾摘者でも、相当不運なヤツだ」

「どうせ俺なんか」

「そう悲観するな。人はみんないつかは死ぬ。お前の健康状態なら、四〇年先か、五〇年先か」

「えっ」

「私の患者になった時点で、ラッキーだったんだ」

「じゃあ」表情が明るくなった。

「ああ」三品は目を閉じうなずいた。「彼女も金沢方面の出身のようだけれど面識はあったのか」

「同じ高校の先輩です。六つ上なんで、かぶってないんだ。高一のとき雪下ろしボランティアに参加して一目惚《ひとめぼ》れした」そのとき大学四年生だった美結は、大阪で就職した。

「彼女を追って、大阪の大学に進学したのか」

「そこまでロマンティストじゃないよ」一所懸命に忘れようとしていたという。

「ところが天王寺図書館で見かけた？」

「どうして分かったんです」斗真が声を上げたが、有佳子も驚いた。

陽太郎が、三品を畏怖する気持ちが分かる。敵に回したくない弁護士が数人いるけれど、それらに勝るとも劣らない。

「院長、私も知りたいです」有佳子の素直な気持ちが言葉になった。

「美結本人が、ハガキで書いてる」三品が有佳子にクレームハガキの文面が確認できるよう指示した。

有佳子は夏帆のメモ帳のハガキ内容が書き留められたページを開き、三品の言葉を待つ。

「斗真、お前はハガキの内容を知らないが、美結についてはここにいる誰よりも知っている。私が間違っていれば言うんだ。それと陽太郎、もう思い出しているはずだ。お前は六月三日に外来で美結を診察している。レルギー科に回した。だから印象が薄いんだ」

「すみません。確かに覚えがあります。湿疹で顔全体が赤く腫れているようだったんで、早く専門の先生に診せたほうがいいと判断しました」その後も、大きめのマスクで顔を覆っていた姿を見かけたと陽太郎は付け加えた。

「記憶力に自信のあるお前が、すぐに思い出せなかったのは、まだ診察に対する恐れが抜けていないからだ。お前が過去を引きずらずに注意深く患者を観察していれば、美結の態度が変だったのを察知できたはずだ。患者に化けた記者を見抜いたように、な」

「ということは？」陽太郎が訊く。

「犯行の翌朝に病院で診察を受けようと思うほど、美結は肝は据わっていないだろう。総合内科からすぐ他の科に回されることを分かっていた。他の科に行くふりをして院内を移動しても怪しまれないから、夏帆のその後のことが分かるかもしれない、と知恵を絞ったんだろう。待合室やコンビニは噂話の宝庫だから、おそらく夏帆の死を知った。そもそもその事実に私が辿り着いたのは、夏帆の死後も斗真がここに姿を見せていたと聞いたからだ」

「ちょっと待ってください。昨日、ですよね。それをお伝えしたのは」しかもコンビニの店長、柏田への聞き取り以降ということになる。そんな短い時間で犯人を特定したというのか。有佳子は驚きを隠せなかった。

「結論に至るには十分な時間だ。臨床は即断即決でないと手遅れとなる」三品が陽太郎に同意を求めるような目つきを見せた。「後学のために順序立てて説明してやろう。あんたたちが探している黒ずくめの男、すなわちこいつのターゲットは夏帆じゃない、と気づけば、別の女が存在すると分かる。そこで例のハガキだ。私が着目したワードがいくつかあった」

「それはどのような？」有佳子が尋ねる。

「四月三〇日に投函されたものを見ろ。そこにこう書いてある。『仕事もできなくなってきた。視線が突き刺さっててとてもカウンターになんて出ていられない』。このカウンターだ」

「確かに図書館で、閲覧や貸し出しの受け付け業務をするところをカウンターといいますが、それだけでは」有佳子が首を捻った。

「そんな軽率な人間に見えるか」

有佳子は小さな声で否定した。

「視線が突き刺さると書き、その後に『あの男の子は、めずらしい動物でも見るような目を向けてくるし、あのおばさんは汚らしい肌だと笑っている』とあることから、美結が開かれたカウンターにいると分かる。年齢も性別もバラバラの不特定多数から見られる仕事だ。しかし相手を客とは言っていない。さらに五月二一日を読んでくれ」有佳子に言った。

どのような形でハガキの内容を陽太郎から聞いたのかは分からないけれど、三品がそのすべてを暗記しているのは確かだ。医学のことならいざ知らず、記憶力のよさに驚く。

有佳子は五月二一日、七通目のハガキの文章を見た。「あなたの顔を切り裂くために百貨店でパンフレットをもらった。体中のかゆみを癒やせるのは、カッターを突っ立てることだけ。あなたの顔を私の血で染めるとほんの少し気分が軽くなる。私だけのコレクションをあなたに見せたい。私の血が付いた醜いあなたの顔を透明シートで加工して保存してるのよ、素敵でしょう?」感情を込めず、抑揚のない読み方をした。

「透明シートで加工とある。シートに挟むではなく加工と、な。おそらくラミネートフィルムを使ったんだ。開かれたカウンター、ラミネートフィルムで職業を推定した。さらにハガキの投函が決まって火曜日だという点もヒントになった。人間のストレスは、一旦緩和されるとその余波が生じることがある。簡単に言えば休日後に余波として行動を起こしたということだ。前日の月曜が休日の職業。その上で、斗真が事件の翌日ここにきていたことから、その日の問診票の職業、図書館司書を探った訳だ。そしてさっきこいつの目撃情報が上之宮町に多くあったと聞いて確信を得た。天王寺図書館のある場所だからな。ある意味斗真、お前の動きで彼女の犯行だと教えたようなもんだ」

「バカみたいだ、俺」斗真は反論をする力もない。

「犯人が美結だとすれば、夏帆の仕事場にあった水槽の水を浴びたはずだ。なのに夏帆と同じ原発性アメーバ性髄膜脳炎を発症したのは、お前だった。どうすればフォーラーネグレリアに汚染された水に触れるのか、推理した。美結はびしょ濡れの衣服と、凶器を捨てた。たっぷりと汚染水を含んでいたはずだ。美結と親しくないお前が、その汚染水に触れることができるとすれば、ゴミあさり以外にないと思った。だから陽太郎先生に環境調査を、いや、それはいい」三品は有佳子に一瞥すると再び斗真に言った。「斗真、すべて彼女のためだ。警察に任意で、家宅捜索させてやれ」環境調査が、証拠能力を失わせかねないことを三品は承知していたのだ。

「俺の家を……」斗真の脈拍数が増えた。

「凶器からは美結の指紋が出るだろうし、夏帆の血液も検出される。もうすぐ豊丘警部補が美結を連れてくるだろう。逮捕してもらうことが美結の自殺を防ぐことになる」

「もう一度、先生を信じるよ。だって命の恩人だから。鍵はリュックに」

陽太郎がロッカーから斗真のリュックサックを取ってきた。

「ありがとうございます」有佳子は白々しく礼を言った。この中から陽太郎が鍵を失敬していることは分かっている。彼は白衣のポケットから鍵を出して、有佳子に手渡した。これで不法侵入の事実は隠匿された。三品はそこまで考えていたのか。いずれにしても、有佳子と陽太郎の立場を守ったことは確かだ。

「成山刑事」三品がこっちを見た。

「はい、何でしょう」嫌みの言葉を待つ自分がいた。ずいぶん彼の性格に馴れてきたようだ。口は悪いが、それが本心ではない、と思えるようになったと言ったほうが正確かもしれない。

「ほんとうは、この事件の犯人が女性だったことを、夏帆がＥＣＵに運ばれてきた時点で分かっていた。夏帆が譫言で言っていた言葉があっただろう」

「『くろい』とか『おうな』とか、ですか」

「黒い、はたぶん被害者が最後に見た人間、こいつのことだろう。ショック状態で交錯した記憶の中で何かを伝えたかった。そして『おうな』は、鼻のチューブのせいで唇を閉じることができなかった。彼女が言いたかったのは『女』だ。私だったら、初手から女性をターゲットにして捜査してただろうな」三品がカラカラと笑った。

やはり嫌みだった。有佳子は三品を無視して、斗真に話しかけた。「橋詰さん、一つだけ教えてください。五十嵐さんのスマホなんだけど」

「スマホは、美結さんのことが保存されていると思って、怖かったけど夏帆さんの手からぶんどって逃げた。で、踏んづけて壊して、ここの駐車場のゴミ箱に捨てた」

「そう。分かった。被害者が搬送された病院の駐車場か、かえって盲点だったわ」

「あの、俺の家……彼女の写真がたくさんあるけど、持ってかないよね」

「最近の写真もあるか。治療の参考にしたい」三品が割って入った。

「いえ、ずっとマスクしてたし」

「そうか。成山刑事、斗真のコレクションを押収するのか」

「しません。必要になったときは橋詰さんの許可を得てお借りします。今回の家宅捜索は、あなたが持ち帰ったという円山さんのゴミ袋以外には手をつけません」

「台所にある袋が、そうです」と言ってから、斗真が疲れたと漏らしたのを機に、君枝を残して病室から出ろ、と三品が命じた。

19

午前二時、豊丘が約束通り、円山美結を総合内科の診察室に連れてきた。三品は豊丘と有佳子を廊下で待たせ、美結の診察に当たると言いだした。

「責任はもつ」

そう言い切った三品の言葉に、有佳子たちは渋々部屋を出て行った。

「陽太郎、再会を喜べ」

廊下を気にしている陽太郎は、そう言われて、「受診時は、発疹が酷く、顔面が腫れていましたが、いまは落ち着いているようです」と答えた。すでに斗真の撮った写真で再認識させられているけれど、写真よりも一回り痩せているようだ。

「そうか」患者椅子に座った美結の頰を三品が凝視する。「薬は飲んでるか」

「はい。こちらで処方されたものは、きちんと飲んでます」美結は陽太郎を見た。彼女のほうも陽太郎を覚えているようだ。

「あの、どうして私がここに」不安げな顔で、陽太郎と三品を交互に見た。

「刑事は何と言った？」

「刑事さんは、五十嵐夏帆さんの事件のことで至急伺いたいことがあるからと、半ば強制的に……」休んでいたのに急に訪問を受け、連れてこられたのだと美結は不満を口にした。

美結の声はそれほど高くなく、話し方は穏やかで包み込むようだった。陽太郎は確かにこの声を耳にしている。外来にきた際の美結が、人を刺した明くる日だというのに、今と同じように落ち着いた声で話していたと思うと怖い。身に覚えがあれば、とても平静を保てるものではない。もしや三品の推理が間違いなのだろうか。斗真が見たのは美結が夏帆を刺した場面ではなく、すでに刺された状態の被害者だ。美結も刺された夏帆に触れて、怖くなって逃げたとも考えられる。そうなれば包丁の柄に指紋が付着していたとしても不思議ではない。

「君はKAHOの製品を使ってたね」三品にしては柔らかな表情だ。顔色もよく、疲労を微塵《みじん》も感じさせない。陽太郎のほうが眼精疲労から軽い頭痛に悩まされている。

「でも先生は、警察官じゃなくお医者さんですよね」

「ここの院長、三品と言います。むろん警察関係者じゃない。だから安心するんだ」

「安心しろと言われても、意味が分かりません」美結は傍らに立つ陽太郎を見上げてから、三品に向き直る。

「これを読んでほしい」三品は有佳子がメモしたクレームハガキの文言のコピーを、美結に手渡した。

用紙に視線を落とした瞬間、美結が目を大きく見開いた。手が震えるのを一方の手で押さえながら、黙読している。長袖から露出している白い手首が小枝のように細かった。

美結は明らかに読み終わっているにもかかわらず、固まったように用紙を見詰めている。

「君が書いたハガキの文面だな」三品が静かに口を開く。

「知りません、こんなの」美結はうつむいたままだ。

「勘違いするな。その文章を書いて、五十嵐夏帆を刺したとしても、私には何の関心もない。さっきも言ったように、私は医師だからな。関心があるのは君の病状だ。いまもご飯が食べられていない。違うか」

美結は反応しない。

「君は、イネ科マコモダケから抽出された成分を使ったクレンジングクリームが原因で、アレルギーを起こした。そこに含まれたイネのタンパク質は、口から入れば消化器官で分解される。しかし皮膚から侵入した未分解タンパク質は、まれにアレルギー反応を起こすことがあるんだ。皮膚の免疫が敵と見なせば腸の粘膜も重要な免疫器官だから、同じくイネ科の成分が体内に入ってくると免疫細胞が攻撃する。そのとき正常な細胞も傷つけ炎症を引き起こす。そしてその炎症がまた免疫系を刺激するという悪循環を起こしている状態だ。発疹は対症療法で軽減できても、食物アレルギーのほうはよくならない。ご飯を食べれば不調をきたし、君が書いているように『苦しい生活のまま生きていくしかない』。イネ科に対するアレルギーがただそれに留まる保証もないしな」生命を維持するための、また楽しいはずの食事が、常に恐怖の対象となる。そしてそれは、さらなる不具合を誘発していく、と三品は言った。「いやだろう？　そんな人生は」

「…………」

「私なら、治してやれる。君の腸内環境を徹底的に整えることでな」

「腸？　やっぱり」美結が反応した。

「脳腸相関だ。精神的ストレスが腸へ伝播《でんぱ》し腸内環境を悪化させ、生理的、病理的に変化した腸からのシグナルを今度は脳が受けることで、情報処理機能に影響を及ぼす」と三品は美結の表情を見た。「どうやら、知ってるようだな。ネットか、それとも図書館の本で調べたか。それなら話が早い。すぐに治療に入れる」

「ここで治療してもらえるんですか」有佳子のいる廊下を気にしながら、訝《いぶか》る声で訊いた。

「警察か。まずそのストレスを解消しろ」

「解消って？」

「君はカウンター業務をするために、アトピーなのに化粧をした。その時点で毎日募る負担が恒常的なストレスを生んでいた。そこでアトピーの改善にと飛びついたのがＫＡＨＯの化粧品だ。しかしその期待は大きく裏切られた。腸内で劇的変化が起こり、全身にアレルギー症状が生じた。それは君の脳に影響を与え、極端な考えをさせるに至る。日毎増幅する憎しみの感情を抑えきれなくなった原因も、君の体の中で起こっている変化のせいだと言ったら、納得してくれるか。君は夏帆が憎くて、自分と同じ痛みを感じさせたかったんだ。本当の気持ちを吐き出せ」

「やっぱり、おっしゃっている意味が……」

「橋詰斗真という名前に聞き覚えは？」

「ない、です。知らない名前です」

「金沢の高校の後輩だ。いつぞやの雪下ろしボランティアに参加してるんだが、どうだ？」

「同じ高校……ボランティア？」

陽太郎が小さな咳払いをした。斗真のプライバシーを侵していると暗に伝えたかったた。

三品がギョロッとした目で見たが、涼しい顔で続ける。「覚えはないか」

「雪下ろしのボランティアは、学生時代に参加したことはありますけど、その人は」

「知らないんだな。その斗真という少年は一九歳、君とボランティア活動に参加して以来、君に夢中になった。ここまでならありがちな年上の女性に憧れる少年の片思いだったが、こいつは君の行動を逐一監視していた。いわゆるストーカーだ」三品が顔を歪める。

「そんな」美結も三品に呼応するかのように顔をしかめた。図書館勤務は不特定多数の目に晒されているため、常に誰かに見られている不快さを訴える者が多いのだそうだ。「みんな仕事だから仕方ない、と諦めています。私もその一人です。でも、監視されていたなんて」

「それも大きなストレスだろう。その彼がな、君が五十嵐夏帆のマンションに出入りするのを目撃していた。さらに、夏帆が刺された夜、彼女の仕事場のあるビルから逃げる君の姿も見ていたんだ」

「逃げる私を……？」

「ああ。さあ隠さず話してくれ。そのとき大量の水を浴びただろう？」

美結はいっそう背を丸めて、床を見る。

「その水は、ある病原体に汚染されていた」

「汚染？」背筋を伸ばした。

「ただの汚染じゃない、致死率が九〇パーセントとも九七パーセントとも言われる病原体に、だ」三品が口調を変えて、「いまのところ発病はしていないようだな」と美結の頸部リンパ節を両手で触診する。

「私も、その病原体に侵されたとおっしゃるんですか」声が震えている。

「感染症だから、可能性は否定できない。それだと食物アレルギーどころではなくなる。生きるか死ぬかだ」

「水をかぶっただけなのに」

「通常は口や鼻から侵入するんだが、荒れた皮膚、微細な傷からも感染する。実はな、五十嵐夏帆が死んだのは君が刺す前に感染していた病気のせいだ。でなきゃ死なん。他の病院なら保証せんが、ここに運ばれたんだからな」美結が手を汚さなくても、夏帆は遅かれ早かれ死んでいたんだ、と三品が彼女の首の後ろまで触診していた手を離した。続いて、左袖をまくると手首から前腕にかけて無数の小さな傷があった。陽太郎の位置からは、傷が集中している部分の瘡蓋は鱗のように見える。化膿しているところもあるようで、おそらく今も痛みがあるはずだ。皮膚の爛《ただ》れは徐々に消えるが、刺し傷のほうは残るにちがいない。この先美結自身もそうだが、育てた親は見たくないだろう。陽太郎はあっと声を上げそうになった。クレームハガキの文面を有佳子から聞いたとき、同じようなことを思った覚えがある。体の傷が心の傷となる。実際、志原の娘はオペの傷跡が心の傷となっているようだ。それを不憫に思った志原の心も傷ついていたとすれば、夏帆の開腹オペを躊躇してもおかしくない。それができる腕も志原にはあった。しかし、結果的に夏帆は亡くなった。オペ自体に問題はなかったにもかかわらず、ミスを犯したと思い込みIVRの記録を消去したのだ。

「君が手を下さなくても夏帆は死んでいたんだよ」ことさらゆっくりと強調しながら、三品は患部をさりげなくタブレットで撮る。

「君を辛い目に遭わせた天罰が下ったか」三品のきつい言葉で陽太郎は我に返った。実際に手を下した人間にする質問とは思えない。三品は美結をどうしたいのだろう。

「答えようがないな。いまこの病院に、ストーカーの橋詰斗真が入院している。なぜだか分かるか」

美結は当然ながら首を振る。

「五十嵐夏帆と同じ感染症だ」

「同じ……どうして？」これまでより、いっそう怯えた声だった。

「君を助けようとしたためだ」

「意味が分かりません」

「君が飛び出した後の現場に、斗真は入った。そして夏帆のスマホを隠滅した」夏帆のスマホに美結の名前があるかもしれないと思ったからだ、と三品が言った。

「それで病気に？」

「運が悪く、斗真は昔、脾臓を摘出しててな。元々免疫機能に問題を抱えた体なんだ」

美結が真っ青になっていく。どうやら三品は斗真が持ち帰った証拠については美結に告げないようだ。

「もう分かったな。君は汚染された水を浴びたはずだ。直ちに入院してもらう」

「なんてこと、あの女が、そんな仕掛けを……どこまで私を苦しめればいいの。許せない、絶対に許せない……」目は据わり、腕の傷に爪を立てて地を這うような野太い声を出した。

「夏帆はもういない」

美結は三品につかみかかった。「死んでもまだ、私を苦しめたいのよ！」

三品が美結の両手を絞る。「落ち着け」

「あの女は地獄で私を待ってるんだ」両手を振りほどこうと左右に体をくねらせる。

「陽太郎、押さえろ」

陽太郎は美結の背後に回り、両脇を抱えた。「大丈夫、落ち着いて」

三品が手を離すのと同時に少し椅子を後ろに引いた。

「放して。いったい私があの女に何をしたって言うの。私は、ただ、ただ綺麗になりたかっただけなの」美結は今度は甲高い声を張り上げ、陽太郎の腕からも逃げようと暴れる。

「綺麗に、か。君は雪が好きか」三品が訊く。

「雪？」あまりに唐突すぎる質問に、美結の動きが止まった。

「金沢の雪、やはりよく降るのか」

「降る」美結は小さな声で答えた。

陽太郎はゆっくり手を離すが、いつでも手の届く場所にいることにした。

「それで雪下ろしボランティアが活躍するんだな。真っ白な雪は綺麗だが、厄介者だ。君たちはその雪を取り除く。下から何が現れた？」

「汚れた屋根」

「白いものの下から汚れた屋根か。しかしそこに人々の暮らしがある。家族の団らんがある。それまで汚いものだと思うのか？」

美結が首を振った。

「君は夏帆の白い肌、その化けの皮を剝がしにいったんだろうが、彼女にも家族団らんがあった。故郷の母親との楽しい会話の最中だったんだ」

「楽しい……そうよ。私がかゆみに悩まされ発疹で外に出るのも億劫《おっくう》で、好きな食べものも食べられない。いえ、食べることが怖くて苦しんでいるのに。同じ苦しみを味わわせたくて仕事場の前まで行った」仕事場のドアは施錠されておらず、美結は忍び足で中に入った。「奥を覗くと楽しそうな声が聞こえて、お酒を飲みながら笑っている姿が見えた……」

「その笑い声を断末魔の声に変えたんだぞ。それを聞いた母親の気持ちをどう思っているんだ」

「お母さん……？」美結の眉が動いた。

「お前にも母親がいるだろう」

「……悪いのは全部夏帆、だから刺した」低い声で吐き出す。

「どこまで醜いんだ。傷んだ体は治してやれるが、その根性まではどうにもできん。顔には心が現れるからな。お前が刺し殺したのは、夏帆じゃなく自分の心のようだ。陽太郎、入院手続きだ」

「入院するほど悪いんですか」廊下に出た陽太郎に、有佳子が憤然とした顔で訊いてきた。

「斗真君と同様、院長が鎌をかけたんです」診察と称し、汚染水での感染の可能性をちらつかせ、美結に夏帆を刺したことを白状させたと、有佳子に話した。

その瞬間、美結が本音を吐きだしたのは、挑発的な物言いと病気の恐怖を煽っただけではなく、非常識な深夜、警察官に任意同行された強いストレスのせいだ、と気づいた。三品の治療はそこから始まっていたのだ。

「だからといって証拠として使えません。恐怖を煽ったんですから」斗真の場合は、有佳子たちが立ち会ったからまだいいが、医師と患者の会話だけではどうしようもない、と機嫌は直らない。

「それは大丈夫だと思います。入院中のベッドサイドでじっくり話ができるようにするみたいですから」

「ほんとですか」

「ええ。院長に話したので、隠す意味がなくなったんじゃないかな。警察にも自供するはずです」

「でもなぜ院長はそんなことを？　食物アレルギーを診察するんじゃなかったんですか」有佳子の顔はむくれたままだ。

「そうだと思いますが」

「何か煮え切らない言い方ですね」有佳子は長椅子に音を立てて腰を下ろした。

夏帆は犯行以前から罹患していた病気で死んだのであり、刺傷との因果関係は希薄だとする方向で三品が動いているとは、いまここでは言えない。それは夏帆の病気の鑑別を行っているときから有佳子が懸念していたことであり、警察への裏切りなのだ。ただそれを重々分かっていながら三品が美結を診ている。何か考えがあると信じるしかない。

「そう、院長を信じましょう」陽太郎が決心したように声に出し、有佳子の隣に座った。

「入院したとして、いつ頃、事情聴取ができるんでしょう」

「たぶんすぐにでも。例のゴミ袋ですが、お借りできますか。濡れたシャツの水を調べたいので」借りると言っても、有佳子の目の前でサンプリングするだけだ、と付け加えた。そのやり方は彼女もすでに見知っている。さほど時間を要しないことは分かってくれるはずだ。

「豊丘警部補が押収に行きましたが、微生物の調査がまだ必要なんですか」

「院長の指示で」陽太郎は首の後ろに手のひらを当てて、頭を下げた。

「院長と話をさせてください」

「入院手続きが済めば、僕から聞いてみます」

とそのとき診察室から三品が出てきた。「診察は済んだ。陽太郎、彼女は精神科の空き部屋に入院させる」

「精神科ですか」陽太郎が有佳子と一緒に立ち上がった。

「おかしいか」

「てっきりアレルギー科だと思っていたものですから」

「円山美結は、精神的な疾患だとおっしゃるんですか」有佳子が前に出て三品に迫った。

「彼女は今、精神を病んでいる」

「ちょ、ちょっと待ってください。そんな訳ないじゃないですか」有佳子の大声が静寂な廊下に響いた。

「静かにしてくれ、ここは病院だ」三品が付いてこい、と目で促し、エレベータに向かう。有佳子も陽太郎も後に続く。

有佳子にすべてを話すつもりなのだろうか。その瞬間の有佳子の落胆ぶりが目に浮かぶ。陽太郎も、三品が何をしたいのか、その本質は見えていない。精神疾患なら、美結の罪が軽くなる。それは有佳子も夏帆の家族も望んでいないことだ。

院長室に入ると、三品は二人に応接セットに座るよう言った。

「前にこの部屋で、死因の話をしたな」と切り出した三品が、二人の前にペットボトルの炭酸水を置くと、自分はすぐに栓を開けて喉を鳴らして飲む。

「法医学的な死因はあくまで刺傷による失血性死だ、とおっしゃいました」有佳子が栓を開けると炭酸ガスが噴出する音がした。

「しかし臨床医の私の見解としては、あれしきの刺創で命は落とさん。理由は簡単だ。搬送先が、ここだからだ」三品がいつものように足を組んだ。

「それでは約束が違います」わざとなのか有佳子の声は低いトーンだ。

「成山刑事に訊きたいことがある。あんたは夏帆の両親に会っているな」

「ええ。今日にも五十嵐夏帆さんのご遺体をお返しする予定です」両親は葬儀社の車に乗せた夏帆と共に和歌山へ帰って行く。ようやく故郷に帰れるのだ、と有佳子は感慨深げに言った。

「そうか。長くかかったな。ご両親は犯人をさぞかし恨んでいるだろうな」湿った表情で三品がつぶやく。

「当然でしょう。院長だってお子さんを誰かに殺されたらどう思います？」

「ただではおかない。その気持ちは痛いほど分かる。大切なものを奪った相手を許せるはずはないからな」

「分かっておられるなら、なぜ円山美結を精神疾患だなんておっしゃるんですか。せめて法律の許す範囲で罰を与えて、罪を償わせないと、遺族は堪ったものじゃない」

それでも遺族は納得できないでしょうが、と有佳子は小声で言い添えた。

「円山美結は善悪の判断もできないくらい、混乱していた」

「どうして言い切れるんですか。それに院長は検察官でも裁判官でもありません」有佳子は毅然とした態度を崩さない。

「昨日から言ってるだろう、恥をかかせたくないから助言してやっているんだ。よく考えてみろ、電話の最中の人間を殺そうと思ったら、即死にしないとリスクが大きい。それぐらい分からんのか。まずは通話中に手は出さない」

「通話中だと分からなかったんじゃないですか」

「美結は楽しそうな笑い声が聞こえたと言ってる。むしろ電話ではなく第三者がそこにいると分かっていたのに襲おうとしたことになる。だとすると、さらに美結の精神状態が疑われるぞ」

「ウソを言っているかもしれません」

「そんなことはどうでもいい。彼女はそう主張しているし、通話中だったのは事実だ。これを覆すことは不可能だ」

「それだけの理由で、善悪の判断ができないとおっしゃるのが分かりません」

「通話中の殺人の高リスクが、当人には分からなかった。また包丁のひと突きで明確に人が死ぬと思っていたというのは、それこそ無理がある。さらに、刺されなくても、その日か、次の日には死ぬ病気に罹っていたと私は証言する。世界でも稀なフォーラーネグレリアの連続感染を論文として発表もできるしな。死因は原発性アメーバ性髄膜脳炎だ」

「刺傷が引き金だとおっしゃったじゃないですか」有佳子が食い下がる。

「腹に傷を負い運ばれた人間が、敗血症で死んだら、死亡診断書の死因の欄に腹の傷だとは書かない。いくら傷が基だったとしてもな。加えてこうも証言する。夏帆の出血について、うちの優秀な医師による脾臓温存法により止血が完了し、何の問題もない状態だったと」

「……死因とも因果関係なし。そ、そんなんじゃ」

「そんなんじゃ殺人ではなく、傷害致死だ」三品が微笑んだ。

「裏切りです。私に対して、いえ、五十嵐夏帆さんのご家族に対しても」有佳子は、今にも拳でテーブルを叩きそうに前のめりになった。

「冷静になれ。夏帆の両親は娘を殺されたことに悲しみ怒っている。犯人への重い量刑が、八つ裂きにしたい気持ちを軽減すると思っているんだろうが、それですむのか。成山刑事も誰かの大切な娘だろう」

「私のことは関係ありません」

「私が言いたいのは、裁判では夏帆の化粧品にも問題があったと弁護士は責め立てるだろうってことだ。しかも、犯人は体調を壊し思い詰めて、ハガキの文章に垣間見られるように、正気を失いつつあった」三品は声を整えてからハガキの文章を諳んじてみせた。『あなたの顔を切り裂くために百貨店でパンフレットをもらった。体中のかゆみを癒やせるのは、カッターを突っ立てることだけ。あなたの顔を私の血で染めるとほんの少し気分が軽くなる。私だけのコレクションをあなたに見せたい。私の血が付いた醜いあなたの顔を透明シートで加工して保存してるのよ、素敵でしょう？』。これが常人の書いたものかどうか、裁判員はどう判断する？　刑法には詳しくないが、傷害致死罪の法定刑は、三年以上二〇年以下の懲役だったな。美結の場合、酌《く》むべき情状はこれまで言ったことで十分認められるにちがいない。代理人が、心神耗弱を持ち出せば、数少ない判例、執行猶予つき判決もあり得るはずだ」

「そこまでしてなぜ」有佳子の顔は悲しげに映る。三品の法解釈に大きな破綻はないようだ。

「だから言ってるだろう。憎しみの感情を犯人にのみ差し向けるのはかえって酷なんだ。半分、いや三分の一でも稀な感染症に向けさせてやれ。あんたは同じ未熟者として夏帆が不憫《ふびん》だと思っているんだろうけどな」

「未熟者って……」

「まだ失敗が許されるって意味だ」

「不憫と言うより、もっとやりたいことがあったでしょうし、無念だろうと」

「そうだな。だがこうも考えられる。夏帆のやろうとしていたのは、より自然界に近い状態の水を使って自然由来の成分で美肌を実現することだった。だからこそ浄水や除菌をしなかったんだ。原発性アメーバ性髄膜脳炎に罹患したのは、いわば理想の水環境が招いた宿命だったと言ってもいい。運命論は嫌いだが、上を目指したことが招いた死に様だった。そんな夏帆の生き方を認めてやれ。そのほうが家族の背負う荷物は軽くなる」

陽太郎は炭酸を口に流し込んだ。口中、そして喉へ落ちて行く刺激が痛かった。もっと痛かったのは自分の浅はかさだ。三品は夏帆の家族のために、夏帆の死因をあくまで原発性アメーバ性髄膜脳炎としたかったのだ。自分も未熟者だった。

「ですが、この事件の加害者は円山美結であることに変わりありません」

「当然だ。人を傷つけた罪は消えない。だから逮捕して起訴すればいい。私はそれを阻止しようとしているのではないよ。ただ、今の精神状態では反省すらできないだろう。アレルギーを改善し精神科の治療を受けさせれば、夏帆やその家族に心から詫《わ》びることもできるにちがいない。それが不満なら失血による死亡だと証明するがいい。この私を敵に回して、な」三品は半眼で有佳子を見る。有佳子の足がピクッと動き、ソファーの小さな振動が陽太郎の臀部に伝わった。

睨まれるよりも強い圧力を感じたのは、陽太郎だけではなかったようだ。

「それで、ご家族の無念が軽減されるんでしょうか」

「あんた、心はどこにあると思う？」得意の唐突な質問で返す。

「……分かりませんが、脳じゃないですか」戸惑いながら有佳子が答えた。

「脳科学が発達するいま、ほとんどのことが脳による支配だと言われている。心もそここにあると思っても仕方ないな」

「違うんですか」

「正直、私にも分からない。それ以前の西洋医学は体は体、精神は精神と個別に考えていた。だが、その後そうでないことを実験で証明しようとした学者らがいる。体と心は二つではなく一つのものだ、と」三品はマウスの実験をしたある科学者の話をした。その科学者はマウスに電気刺激を与えた。レバーを押せば回避できるように学習させ、それを利用して、こんな実験を行った。

まずマウスを三つのグループに分ける。一つはまったく電気刺激を与えないグループ、もう一つは電気刺激を遮断するレバーのない絶望的なグループ、そして今ひとつは電気刺激を切るレバーがあることを知っていて、その都度苦痛を遮断できるグループだ。この実験の後、それぞれのマウスに癌細胞《がんさいぼう》を植え付けたという。「植え付けた癌細胞はそのままにしておくと約半分が死ぬ量だった。結果はどうなったと思う？」

「それは電気ショックから逃れられないマウスが、一番多く死んだんじゃないですか」

「御名答。まあ簡単に想像がつくがな。電気ショックのないマウスは半分、遮断レバーのないマウスは七〇パーセント死んだ。遮断する方法を知っていたマウスは、二五パーセントしか死ななかった。電気ショックという高ストレスは感じながら、それをコントロールすることを覚えたマウスに癌を抑止するキラーT細胞の量が多かったんだそうだ。この実験から導き出された結論は、絶望、すなわち心が体に大きな影響を及ぼすことと、苦痛があってもそれを制御できれば免疫系は最も活性化すること、要するにプラスの感情もまた体を左右するということだ。医学的に言えば、不運な出来事は人を悲観的にする。悲観は副腎髄質ホルモンの交感神経物質であるカテコールアミンの分泌を減少させ、さらに内分泌ホルモンであるエンドルフィンの分泌も減少させる。その結果免疫力は抑制され、病気を発症することで再び悲観する。悪いスパイラルだ。悲しいかな心は目に見えない。だから体を見て心の存在の明らかなるを知るんだ、優秀な医者は。美結の病理もこのプロセスを辿《たど》った。心の存在は体を通して何となく感じ取ることができるが、命については私ら医者はしっかりと知覚できない。ただ死をもって、それまでは生きていたことを認識しているに過ぎないんだ。言い換えれば死んでいなければ、そこに命が明らかに存在している。命は別格だ。アインシュタインの特殊相対性理論の結論である式を知ってるか」

「……ちょっと分かりません」

「エネルギーとは、質量と光をかけて二乗したもの、というものだ。それは物理の数式だが、私は生物にも使えると思うんだ。質量つまり肉体と、一瞬も留まらない光のような存在、心とをかけて二乗したものがエネルギーだ。そしてそのエネルギーが命だとな。肉体も心もゼロにさせてはならん。それをいかなる方法をもってしても死守するのが医者の仕事だ。ある意味、美結は私の邪魔をした憎むべき存在なんだ。刺されなかったら、アメーバにやられるまで一分でも一秒でも命は長らえたはずだから。簡単に余命宣告して自分の肩の荷を下ろす輩がいるが、それこそ職務怠慢だ。宣言さえすれば、世界にあまたある治療法に関する研究論文に目を通さなくてもよくなるし、研鑽《けんさん》の必要もないからな。話はそれたが、私のやろうとしていること以外に、夏帆の家族を救うことはできない。憎しみ続ける絶望から抜け出せなくなるぞ」三品は早口で言った後、悲しげな目で有佳子を見た。「ただただ無念なのは夏帆の命を守れなかったことだ」

三品が陽太郎に夏帆の脳生検をさせたのは、彼女の体に生じた蜂窩織炎を見て刺傷が原因ではない、と早々に確信していたからだ。原因の病原体さえもっとはやく分かっていれば、志原の脾臓温存療法に問題ないという条件はつくが、一命は取り留められた、と三品は後悔しているにちがいない。ではなぜ志原のオペについて陽太郎に調べさせたのだろう。

ややあって有佳子が口を開いた。「院長のお考え、少しだけ分かりました。そのつもりで警察も対処するつもりです」その言葉に反発らしき響きは感じない。

「正直な意見だ。今日の午後、病室にいる美結に話を訊くがいい。君は君の仕事を全力でしろ。そうでないと面白くない」三品が目だけで笑った。

「失礼します。ごちそうさまでした」飲みかけのペットボトルを手に持ち、有佳子は院長室を出て行った。

ドアが閉まるのを待って陽太郎は三品に話しかける。「先生、志原先生への調査のことですが」

「うん？」三品がソファーの背もたれに体を預けた。「収穫はあったか」

「院長もご存じのように志原先生はオペのＩＶＲを記録されていました。けれども術後消去された」

「オペは完璧だったんだろう。なぜそんなことをする必要があった？」下品に喉を鳴らし、炭酸水を飲み干す。

「志原先生にはお嬢さんがおられます。幼い頃から心臓が悪く、室田看護師長の話では二回オペを受けているそうです。ただ胸の手術痕は年頃の女性には精神的な負担が重く、週に一度奥さんと手分けして様子を見に行っておられるんだそうです」

「だから？」

「五十嵐夏帆さんを診て、さほど年齢が違わないお嬢さんを思い出されたんではないでしょうか。夏帆さんのこれからの人生を考えて、脾臓温存を選択され、もっとも傷の残らないＴＡＥを行われた。それはそのまま志原先生も夏帆さんがよもや命を落とすとは思っていなかった証拠でもあります」

「脾臓の傷と出血なんかでは死なんと確信していたってことだな」満足げに三品がうなずく。

「ところが、夏帆さんは悪化の一途を辿りました。感染症など微塵も想定していなかった志原先生は、温存に無理があったかもしれない、と思われた。過失はないはずでしたが個人的な感情が介入したことで患者を死なせてしまった。そのこと自体をミスだと思い込まれた。それで記録を消去されたんではないでしょうか」話しているうちに確信に変わっていくのを陽太郎は感じた。

「あれほど優秀な外科医が、自分の心の隙を認めたってことか。それで記録の保存というルールを破った」

「そうです。いくら頭で分かっていても、お嬢さんと同じように、術後の夏帆さんを苦しめたくない、という感情が勝ることがある。志原先生を責めることはできません」

「ルール違反をしたのに？」

「オペ自体にミスはなかったので、そういうことになります」院長と勤務医ではなく、対等な立場で話したいと思った。知識では及ばないが、木の葉の意地だ。

「分かった。優秀な人材を失わなくてすんだ。陽太郎、よくやった。スパイとしては及第点をやろう」三品は座り直す。

「スパイとして、ですか」

「スパイが気に入らなければこう言おうか。よくやった、ワトソン！」

「じゃあ先生が名探偵……。僕は探偵じゃありませんから」

二度とこんな役目はごめんだと言わんばかりに釘を刺した。

「勘違いするな、ワトソンは探偵じゃない。医者だ」

「……医者……」

「患者は嘘をつく。しかしその言動には意味がある。それを性格や暮らしぶりの中から感じ取る以外にない。その上で、医者も理性と感情のジレンマの中で仕事をしているんだ。ただただ命を救うという仕事を、な。おっと釈迦に説法だったな。陽太郎は、殺人者だと思っていた斗真の命を救おうとした大先生だからな」三品の表情がほぐれた。会心の嫌みを思いついたときの顔だ。

「そんな」

「斗真と美結をちゃんと診てやれ。少しの間だが一つ屋根の下で暮らす。斗真を悪者にしてやるな。あいつは殺人の罪をかぶろうとした。そんな男、今どき珍しいじゃないか」三品は大きく息を吸って、いつもの調子で言った。「そろそろ外来診療だ、準備しろ」

席を立ちドアへ向かおうとした陽太郎は足を止めた。「先生ははじめから分かっていて、志原先生を調べるように命じたんですか」ともう一度三品に向き直る。

「オペ記録が消えていたと知ったとき、志原先生をヘッドハンティングしたことは正解だったと思った」

「はあ？」

「お前、志原先生が書いたものを読んだことがあるか」

「いえ」

「ここにある」三品は、机上にあった『SURGERY』という古い医学雑誌を手に取った。「付箋《ふせん》のページの線を引いた箇所だ」と投げつけた。

陽太郎は前に出てそれをキャッチするとページを開き、指摘の箇所に目を落とした。『メスをにぎらば』という特別寄稿からの一文だ。

『外科医は人にメスを入れることを許されている。それは患者の命を守るためだ。この大原則を無視しては、いかなるオペも無意味である。開腹して何も処置せず縫合したという話をする医師がいる。手遅れで手の施しようがなかったと弁解する外科医にはなりたくない。九割の外科医は縫合すればそこで仕事は終わりだと思っている。しかし私がメスを握る目的は予後の患者の暮らし、すなわちQOLを高めることだ。いうなればオペをすると決まった瞬間から、勝算のあることが絶対条件なのだ。オペは成功、しかし患者は命を落としたなどということがあってはならない。執刀医が成功したとオペ室を後にする。その後患者が万一亡くなったとしても、そのオペを見た医師たちが、完璧だった、あるいは神業などと賞賛したとすれば、それこそ恥ずべきことなのだ』

「恥……」

「そうだ、志原先生のオペは完璧だった。しかし夏帆が亡くなったことで、完璧さが恥となったんだ」

「完璧だったから、残したくなかったと？」

「娘と夏帆が重なったのは、その通りだろう。だから温存を選択した。むろん勝算があったからだ。しかも成功した。患者が死んでいるのにオペの成功を喜ぶか、恥だと感じるか、大違いってことだな」と三品は空になったペットボトルをゴミ箱に放り投げた。一旦縁に弾かれたボトルは、すぐに中へと吸い込まれた。「なあ、陽太郎。治療を怖がるな。ようは命に最大限の敬意を払えば、自ずと治療方針は決まる。命は、私にとって神のような存在なんだ。知識偏重の頭でっかちなどいらん。お前は、どんな形であっても、人に一日でも一秒でも生きたい、と思わせる医者になるんだ」それは持って行け、と陽太郎を手で追い払った。

陽太郎は雑誌を握りしめ、黙礼して院長室を出た。

一日でも一秒でも生きたい、と思わせる医者——。

エピローグ

二〇一九年一二月三一日午後九時

大晦日《おおみそか》の打ち上げをしませんか、と言う陽太郎の誘いを有佳子は断らなかった。姉の、陽太郎への強い興味に引きずられて、彼を妙に意識し始めていたのは確かだ。豊丘までも「エリートにもかかわらず、いいヤツだ」と握手をしたときの印象を折に触れて話題にした。

三品が言うように心とは不思議なもので、それほど異性として見ていなかったのに、署を出る前化粧を直し、久しぶりにイヤリングを付けた。姉からもらったキャッツアイだ。

互いの職場から遠くない大阪上本町駅で待ち合わせ、近くの居酒屋の暖簾《のれん》をくぐろうとしたそのとき、陽太郎のスマホが鳴った。三品からの呼び出しだ。

「急患ですか」有佳子は陽太郎を見た。

「いえ、院長がいいワインがあるって」

「お誘い？」

「僕だけじゃないですけどね」陽太郎は看護師長とERの田代、外科部長の志原も院長室に揃っていると言った。

「私もお邪魔できます?」面白そうだと思った。

「いいんですか」

「家入先生、院長の誘い断れますか」意地悪な言い方をした。

「それは……」困った顔で有佳子を見る。

「なら、ここで私に帰れと?」上目遣いで彼の顔を窺う。我ながら少女趣味なしぐさだった。

「成山さんがいいのなら、みんなを驚かせてやりましょう」陽太郎が明るい声を出した。

「私が一緒だと驚くんですか」

「そりゃあ」まさか誰も刑事に連行されてくるとは思わない、と陽太郎が笑った。

彼の言う通り、院長室に入るなり四人の目が一斉に有佳子に注がれた。

「痴漢でもしたのか」ワインを振るまおうとしていた三品がさっそく皮肉った。

「はいはい」陽太郎が軽くあしらった。

「家入先生から忘年会に誘われたんです。署から直行ですからこんな格好ですが」有佳子はコートの前を開いて、地味な色のスーツ姿を見せた。

「そんなこと言ったら私なんか、仕事着のままよ」君枝がピンクのスクラブの襟《えり》を指で弾き、続けた。「コートは壁に掛けて、こちらに」

君枝が勧めたのは、半年前、美結は殺人ではなく傷害致死になる、と宣言された同じソファーだった。事件は三品の言う通りの展開を見せた。

法医学者古柳教授が、臨床医学的な知見と法医学的解釈には隔たりがあることを前提に、司法解剖での解明は不可能だったと証言した。検察はこれを三品説、すなわち刺傷はなくとも夏帆の脳の状態から、二日は持たなかったとの三品の主張を肯定したものと判断した。しかし、治療を受けた美結が「殺すつもりで刺しました」と殺意を認める証言をし、さらに「逆恨みでした。申し訳ありません」と反省と謝罪の言葉を口にしたのだ。有佳子はその言葉が彼女の本心から発したものだと感じた。それは夏帆の家族も同じだったようだ。心と体は二つではなく一つだと言った三品の言葉が腑に落ちた瞬間でもあった。

さらに、三品には敵わないと思ったのが、夏帆へのまなざしだった。遺体を乗せて和歌山に帰る際、彼からの伝言を伝えたときの父母の目に差したひとすじの光が忘れられない。もちろんその言葉も――。「娘さんは、悪意に満ちた一刃に倒れたんじゃない。そんなものには負けはしなかった。それだけは分かってやってほしい」

「よくきてくれた。憎い医者だろうに」三品がワイングラスを有佳子に持たせた。

「いえ、その節はありがとうございました。まだ裁判は結審してないですけど」

「今日はその話はやめよう。おい陽太郎、お前もここに座って飲め」

陽太郎は君枝からグラスを受け取り、隣に座った。

「じゃあ、もう一度乾杯だ」三品が有佳子と陽太郎に赤ワインを注いだ。

三品の音頭で、皆がグラスを掲げた。

「美味しい」ワインの香りが口中に広がった。一口で、有佳子がこれまで飲んだものより上質なのが分かる。「毎年、皆さん集まられるんですか」

「いえ、今夜が初めてですよ。ERの田代です、あのときとは、格好が違うから」スーツを着こなした男性がオードブルのチーズを手に、言った。

彼はいつ救急患者が搬送されてくるか分からないため、アルコールには口をつけないのだそうだ。ワイングラスに入っているのはコーラだと笑った。

「では特別な大晦日なんですね」有佳子はワインを口に含んだ。

「そうだ、特別だ。ひとつは夏帆の事件をきっかけに、私がフォーラーネグレリア二例を通じて論文を執筆できたことを祝して。連続して二例を扱ったものは世界でも珍しく、一例は回復させたんだからな。何より、感染症を甘く見ている日本の医者たちへの警鐘にもなったはずだ。この機に乗じ、感染症のプロ育成を目的とした共同研究機関を設立する。資金は主にバイオ創薬系の企業ということになるだろうな。そうだ、古柳教授のことも報告しておこうか。彼も法医学的なアプローチだけでは真の死因の究明は難しい、という論文を書いている。さらに丁寧な司法解剖を行うための医療設備拡充を訴えると言っていた。ＣＴやＭＲＩなど病気発見にしか使われていない機器を死者にも使って、死因を特定する死後画像診断の推進のいい機会になったんだ」三品は一旦話を切り、ワインを飲む。そして続ける。「乾杯のもうひとつの目的は、来年の救急医療体制強化の決起集会だ」彼の目が険しくなった。

「それはやっぱり例の武漢《ぶかん》の感染症ですか」陽太郎が尋ねた。

中国の湖北省《こほくしょう》武漢の市場で原因不明の肺炎にかかる患者が出たと報道されているのを、有佳子も知っている。「そんなに危険なウイルスなんですか」

「たぶんな。昔から人獣の距離が近すぎる中国の農村部では、いずれ未知なる人獣共通病が現出するだろうと言われ続けてきた。本来は種の壁を越えられない高病原性鳥インフルエンザ《ＨＰＡＩ》のウイルスが、他の哺乳類《ほにゅうるい》を介して人に感染した例もあった。今度の新型ウイルスも種の壁を越えた人獣共通病だろうから、ヒトは免疫を獲得していない。今日中国はＷＨＯに対して原因不明のウイルスによる肺炎のクラスターが発生したと報告した。ＳＡＲＳに似た症状だという報告を現地の医師がしているから、コロナウイルスだろうな。新種なら世界的パンデミックの恐れもある。そのときの対応を考えておかなければならない。だから集まってもらったんだ」

「まずは日本に入れないことでしょうね」田代が言った。

「水際対策が大前提だな。しかしグローバル化はそれを難しくしている。入ってきて国内でアウトブレイクすることを想定せねばならん。新型インフルエンザ用に開発されたアビガンの治験病院として名乗りを上げておこうと思う。そして肺炎の炎症を鎮めるためのステロイド、さらには人工肺も手配しておこうと思うが、田代先生、どうだ？」

「人工肺を円滑に使うために、臨床工学技士を増やしておいたほうがいいのではないですか」

「よし、分かった。すぐに準備しよう。志原先生、大変だろうが、いま現在手術待ちの患者のオペを急いでくれ。待機患者を減らしてほしい」感染症に備えて病棟を分けるつもりだが、それでも感染症が増えたときの入院病床を確保したい、と三品は言った。

「数人の応援を頼むことができれば、なんとかなると思いますが」

「声をかけてもらって結構です」

「事務長は、ここにおられませんが、いいんですか」志原が尋ねた。

「金銭的な心配なら無用だ」

「そうですか」志原も田代も、君枝、陽太郎さえも怪訝《けげん》な顔で三品を見る。

「この何年間か実験をしている癌などの遺伝子療法はまだ確立できていない。それは皆知ってるだろう。しかし、その技術は進歩し続けている。バイオ関係会社は、コロナウイルスのメッセンジャーRNAを利用してコロナウイルスのスパイクタンパク質を作るワクチンの開発を急ぐはずだ」

「とはいっても治験が必要ですし、実用には一〇年はかかりますが？」志原が訊いた。

「パンデミックになれば、競争原理が勝つ。治験を飛ばしてでもな。それを見越して、欧米のバイオ企業の株を買っておくんだよ。それだけで医療体制を整えても釣りがくる。こちらも早いもの勝ちだ」三品がひときわ大きな声で笑った。

有佳子には、医学的な事柄は分からない。けれど、来年が輝かしい年とはなりそうにない、不穏なものを感じた。隣の陽太郎に目をやると、三品の笑顔とは正反対の暗い横顔がそこにあった。

姉、育美から陽太郎との大晦日のことを尋ねられても、楽しい夜だったとは答えられない。それでも美味しいワインのアルコール反応が、有佳子の頬を熱くしていくのを感じた。

参考文献

『総合診療・感染症科マニュアル』八重樫牧人・岩田健太郎監修　亀田総合病院編集（医学書院）
『感染症プラチナマニュアル』岡秀昭著（メディカル・サイエンス・インターナショナル）
『今日の治療指針』福井次矢・高木誠・小室一成総編集（医学書院）
『治療薬マニュアル２０２０』髙久史麿・矢崎義雄監修　北原光夫・上野文昭・越前宏俊編集（医学書院）
『医師のために論じた判断できない抗菌薬のいろは』Alan R. Hauser著　岩田健太郎監訳（メディカル・サイエンス・インターナショナル）
『Dr.鈴木の13カ条の原則で不明熱に絶対強くなる　ケースで身につく究極の診断プロセス』鈴木富雄著（羊土社）

解説

田口幹人（書店人）

ミステリー小説の専門家ではない僕が、『見習医《けんしゅうい》ワトソンの追究』という、氏にとっても、氏の関係者や氏のファンの皆様にとっても大切な作品の解説を引き受けていいのか悩んだが、宮沢賢治《みやざわけんじ》が暮らした岩手に生まれ育ち、賢治を身近に感じ、彼の思想に影響を受けた一人として、本書の解説として、これまでの鏑木作品に触れつつ氏への想いを書かせていただきたい。

『東京ダモイ』（講談社）で第52回江戸川乱歩賞受賞した際の記者会見において、「江戸川乱歩と宮沢賢治を足して2で割ったような作家になりたい」と語りデビューした鏑木蓮は、社会問題や事件を題材に謎を描く「人工の謎」と「人生の謎」を織り交ぜた数多くのミステリー小説を世に送り出してきた作家である。

「人工の謎」であるミステリー作家としての実力は、ミステリー小説の専門家や多くのミステリー小説ファンの認めるところであり、僕が触れるのは僭越《せんえつ》過ぎることから、氏の作品の特徴であるもう一つの「人生の謎」を中心に書かせていただきたい。

宮沢賢治の研究をライフワークとしていた氏の作品には多くの「宮澤賢治」作品が登場する。

賢治は、独自の世界観と言語感覚で、常識や規範にとらわれない想像力と自然と通じ合う事で、そこにひそむ文明への深い洞察から、多くの詩や童話を生み出した岩手が生んだ世界的な作家である。

氏は賢治が残した作品や文献を読み研究し、賢治が生きた花巻《はなまき》を何度も訪れ、賢治の存在を肌で感じ、賢治の考えを受け入れ、「人生の謎」を賢治が追い求めたものに重ねた、まさに賢治と伴走した作家と言えるのではないだろうか。

そんな賢治にまつわるいくつかの鏑木作品を紹介したい。

「戦争」や「限界集落」など現代人にとって「過去」になりつつある問題を掘り下げた『エンドロール』（早川書房）は、直接賢治作品は登場しないが、現在は小さな過去の積み重ねであり、戦争とは世界全体を不幸にし、戦時下における個人とは何かに迫った作品だった。

主人公の誠一《せいいち》は、映画監督を夢見て田舎《いなか》を飛び出したが挫折し、夢を叶えるために自分に言い訳をし、大阪でアパート管理のバイトで生活をしていた青年である。ある日、亡くなった独り暮らしの老人、帯屋《おびや》史朗《しろう》の遺品を整理していた際、部屋で8ミリフィルムとノートを発見する。映っていたのは、行商のために重いリヤカーを引き集落を渡り歩く一人の優しい笑顔が印象的な女性だった。老人はなぜこのフィルムを大切に保管していたのだろうか。

その8ミリフィルムとノートに導かれるように、誠一はドキュメントを撮ることを決め、映像が撮られた場所とゆかりの人たちを訪ねて歩く旅が始まる。そこに独居老人は確かに存在し、老人の足跡の向こうには、人と人との絆《きずな》が確かに存在していた。その足跡は、決して小さいものではなく、老人ゆかりの人たちの人生にとっても、忘れることができないほど大きな足跡だった。

老人の足跡を追いながら明かされてゆく真実は、限界集落や老人の孤独死、そして薄れゆく戦争体験という現代が抱えるいくつかの問題を浮かび上がらせた。人は一人では生きていけない。人は、生まれてからずっと、必ず誰かと繋がって生きてゆく。どんな土地に生まれて、どんな生き方をしたのか、それを覚えていてくれる人がいる限り、人は孤独ではない。そして、それは土地の歴史や記憶にも同じことが言えるのかもしれない。その地の歴史は、そこに住んだ者たちの足跡の積み重ねでできているのだから。どんな人間にも足跡があるのだ。『エンドロール』は、不思議なことにこれらのテーマ性からは連想できない温かな読後感に希望を見いだすことができる物語となっている。

『エンドロール』を読み終えた時、賢治が残したいくつかの言葉を思い出した。

「一つずつの小さな現在が続いているだけである。」
「真の幸福に至れるのであれば、それまでの悲しみは、エピソードに過ぎない。」
一つずつの小さな現在の積み重ねの意味を考えさせられる物語だった。

続いては、限界集落の写真に隠された真実を探る『水葬』(徳間書店)である。母と父代わりの伯父に会わせるため、初井《はつい》希美《のぞみ》は婚約者の千住光一《せんじゅこういち》を待っていた。だが時間になっても光一は現れず、そのまま姿を消した。彼は限界集落をテーマにしたフォトエッセイを連載しており、二人は結婚後、地方移住の計画を立てていた。光一の自宅のPCに転送された写真を手がかりに、光一の妹・美彩《みさ》と足取りを追う途中、光一の元交際相手・優子《ゆうこ》も失踪していることを知る。はたして二人は行動をともにしているのだろうか。悲しみと怒りを抱えつつ光一の足跡を追う希美たちは、限界集落の再生に人生を懸ける人物と出会い、限界集落、環境問題、公害、戦争孤児という社会が抱えた問題を知ることになる。

作中、宮沢賢治にゆかりがある永瀬《ながせ》清子《きよこ》の詩が登場する。永瀬清子は、賢治の姿勢に憧れ、地元岡山で農業に従事しながら詩作に励んだ人物である。永瀬清子の詩は、「人間がつくりだしたものは人間を幸せにしているのだろうか」、という『水葬』のテーマに通じる重要な役割を担っている。限界集落はその縮図であるが、そこに芽生《めば》えた新しい幸せの芽を切り取った写真に込められた意味をじっくりと考えさせてくれる物語だった。

読後、「何がしあわせかわからないです。本当にどんなに辛いことでも、それが正しい道を進む中の出来事なら、峠の上りも下りもみんな、本当の幸せに近づく一足ずつですから。」という賢治の言葉が浮かんできた。『水葬』は、栄えたり衰えたりを繰り返す人の世のはかなさは、終わりの中にははじまりがあることを教えてくれた。

「イーハトーブ探偵」シリーズ（光文社）は、氏と賢治の関係性の集大成となったシリーズである。宮澤賢治を探偵役として登場させ、友人の藤原嘉藤治《ふじわらかとうじ》をワトソン役に据えた、実際の賢治の作品を絡めた謎解きは、賢治ワールドそのものだった。

中でも、シリーズ二巻目の『イーハトーブ探偵 山ねこ裁判』に収録されている賢治の童話「貝の火」をモチーフにした「雪渡りのあした」は、氏が追い求めて辿りついた賢治の人生観そのものだったのではないだろうか。

賢治は、「過去には戻れないし、未来があるかどうかも定かではない。」という言葉を残している。だからこそ、いま犯してしまった自身の罪を受け入れることが、未来への灯《ともしび》となるのだと。賢治を追い続けた作家・鏑木蓮の一つの答えを読み解くことができる名作だと僕は思っている。

さて、ここからは氏のミステリー作品について触れていきたい。様々なジャンルの題材をテーマとして作品を世に送り出してきた氏ではあるが、狂牛病を題材として医療に携わる人間の葛藤《かっとう》を描いた『屈折光』（講談社）、トリアージを題材として緊急医療現場の苦悶《くもん》を描いた『救命拒否』（講談社）、新薬開発の陰謀に迫った『疑薬』（講談社）など、医療を題材とした作品を多く手掛けている。一つの事件だけではなく、事件の背景にある社会の空気を丁寧に描いた名作揃いである。

そして本書『見習医ワトソンの追究』は、医療×警察ミステリーとなっており、氏の医療ミステリージャンルにおける新たな挑戦である。未知のものや不明の事柄を、どこまでも考え、調べて明らかにしようとする様は、医者も警察官も同じである。探るのは、たった一つだけ存在する真理である。

人気美顔化粧品の開発者の五十嵐夏帆《いがらしかほ》は、元夫からのストーキングや差出人不明の脅迫状などに悩まされていた。そんな中、母親との電話中何者かに襲われ、大阪の三品《みしな》病院に緊急搬送された。懸命な治療の甲斐もあり一命を取り留めたものの、術後あり得ない速さで容体が悪化しそのまま死亡した。三品院長から死因の究明を命じられた内科医の家入陽太郎《いえいりようたろう》は、夏帆の事件を担当する大阪府警の刑事・成山有佳子《なるやまゆかこ》の協力を得て調査を開始するのだった。

夏帆を刺した犯人は誰なのか、刺創処置は完璧だったはずなのに容体が急変した理由は何か、緊急手術の様子を記録したビデオが消去されていたのはなぜなのだろうか。序盤から様々な謎が提示され、その謎が絡み合い二転三転してゆく。

医師として父が経営するクリニックで勤務していた陽太郎は、患者の命を奪いかけるミスをし、その精神的な打撃で自信を喪失し、しばらく患者を診《み》ることができなくなっていたところ、父から旧知の三品のもとで医師としてのリハビリをすることを勧められ三品院長の病院にいるという事情を抱えている。研修医ではなくまさに見習医なのである。

この三品院長と見習医・家入陽太郎の関わりがとにかく面白い。

死因の特定をするために院長に無理難題を吹っかけられ、ある時はスパイ行為を、そしてある時は潜入捜査と奔走する家入。奔走というか振り回されると表現した方がしっくりくるほど振り回されるのだった。一方の院長は、作品内ではほぼ院内にいて指示を出し謎に迫ってゆく、いわゆる安楽椅子探偵のような存在である。感染症の専門家ということもあり、見えない敵に対峙する姿は、医療にも事件にも通じるものであるが、何よりも患者第一主義であり、患者を救うためには手段を選ばないという人物として描かれている。そこに、物怖《ものお》じしない刑事・成山有佳子が絡みつつ謎を解き明かしてゆくのだが、そこは読んで楽しんでいただきたい。

偏屈な天才医師・三品院長と見習医・家入陽太郎、そして女刑事・成山有佳子が繰り広げる謎解きは、シリーズ化を期待する読者も多かったのではないだろうか。

それが叶わないのだ。

「永久の未完成これ完成である」と賢治は語っている。安易な答えなどに安住してはいけない、絶えず問いや追求のプロセスの中にこそ、人間の本来のあり方があると説いている。

鏑木蓮はこれまで多くの作品を通じ様々な問いを残してくれた。繰り返し読むことで、氏の問いに対する答えを探したい。

この作品は、二〇二一年七月に小社より単行本として刊行されました。

この作品はフィクションであり、実在する個人や団体などとは一切関係ありません。

|著者| 鏑木 蓮　1961年、京都府生まれ。広告代理店などを経て、'92年にコピーライターとして独立する。2004年に短編ミステリー「黒い鶴」で第1回立教・池袋ふくろう文芸賞を、'06年に『東京ダモイ』で第52回江戸川乱歩賞を受賞。『時限』『炎罪』と続く「片岡真子」シリーズや『思い出探偵』『ねじれた過去』『沈黙の詩《うた》』と続く「京都思い出探偵ファイル」シリーズ、『ながれたりげにながれたり』『山ねこ裁判』と続く「イーハトーブ探偵　賢治の推理手帳」シリーズ、『見えない轍《わだち》』『見えない階《きざはし》』と続く「心療内科医・本宮慶太郎の事件カルテ」シリーズの他、『白砂』『エンドロール』『疑薬』『水葬』など著書多数。'23年逝去。

見習医《けんしゅうい》ワトソンの追究《ついきゅう》

鏑木《かぶらぎ》 蓮《れん》

講談社文庫
定価はカバーに
表示してあります

2024年6月14日第1刷発行

KODANSHA

発行者——森田浩章
発行所——株式会社　講談社
東京都文京区音羽2-12-21　〒112-8001
電話　出版（03）5395-3510
　　　販売（03）5395-5817
　　　業務（03）5395-3615

デザイン—菊地信義
本文データ制作—講談社デジタル製作
印刷———株式会社KPSプロダクツ
製本———加藤製本株式会社

Printed in Japan

ISBN978-4-06-536302-7

講談社文庫刊行の辞

二十一世紀の到来を目睫に望みながら、われわれはいま、人類史上かつて例を見ない巨大な転換期をむかえようとしている。

世界も、日本も、激動の予兆に対する期待とおののきを内に蔵して、未知の時代に歩み入ろうとしている。このときにあたり、創業の人野間清治の「ナショナル・エデュケイター」への志を現代に甦らせようと意図して、われわれはここに古今の文芸作品はいうまでもなく、ひろく人文・社会・自然の諸科学から東西の名著を網羅する、新しい綜合文庫の発刊を決意した。

激動の転換期はまた断絶の時代である。われわれは戦後二十五年間の出版文化のありかたへの深い反省をこめて、この断絶の時代にあえて人間的な持続を求めようとする。いたずらに浮薄な商業主義のあだ花を追い求めることなく、長期にわたって良書に生命をあたえようとつとめるところにしか、今後の出版文化の真の繁栄はあり得ないと信じるからである。

同時にわれわれはこの綜合文庫の刊行を通じて、人文・社会・自然の諸科学が、結局人間の学にほかならないことを立証しようと願っている。かつて知識とは、「汝自身を知る」ことにつきていた。現代社会の瑣末な情報の氾濫のなかから、力強い知識の源泉を掘り起し、技術文明のただなかに、生きた人間の姿を復活させること。それこそわれわれの切なる希求である。

われわれは権威に盲従せず、俗流に媚びることなく、渾然一体となって日本の「草の根」をかたちづくる若く新しい世代の人々に、心をこめてこの新しい綜合文庫をおくり届けたい。それは知識の泉であるとともに感受性のふるさとであり、もっとも有機的に組織され、社会に開かれた万人のための大学をめざしている。大方の支援と協力を衷心より切望してやまない。

一九七一年七月

野間省一

中上健次
異族
共同体に潜むうめきを路地の神話に書き続けた中上が新しい跳躍を目指しながら未完のまま封印された最期の長篇。出自の異なる屈強な異族たち、匂い立つサーガ。
解説=渡邊英理
なA9
978-4-06-535808-5

石川桂郎
妻の温泉
石田波郷門下の俳人にして、小説の師は横光利一。元理髪師でもある謎多き作家が、「巧みな嘘」を操り読者を翻弄する。直木賞候補にもなった知られざる傑作短篇集。
解説=富岡幸一郎
いAC1
978-4-06-535531-2

講談社文庫　目録

講談社文庫 目録

岸本英夫 死を見つめる心〈ガンとたたかった十年間〉
北方謙三 試みの地平線〈伝説復活編〉
北方謙三 抱影
菊地秀行 魔界医師メフィスト〈怪屋敷〉
桐野夏生 新装版 顔に降りかかる雨
桐野夏生 新装版 天使に見捨てられた夜
桐野夏生 新装版 ローズガーデン
桐野夏生 ＯＵＴ(上)(下)
桐野夏生 ダーク(上)(下)
桐野夏生 猿の見る夢
京極夏彦 文庫版 姑獲鳥《うぶめ》の夏
京極夏彦 文庫版 魍魎《もうりょう》の匣《はこ》
京極夏彦 文庫版 狂骨《きょうこつ》の夢《ゆめ》
京極夏彦 文庫版 鉄鼠《てっそ》の檻《おり》
京極夏彦 文庫版 絡新婦《じょろうぐも》の理《ことわり》
京極夏彦 文庫版 塗仏《ぬりぼとけ》の宴《うたげ》—宴の支度
京極夏彦 文庫版 塗仏の宴—宴の始末
京極夏彦 文庫版 百鬼夜行—陰
京極夏彦 文庫版 百器徒然袋—雨
京極夏彦 文庫版 百器徒然袋—風
京極夏彦 文庫版 今昔続百鬼—雲
京極夏彦 文庫版 陰摩羅鬼《おんもらき》の瑕《きず》
京極夏彦 文庫版 邪魅《じゃみ》の雫
京極夏彦 文庫版 今昔百鬼拾遺—月
京極夏彦 文庫版 死ねばいいのに
京極夏彦 文庫版 ルー=ガルー〈忌避すべき狼〉
京極夏彦 文庫版 ルー=ガルー2〈インクブス×スクブス 相容れぬ夢魔〉
京極夏彦 文庫版 地獄の楽しみ方
京極夏彦 分冊文庫版 姑獲鳥《うぶめ》の夏(上)(下)
京極夏彦 分冊文庫版 魍魎《もうりょう》の匣《はこ》(上)(中)(下)
京極夏彦 分冊文庫版 狂骨《きょうこつ》の夢《ゆめ》(上)(中)(下)
京極夏彦 分冊文庫版 鉄鼠《てっそ》の檻《おり》 全四巻
京極夏彦 分冊文庫版 絡新婦《じょろうぐも》の理《ことわり》 全四巻
京極夏彦 分冊文庫版 塗仏《ぬりぼとけ》の宴《うたげ》 宴の支度《したく》(上)(中)(下)
京極夏彦 分冊文庫版 塗仏《ぬりぼとけ》の宴《うたげ》 宴の始末《しまつ》(上)(中)(下)
京極夏彦 分冊文庫版 陰摩羅鬼《おんもらき》の瑕《きず》(上)(中)(下)
京極夏彦 分冊文庫版 邪魅《じゃみ》の雫(上)(中)(下)
京極夏彦 分冊文庫版 ルー=ガルー〈忌避すべき狼〉(上)(下)
京極夏彦 分冊文庫版 ルー=ガルー2〈インクブス×スクブス 相容れぬ夢魔〉(上)(下)
北森鴻 親不孝通りラプソディー
北森鴻 花の下にて春死なむ〈香菜里屋シリーズ1〈新装版〉〉
北森鴻 桜宵〈香菜里屋シリーズ2〈新装版〉〉
北森鴻 螢坂〈香菜里屋シリーズ3〈新装版〉〉
北森鴻 香菜里屋を知っていますか〈香菜里屋シリーズ4〈新装版〉〉
北村薫 盤上の敵〈新装版〉
木内一裕 藁の楯
木内一裕 水の中の犬
木内一裕 アウト&アウト
木内一裕 キッド
木内一裕 デッドボール
木内一裕 神様の贈り物
木内一裕 喧嘩猿
木内一裕 バードドッグ
木内一裕 不愉快犯
木内一裕 嘘ですけど、なにか？
木内一裕 ドッグレース
木内一裕 飛べないカラス

木内一裕　小麦の法廷
木内一裕　ブラックガード
北山猛邦　『クロック城』殺人事件
北山猛邦　『アリス・ミラー城』殺人事件
北山猛邦　私たちが星座を盗んだ理由
北山猛邦　さかさま少女のためのピアノソナタ
北　康利　白洲次郎　占領を背負った男(上)(下)
貴志祐介　新世界より(上)(中)(下)
岸本佐知子 編訳　変《ヘン》愛《アイ》小説集
岸本佐知子 編　変愛小説集　日本作家編
木原浩勝　文庫版　現世《うつしよ》怪談(一)　主人の帰り
木原浩勝　文庫版　現世怪談(二)　白刃の盾
木原浩勝　増補改訂版　もう一つの「バルス」〈―宮崎駿と『天空の城ラピュタ』の時代―〉
木原浩勝　増補改訂版　ふたりのトトロ〈―宮崎駿と『となりのトトロ』の時代―〉
喜国雅彦　国樹由香　メフィストの漫画
喜国雅彦　国樹由香　本格力〈本棚探偵のミステリ・ブックガイド〉
清武英利　石つぶて〈警視庁　二課刑事の残したもの〉
清武英利　しんがり〈山一證券　最後の12人〉
清武英利　トッカイ〈不良債権特別回収部〉

喜多喜久　ビギナーズ・ラボ
岸見一郎　哲学人生問答
木下昌輝　つわもの
黒岩重吾　新装版　古代史への旅
栗本　薫　新装版　ぼくらの時代
黒柳徹子　窓ぎわのトットちゃん　新組版
倉知　淳　新装版　星降り山荘の殺人
熊谷達也　浜の甚兵衛
熊谷達也　悼みの海
倉阪鬼一郎　八丁堀の忍
倉阪鬼一郎　八丁堀の忍(二)〈大川端の死闘〉
倉阪鬼一郎　八丁堀の忍(三)〈遥かなる故郷〉
倉阪鬼一郎　八丁堀の忍(四)〈隻腕の抜け忍〉
倉阪鬼一郎　八丁堀の忍(五)〈討伐隊、動く〉
倉阪鬼一郎　八丁堀の忍(六)〈死闘、裏伊賀〉
黒田研二　神様の思惑
黒木　渚　壁の鹿
黒木　渚　本性
黒木　渚　檸檬の棘

久坂部　羊　祝葬
黒澤いづみ　人間に向いてない
久賀理世　奇譚蒐集家　小泉八雲〈白衣の女〉
久賀理世　奇譚蒐集家　小泉八雲〈終わりなき夜に〉
雲居るい　破《は》蕾《らい》
鯨井あめ　晴れ、時々くらげを呼ぶ
鯨井あめ　アイアムマイヒーロー！
窪　美澄　私は女になりたい
くどうれいん　うたうおばけ
黒崎視音　マインド・チェンバー〈警視庁心理捜査官〉
決戦！シリーズ　決戦！関ヶ原
決戦！シリーズ　決戦！大坂城
決戦！シリーズ　決戦！本能寺
決戦！シリーズ　決戦！川中島
決戦！シリーズ　決戦！桶狭間
決戦！シリーズ　決戦！関ヶ原2
決戦！シリーズ　決戦！新選組
決戦！シリーズ　決戦！賤ヶ岳
決戦！シリーズ　決戦！忠臣蔵

講談社文庫　目録

決戦！シリーズ　風　雲〈戦国アンソロジー〉
小峰　元　アルキメデスは手を汚さない
今野　敏　ST　警視庁科学特捜班 エピソード1〈新装版〉
今野　敏　ST　警視庁科学特捜班 毒物殺人〈新装版〉
今野　敏　ST　警視庁科学特捜班〈黒いモスクワ〉
今野　敏　ST　警視庁科学特捜班〈青の調査ファイル〉
今野　敏　ST　警視庁科学特捜班〈赤の調査ファイル〉
今野　敏　ST　警視庁科学特捜班〈黄の調査ファイル〉
今野　敏　ST　警視庁科学特捜班〈緑の調査ファイル〉
今野　敏　ST　警視庁科学特捜班〈黒の調査ファイル〉
今野　敏　ST　為朝伝説殺人ファイル〈警視庁科学特捜班〉
今野　敏　ST　桃太郎伝説殺人ファイル〈警視庁科学特捜班〉
今野　敏　ST　沖ノ島伝説殺人ファイル〈警視庁科学特捜班〉
今野　敏　ST　化合 エピソード0〈警視庁科学特捜班〉
今野　敏　ST　プロフェッション〈警視庁科学特捜班〉
今野　敏　特殊防諜班 諜報潜入
今野　敏　特殊防諜班 聖域炎上
今野　敏　特殊防諜班 最終特命
今野　敏　茶室殺人伝説
今野　敏　奏者水滸伝 白の暗殺教団
今野　敏　同　期
今野　敏　欠　落
今野　敏　変　幻
今野　敏　警視庁ＦＣ
今野　敏　カットバック 警視庁FCII
今野　敏　継続捜査ゼミ
今野　敏　エ ム エ ス〈継続捜査ゼミ2〉
今野　敏　蓬　莱〈新装版〉
今野　敏　イ コ ン〈新装版〉
今野　敏　天を測る
後藤正治　拗《す》ね者たらん〈本田靖春 人と作品〉
幸田　文　崩　れ
幸田　文　季節のかたみ
幸田　文　台所のおと〈新装版〉
小池真理子　冬の伽藍
小池真理子　夏の吐息
小池真理子　千日のマリア
五味太郎　大人問題
鴻上尚史　あなたの魅力を演出するちょっとしたヒント
鴻上尚史　鴻上尚史の俳優入門
鴻上尚史　青空に飛ぶ
小泉武夫　納豆の快楽
近藤史人　藤田嗣治「異邦人」の生涯
小前　亮　趙《ちょう》匡《きょう》胤《いん》〈宋の太祖〉
小前　亮　始皇帝の永遠〈天下一統〉
小前　亮　劉《りゅう》裕《ゆう》〈豪剣の皇帝〉
小前　亮　ヌ ル ハ チ〈朔北の将星〉
香月日輪　妖怪アパートの幽雅な日常①
香月日輪　妖怪アパートの幽雅な日常②
香月日輪　妖怪アパートの幽雅な日常③
香月日輪　妖怪アパートの幽雅な日常④
香月日輪　妖怪アパートの幽雅な日常⑤
香月日輪　妖怪アパートの幽雅な日常⑥
香月日輪　妖怪アパートの幽雅な日常⑦
香月日輪　妖怪アパートの幽雅な日常⑧
香月日輪　妖怪アパートの幽雅な日常⑨
香月日輪　妖怪アパートの幽雅な日常⑩

2024年3月15日現在